KB131144

흰 용서

white mercy

2021

이 광 호 0 5

2019.10

\

2020.12

1년의 일기

모든 사람을 위한

그리고

누구를 위한 것도 아닌

서문

약속한 것은 아니지만, 거의 매일 일기를 썼다. 요동치는 정신상태를 반추하는 일이자, 쌓인 감정을 흰 종이에 방출하는 일. 내게 일기는 일과를 끝내고 샤워를 하듯, 하루를 씻기는 일이었다.

하루의 사건들, 생각들, 감정들을 썼다. 그저 쓸 뿐이었지만, 그것들로 인해 나는 살아 본 시간을 다시 살게 됐다. 어느 시간에 놓였던 나를, 어느 시간에 굳어버린 사건들을 일일이 들추고 긁어 보면서. 그렇게 하루를 두 번 살았다.

하루를 두 번 산다는 것은 횟수만큼이나 너그러운 일이었다. 시선을 밖에서 안으로, 타인에서 나를 봄으로. 동경과 질투, 위안과 혐오를 준 타인의 좋고 나쁨이 내게도 있음을 알 수 있었기에.

나 또한 그들과 다르지 않게 근사하거나 볼품없음을 깨닫는다. 불멸할 것 같던 감정들이 천천히 소화된다. 그 너그러운 일이 마쳐지면 어김없이 희고 깨끗한 다음 종이가 준비되어 있다.

나를, 타인을, 하루를 용서하라는 듯이.

2021년 1월.

차례

일러두기

- 이 책은 이광호의 2019년 10월부터 2020년 12월까지의 일기를 그의 아내 미림과 함께 편집하여 옮긴 것이다.

- 원문을 최대한 유지하며 편집하였고, 추가적인 설명이 필요한 것들은 주석으로 풀이했다.

- 본문의 주석은 모두 옮긴이의 것이다.

- 본문에서 언급되는 상호, 상품들은 저자, 옮긴이와 아무런 이해관계가 없다.

- 본문에서 상호는 〈 〉로, 작품명은 『 』로 표기하였다.

가을과 겨울

2019년 10월 8일 —
2020년 3월 23일

2019. 10. 8

1

아주 깊은 회의감에 빠져든다. 너무 부드럽게 미끄러지듯. 뭐 하나 걸리는 것 없는 이 느낌이 나는 정말 싫다.

2

미림[1]과의 다툼은 언제나 그렇듯 정말 짧은 순간이라는 것을 안다. 그 어떤 경련같이.

3

나는 이제 막 '결혼식'이라는 세레모니에 관심을 가졌지만, 미림은 '결혼식'을 아주아주 오래전부터 기획하고 계획하고 있었음을 잊지 말아야 한다.

4

얼굴 사진을 올리고 SNS 팔로워가 줄었다. 내 SNS 주 콘텐츠는 얼굴인데.

---

1) 저자의 아내. 집필 당시에는 여자친구였다.

13

2019. 10. 18

1

미림의 의류 촬영이 있는 날이다. 오늘의 촬영은 연희동 스튜디오다. 스튜디오 촬영은 1분 1초가 돈이기에, 이런 날 지각하면 내가 마실 수 있는 숨은 미림의 한숨뿐이라 아침부터 부지런히 움직여야 한다. 그런데 출발할 때까지 미림이 조용하다. 전화를 하니 '오빠 고맙다며' 바로 전화를 끊는다. 촬영 준비로 밤새우고 잠깐 잠이 들어버린 거다. 앞서 말한 '이런 날 지각하면'은 나뿐만 아니라 미림도 해당된다. 미림이 지각해도 내가 마실 수 있는 숨은, 스스로에게 화난 미림의 한숨뿐이다. 결국, 스튜디오 예약 시간 보다 늦게 미림이 도착했다. 주변의 공기가 사라져 간다. 이때 섣불리 미림을 안으려 하거나 위로해선 안 된다. 그냥 빨리 움직여 일을 해야 한다. 그리고 크게 외쳐야 한다. "하나-둘-셋! 파이팅!" 미림이 웃는다.

2

상담받는 건, 돈 드는 것도 아니기에 '상담만 받아보자'라는 마음으로 꿈의 예식장엘 갔다. 금요일인데도 저녁 예식 준비가 한창이었다. 우리는 담당자와 상담을 받고 공간 구경을 했다. '정말 여기서 결혼하고 싶다.'라는 생각이 가슴 안쪽까지 파고들었다. 간혹 미림과 나는 텔레파시가 통하는데 미림도 그런 것 같았다. 우리가 원하는 사항에 맞게 담당자가 견적을 내왔다. 딱 생각만큼 비쌌다. 근데 미림은 자신의 생각보다 더 많이 비쌌는지 아니면, 이 견적서에 진심인 건지 재차 견적서를 확인했다. 나랑 비슷한 무언갈 느낀 담당자가 '오늘 계약해서 날짜만 일단 잡아 놓고 취소하셔도 된다'고 찔렀다. 그냥 공중에 말을 뱉은 게 아니라 진짜 찔렀다. 그런데 찔린 사람은 미림이 아니라 나였다. 나는 취소해도 수수료가 없다는 소리에 "계약하자"고 호기롭게 말했다. 미림도 '취소해도 된다'라는 말에 그럴까? 하며 다시 재차 내게 '괜찮겠냐'고 물었다. 나는 정말 괜찮았다. 미림이 냉면 먹을 때 겨자를 두 방울 넣듯, 기분만 내는 거니까. 그렇게 우리는 말도 안 되게 꿈꾸던 공간 계약을 했다. 신났다. 정말 여기서 식을 올리나 싶었다. 상담을 마치고 나가는 길에 미림은 하객 중에 연예인 유아인과 고준희가 있었다며 얼떨떨해했다. "진짜 저런 곳은 연예인들이나 하는 건가 봐" 미림이 말했고 나는 "120일 안에 취소하면 100% 환불이라고 했나?"라고 대답했다.

3

〈광장시장〉에서 육회를 먹고 걷다가 미림이 꽈배기를 사달라며 애교를 부린다. 꽈배기 사 먹을 돈이 없어, 사달라는 것이 아님을 알기에 나는 꼭 이럴 땐 장난을 치고 싶어진다. 그러면 미림은 더 사랑스러워지는데 이 단계를 알아서 더 장난치는 건지도 모르겠다. 미림은 내가 준, 천 원을 두 손으로 꼭 쥐고 줄을 서서 차례를 기다린다. 담배 피우고 온다는 나는 먼발치에서 미림을 구경하고 어른들 사이에서 씩씩하게 순서를 기다리는 미림이 너무 귀여워 카메라를 꺼낸다. 미림은 꽈배기를 생일선물처럼 받고 표정으로 춤을 춘다. 나는 카메라로 미림의 얼굴을 당긴다. 드디어 포장을 풀듯 꽈배기 한 입을 베어 문다. 표정을 짓는다. 축제다. 누군가 기쁨을 그려보라고 한다면, 나는 오늘 미림의 얼굴을 그릴 것이다. 내가 늘 만들어 주고 싶은 표정, 내 걱정 끝의 표정. 미림이 나를 발견하고 실컷 웃으며 안긴다. 나는 내 주머니에서 나온 천 원이 기특하고 행복이라는 것이 천 원이면 된다는 것에 안심하려 하는데 미림이 꽈배기 '하나 더'를 말한다. 아.

1

〈교보문고〉에서 또, 별빛들[1]의 책을 '작고 강한 출판사의 책'으로
선정해줬다. 이 일이 큰 사건이든 작은 사건이든 '잘하고 있다'라
는 확인이자 칭찬 같아 기쁘고 힘이 난다. 잘하자.

2

〈경기문화재단〉에서 출판 워크숍을 하게 됐다. 내가 제일 잘 아
는 거지만, 제일 하기 싫기도 한 일. 나 스스로도 잘하고 있는지
모르겠는데, 과연 내가 누구에게.

3

여자들은 종종 내 앞에서 울었고 비밀을 고백했다. 단지 오지랖
이 넓다고 하기에 내 위로의 방식이 지나치게 감동적이었을까.
미림의 마음고생이 심했을 것이다. 나는 더 많이 노력해야 한다.

---

1) 저자가 운영하는 출판사.

2019. 11. 3

1

살림과 일을 병행하는 게 이렇게 힘든데 어떻게 사람들은 육아까지 병행할까. 그러니까 엄마는 대단하다는데. 육아에 있어서, 왜 아빠는 소외될까. 정말 남자의 잘못인가. 어쩌면 당신의 몸으로 직접 아이를 낳았기 때문에 자신의 것으로 사유화하려는 엄마의 본능 같은 것 아닐까. 아빠는 도저히 감당하지 못하는 엄마의 힘이라는 게 있다는데, 사실일까. 모든 신체는 기능이 있다는데, 남자의 젖은 무슨 쓸모를 가지고 있을까. 그러니까 할머니들이 돌봐 줘야 한다고 하는데, 할머니들이 말하는 노후의 삶에는 육아가 계획되어 있었을까. 손주를 보여주는 것이 효도라고 하는데, 보여주는 것과 돌 보는 일이 같은 것일까. 어쨌든 그럼 육아는 사실 지금의 핵가족으론 불가능한 것 아닌가. 대가족이어야 가능한 것 아닐까. 일과 생활의 균형을 지키는 게 이렇게 힘든데 사람들은 어떻게 육아까지 더할까. 아이를 낳는 것이 정상적인 삶이라 말하면서 엄마 아빠는 슈퍼맨이라 덧붙이는데, 초인적인 힘을 내야 하는 것이 정상적인 삶인 걸까. 왜 이 사회는 초인적인 힘을 내야지, 정상 궤도에 오를 수 있는 걸까. 초인적인 힘을 내지 않아도 된다면 포기해야 하는 것은 무엇인가. 정녕 욕심인가. 출산과 육아를 경험한 이들이 장려하는 삶에는 포기하는 삶도 포함되어 있는가. 그들의 삶에서 아이를 뺀다면 무엇이 될 수 있을까. 아이는 정녕 부모의 삶을 설명할 수 있을까. 출산이 자연의 섭리라는 말은 지금의 환경에서도 유효한가. 출산의 문제는 개인의 문제일까, 사회의 문제일까. 이런 질문들이 변명으로 느껴질까, 순수한 질문으로 느껴질까. 질문의 행위 자체가 반목이 될까, 이런 질문들은 정말로 유의미한가.

2

남자들은 자궁도 없으면서 왜 출산을 계획할까. 왜 아빠가 되고 싶어 할까. 아빠라는 지위를 얻고 싶은 것일까. 육체만으로 얻을 수 있는 성취와 지위이기 때문일까. 그저 종족 번식에 대한 동물적 본능일까. 인구 증가에 보탬이 되고자 하는 애국인가. 자연스럽다는 것은 무엇인가. 내가 살고 있는 곳이 자연스러운가. 진실로 자식을 갖고 싶다면 입양에 대해서 생각해 본 적 있을까. 가족은 무엇인가. 우리의 유전자는 어떻게 설계되어 있는 걸까.

3

여자는 왜 아이를 낳고 싶어 할까. 자신의 아름다운 몸을 어그러트리고 싶은 걸까. 몸과 삶의 모든 균형을 헤집으며 자신의 몸을 찢고 나온 아이가 정말 좋을까. 거대한 성취를 느끼고 싶어서일까. 어쩌면 인형이 필요한 건 아닐까. 여자가 사회에서 이룰 수 있는 위대한 성취가 넘쳐난다면 굳이 출산을 하고 싶을까. 엄마들은 아이를 보고 삶의 전부라고 하던데 정말 아이가 그녀의 전부가 될 수 있을까. 아이는 그녀의 전부이고 싶을까. 아이들은 언제부터 죄인이 되어 가는가.

4

이 모든 질문들을 싫어하는 사람들은 누구고 좋아하는 사람들은 누굴까. 싫어하는 사람들은 왜 질문을 싫어하고 좋아하는 사람들은 왜 질문을 좋아할까. 그들이 싫어하고 좋아하는 것이 정말 질문일까. 싫어하는 이들은 스스로 질문을 던져 봤을까. 좋아하는 이들은 질문에 대답해 봤을까. 나는 교만한가, 어리석은가. 아니면 교만하고 어리석은가. 내가 질문들에 대답한다면 그 대답들은 진실로 유의미한가.

2019. 11. 9

1

더 나은 생활이 무엇인지 모르지만, 저렇게만 살다가 죽으면 너무 억울할 것 같은 생활들이 있다.

2

오래 본 사이라고 꼭 친한 친구여야 되는 건 아니다. 이십 년째 인사하는 집 앞 슈퍼 아주머니가 그저 슈퍼 아주머니에 불과하듯.

3

말들을 삼켜 낼 때마다, 내가 나이를 허투루 먹지 않았음을 느낀다. 오늘도 겨우겨우 몇 말을 먹었다. 쓴 말들을 먹어내지 못하고 곧이곧대로 뱉어대던, 무서운 어제의 내가 보인다. 끔찍하다.

2019. 11. 25

1

메일 말미에 '죄송합니다'라는 말을 쓰다 지운다. 지난 가벼운 자동차 접촉사고의 후유증인 것 같다. 부딪히면 사과하는 게 상식인 나로서 당연히 건넨 사과에 내가 더 잘못한 사람이 된 충격. 인생 선배들로부터 '인생 덜 살았다며, 먼저 사과를 왜 하냐'고 혼이 나서 생긴 억울함으로 인한. 그럼에도 불구하고 나는 지금의 메일 앞에서 기어코 '죄송합니다'라는 말을 붙인다. "나는 인사 잘하는 사람을 좋아해"라는 친구의 말을 생각하며. 어쩌면 그는 내가 인사 잘하는 사람이라서 좋아하는 걸지도 모른다. 그 친구뿐만이 아니다. 내 주변 사람들 모두 내가 '반갑다, 고맙다, 미안하다' 인사를 아끼지 않으니까, 그러니까 좋아하는 걸지도 모른다는 생각을 한다. 그런 생각을 하면 나는 사과를 안 할 수가 없다. 나는 계속 그들의 사랑을 받고 싶다. 그들과 계속 반갑고 싶다. 그러기 위해선 아무래도 내가 생각하는 올바른 나를 믿고 계속 올바른 나로 살아야겠구나 싶다.

2

드디어 진짜 예식장 계약을 했다. '수 백군 데를 알아봐도 소용없네, 결국 똑같잖아'라는 말을 듣지만 웃어넘긴다. 바보같이 오래 걸리고 힘이 들었지만, 그 과정은 내 세상을 넓혀가는 일이었으니까. 여태 내가 본, 세상이 넓은 사람들은 변수에도 초연했고 기회가 오면 영리하게 획득했다. 그들은 다시 교과서를 펼쳐보지 않는다. 시간을 절약하고 힘을 알뜰하게 쓴다. 나는 그런 사람이 되고 싶다. 어디서 무엇을 어떻게 먹었는지도 모른 채 배탈을 겪는 사람이 되고 싶지 않다. 원인 모를 배탈을 억울해하고 어딘가에 있을 치료법만을 맹목적으로 검색하고 싶지 않다. 넓은 세상을 보여주는 망원경 말고 넓은 세상을 가지고 싶다. 그러기 위해서 나는 구태여 과정을 겪는다. 누군가는 줄기차게 내게 쓸데없는 짓이라고 말하겠지만, 지금의 짓이 나의 성숙과 가장 밀접하게 맞닿아 있다.

3

'인간을 시험한 죄로 꽝꽝 얼어붙을 거야'[1]라는 구절이 기억이 난다. 이제 아주 많이 추워진다고 한다. 인간의 죄로 슬픈 소식이 들려온 어제에 이어 오늘도 무섭고 슬프고 무기력해지는 날이다. 영화 『82년생 김지영』[2]의 마지막 대사가 생각난다. '왜들 그렇게 상처 주고 싶어서 안달인지' 나는 또 방관하고 있었으면서 뭐가 그렇게 떳떳한지. 그렇다고 누군가를 구원할 자격은 있는지. 그러면서 또 방관자가 되는 것은 아닌지. 나도, 너도 모두가 얼어붙어 가는 이 계절의 벌을 받아야 하는 것은 아닐까. 우리는 용서받을 수 있을까.

---

1) 김경현 『이런 말이 얼마나 위로가 될지는 모르겠지만』 2019, 별빛들 중에서.
2) 2019 김도영 감독 영화. 조남주 장편소설을 원작으로 두고 있다.

2019. 11. 29

1

기용[1], 찬희[2], 현중[3], 현철[4]과 목적 없이 무작정 동쪽으로 떠나자
고 했고 정말 왔다. 우리는 똘똘 뭉쳐 눈치 없이 즐겁고 걱정 없
이 가벼운 시간들을 가졌다. 온 시간들이 너무 가벼워서 하루가
통째로 휘발해버리면 어쩌나 걱정하는데 하루는 어째서 묵직하
기만 했다.

2

두발 검사에 반항하던 반삭 열여덟 소년들은 상상도 못했을 것
이다. 서른 넘은 남자 넷이, 일주일 된 순대 같은 카라반에 담겨
진실게임 같은 걸 할 줄은.

3

현철이가 전 애인 이야기를 하는 순간, 그녀에게서 전화가 왔다.
영화 같다 말하면 있을 법한 일인 것 같아, 나는 믿을 수 없는 지

금의 일을 기적이라 말한다. 너무 깊어서 그냥 매몰되고 싶어지는 밤. 건너편의 세계에서 온 연락. 당분간 이보다 강한 순간은 경험하지 못할 것 같다. 현철이가 웃는다. 바람이 별빛이다.

1, 2, 3, 4) 저자의 고향 친구들.

2019. 12. 2

1

'특별한 시간은 우리 삶에 강한 인상을 남겨, 내내 이런 시간들의 반복이었으면 하지만 사실 우리 삶을 지탱하는 것은 평범한 일상의 시간이라는걸.'이라는 메모를 했다. 친구들과 헤어지고 미림이에게 전화를 걸면서.

2

지난 3일간 일 생각을 하나도 안 했다. 딱 그 시간만큼 일들이 쌓였다. 참 형편없는 경영자다. 나를 경영자로 믿고 함께 해주는 사람들의 얼굴이 일마다 각주로 달려있다. 미안하다. 그럼에도 뻔뻔하게 여전히 나는 일보다 내 삶을 중요시한다. 내 삶이 무너지면 일도 다음도 무엇도 없음을 알기에. 처음엔 하루라도 일을 하지 않으면 모든 것이 엉망진창 되고 무너지는 줄 알았다. 그런데 우연히 그래보니까 또 그렇지도 않았다. 그때부터였을까. 할 일이 있어도 휴식을 갖는다. 지금의 일이 내 생활을 망치고 있다는 생각이 들면 나의 일을 미워할지도 모르니까. 나는 나의 일을 미워하고 싶지 않다. 중요한 건 균형과 리듬이다.

북토크와 같은 가깝게 호흡하는 행사에서 만난 분들은 웬만하면 SNS 계정을 팔로잉하고 받아본다. 내게 영향을 받았다고 하는 사람들. 내 책을, 나를 좋게 봐주셔서 기꺼이 시간과 비용을 지불하고 만난 사람들. 나는 그들이 못 참게 궁금해서. 그런데 신기하게 그렇게 날 찾아준 사람들은 모두 하나같이 정말 멋있는 사람들이다. 내가 먼저 알았다면 내가 먼저 좋아했을 사람들. 나는 그들의 생활을 엿보고 충분히 감상한다. 그러고 있으면 그들과 나를 연결해 준 책을 그들이 썼는지, 내가 썼는지 헷갈릴 정도로 서로 닮은 구석이 많음을 느낀다. 나는 그들을 보면서 나를 다시 읽는다.

2020. 1. 15

1

오늘은 기계랑 대화를 너무 많이 해서 미림과 대화 좀 하려고 했더니 답장이 없다. 자나 보다.

2

친구들이 아직 결혼식도 안 했는데 미림을 '아내'라고 부르는 건 과하지 않냐고 묻는다. 사실상 한 거나 다름없지 뭐, 그리고 아내라고 부를 때 내가 기분이 좋다. 쓰면 그만일 말이지만 뭔가 자격이 된 것 같기도 하고, 무엇보다 누구에게도 허락하지 않았던 내 내 아끼던 호칭을 쓰게 돼서 들뜨기도 하고.

3

이제 그만 모니터를 꺼야 하는데, 마지막 페이지가 16으로 나눠지지 않아서 4페이지를 뺐다. 뺄 게 없어서, 빼질 못해서 이게 뭐라고 한 시간을 고민했다. 어렸을 때부터 일이든 사람이든 잘 못 뺐던 것 같기도 하고.

4

요즘 담배를 태울 때 운동을 한다고 엘리베이터를 타지 않고 계단으로 왔다 갔다 한다. 그런데 계단이 힘들어서 한 번 나갈 때, 두 개씩 담배를 피운다. 나도, 사회도 건강해질 수 있을까.

2020. 1. 16

1

오늘 저녁 약속에는 오랜 친구 일환[1]이 생일선물로 준 청바지를 입어야지 했는데 예쁘고 편해서 앞으로 자주 고맙겠구나 싶었다. 일환은 비싸고 좋은 옷을 선물로 잘 준다. 가까운 사람이 잘되면 내가 얻는 것이 참 많다. 속물 같지만 내가 가까운 사람들을 진심으로 응원하는 이유 중 하나다. 가끔 주변 사람의 잘 됨을 시기 질투하는 사람을 보면 '그러지 말지' 하는데 생각해보면 그 잘된 사람이 일환처럼 베풀지 않고, 자랑만 일삼는 사람이라 얄미워 그런 걸지도 모르겠다. 그렇게 생각하니 일환이 친구라는 게 더 기쁘고 고맙다.

2

가끔 SNS에 이러쿵저러쿵 글을 올리고 나면 뭔가 나라는 사람이 시시해지는 것 같아서 금방 숨기고 마는데 그사이에 꼭 보는 사람이 있다. 언젠가 그때, 그 글 참 좋았다고 말해준다. 민망하고 기분이 좋다. 여기서 기분이 좋은 부분은 글 칭찬이 아니라, 나를 자주 지켜봐 주는 것 같아서.

3

우화에 필요한 새를 찾다가 뻐꾸기가 상당히 무능하고 잔인한 새라는 것을 알게 되었다. 뻐꾸기는 자기 알을 품을 줄 몰라서 다른 새의 둥지에 슬쩍 알을 둔다고 한다. 뭔가 무능하고 무책임한 것 같기도 한데 비극은 이제부터 시작이다. 뻐꾸기 알은 다른 새의 알보다 먼저 부화해서 둥지의 어미 새가 물어온 먹이를 먹고 둥지의 다른 알들을 바닥으로 떨어트려 없애버린다고 한다. 이것도 충격적인데 더 충격적인 건, 그 둥지의 어미 새는 그 상황을 영문도 모른 채 지켜보기만 한다는 것. 그리고 자신의 진짜 알들을 죽인 뻐꾸기를 위해 평생 먹이를 물어온다는 것. 이 이야기를 읽으면서 충격받을 사람 몇 명이 떠올랐다. 그리고 그들은 이렇게 말할 것 같다. "이거 완전 우리나라 이야기잖아."

4

미림이 친구와 상해를 간다고 통보를 했다. 상의 아닌 통보. 늘 그랬다. 그도 그럴 것이 나와 상의할 필요가 없으니까. 당연하다. 어딜 가든, 누구와 가든, 무엇을 하든 그녀의 자유. 하지만 요즘은 함께 해야 할 일이 많아서 나는 잠깐 당황했고 뭐라 말을 잇지 못했다. 그러자 미림은 상의하고 허락받았어야 했는데 미안하다고 했다. 지금의 상황이 미림도, 나도 낯설고 서툴다. 지금까지 미림은 내게 한 번도 허락을 받아 본 적이 없으니까. 그러니까

---

1) 저자의 고향 친구.

허락이라는 과정 자체가 없었으니까. 미림은 당황하며 내가 싫으면 가지 않겠다고 했다. 그래서 가지 말라고 했다. 혹, 너무 딱딱해 보일까, 애교를 조금 더 해서. 아무래도 내가 이상한 일을 한 것 같다.

1

어젯밤 동료 시인 여럿과 종로에서 알차게 술 한잔했고 아버지 동년배이신 대리기사님과 허심탄회한 대화를 하면서 찬희네 집에 왔다. 쓸 이야기가 참 많은데 잠들었다. 한 꼭지라도 썼어야 했는데.

2

어제 이야기를 쓰려 하니 기억나질 않는다. 쓰다만 문장 하나가 있긴 하다. '고독을 달래 주는 평화로운 소란'이라는 문장인데. 현범[1]이 언성을 말하는 것 같기도 하고, 태재[2] 박수 소리인가 싶기도 하고.

1, 2) 저자의 동료 시인들. 각각 『시국선언』, 『위로의 데이터』 등을 썼다.

3

부동산 중개 어플에서 매물을 보고 전화했더니 광고성 허위매물이라고 한다. 업계 플랫폼이 무너진 지 오래라고 웃으신다. 따지고 보면 안 무너진 곳을 찾기가 힘들겠지만 와중에 업계를 지탱하고 계시는 분들은 울고 계시겠지 싶다.

4

신혼집을 구하기 위해서 일산의 여러 집을 봤다. 첫 집에서 내가 말이 없다 보니 중개사가 미림에게 집중했다. 미림이 부담스러워하는 것 같아서 두 번째 집부터는 팔짱을 끼고 깐깐하게 굴었다. 미림이 편했으면 해서 그런 건데. 미림은 내가 왜 저러나 싶었을지도.

1

'어떻게 하면 저 사람을 웃게 할 수 있을까' 이런 사랑을 받는 것.

1

곧 있으면 신간이지만 신간 아닌 개정증보판이 나온다. 새로운 글이 21편 추가되어 페이지도 100페이지가량 늘어났고 해서 제목도 바꿨다. 책 제목이 판매에 상당한 영향을 미친다지만 요즘의 문장식 제목이 지겹기도 하고 새로운 것 좀 하고 싶어, 단어를 나열했다. 나도 내가 굳이 이런 식의 실험과 장난을 왜 하는지 모르겠다. 책 제목이 얼마나 중요한데, 여태 이런 식의 책 제목이 없는 데는 이유도 있을 텐데. 그래도 나는 꼭 이 제목으로 하고 싶고.

2

올해를 시작하며 가장 노력하는 부분은 타인보다 나를 더 위하는 것이다. 그래서 이번 책의 표지는 타인의 손에 들렸을 때를 고민하기보다 나의 책장에 꽂혔을 때를 더 오래 생각했다. 그래서 '이 디자인 어떠냐고' 아무에게도 묻지 않았다. 조금 무섭긴 하지만.

3

완성된 원고를 확인하는데 미진한 것들이 자꾸 보인다. 초판 원고를 가지고 개정판 작업을 할 때도 오탈자가 한두 개가 아니었는데, 심지어 초판의 경우는 비용을 들여 전문가와 함께 교차, 재차 확인하며 정말 꼼꼼하게 검토했었는데 말이다. 이쯤 되면 귀신이나 해킹 같은 것들을 의심하고 싶다.

4

밤샐 생각이 없었는데 허리를 펴니 아침이었다. 대충 정리를 하고 침대에 누우니 일과를 시작하는 사람들에게 메일과 메시지가 왔다. 자고 일어나면 답이 많이 늦을 것 같아서 답장을 하고 잤는데 일어나서 보니 '새해 복 많이 박으세요.'라는 오탈자가 있다. 오늘 아침 '최종'이라고 저장한 파일을 다시 확인해야겠다.

1

서툴게 시작한 것들은 고쳐내야 할 것들이 많다. 그래도 서툴게 시작했음을 후회하지 않는다. 그렇게라도 시작하지 않았으면 시작하지 못했음을.

2

장사하시는 분들께 지키는 예의 중 하나는 '저 집은 얼마인데, 깎아달라'라며 가격 비교하지 않는 것. 조금 내밀하게 말하면 업계 사람들끼리 돈으로 싸움 붙이지 않는 것. 사실 모두가 먹고살기 힘들기에. 정당한 값이면 충분한 것. 그럼에도 예외는 있다. 가격 승부를 전면에 내 건, 그것으로 우위에 선 거대 자본. 뭐랄까 그들이 가격 승부를 전면에 내 걸었으니까 당연한 것도 있지만 괘씸해서 어떻게든 내 권리를 찾고 싶은 마음이랄까. 그런 마음으로 타 업체와 비교하며 약정이 끝난 통신사와 세 번째 통화를 하고.

3

통신사와 필사적으로 줄다리기를 했던 오늘. 유일하게 통신사 포인트를 이용하던 〈메가박스〉 영화 예매가 종료된다는 안내문을 봤다. 그전에 종종 쓰던 〈롯데시네마〉 예매와 〈스타벅스〉 사이즈업 서비스도 종료되더니 자꾸 은근슬쩍 하나둘 서비스가 사라진다. 가입시킬 때 약속했던 조건들을 너무 쉽고 뻔뻔하게 없애는 것이 왜 이리 괘씸한지.

4

흡연 구역에서 어떤 어르신이 책 읽는 내가 기특하다며 칭찬했다. 스마트폰만 보는 어린애들과 비교 하면서. 나는 멋쩍었다. 올해부턴 왠지 마냥 어리다는 말과 나를 엮는 것에 죄책감이 들기도 하고 무엇을 읽는 건 스마트폰이나 책이나 마찬가지이기도 하고 해서.

2020. 1. 24

1

사랑을 받지 못하는 사람과 사랑을 도달시키지 못하는 사람. 누
가 더 억울한가.

2

오늘의 책임은 회피할 수 있지만 내일의 책임은 회피할 수 없다
는 말이 있다. 아무리 책임을 외면해도 우리는 모양 바뀐 책임을
계속 마주할 것이다. 아주 언젠가 외로움이나 죄책감이라는 다
른 이름의 책임을 겪어야 할지 모른다. 그리고 나는 그것이 최초
의 책임보다 결코 가벼운 책임이라 생각하지 않는다.

3

선택 앞에 선 이가 내게 방향을 물었다. 나는 대답했다. '여태 한
게 있는데'라는 접근 방식 말고 '내일, 혹은 훗날 지금의 선택이
괜찮을지, 혹은 그 선택으로 인한 최악의 상황을 감당할 수 있을

지'같은 느낌으로 접근해 보라고. 나는 어땠냐 묻는다. 그 접근으
로 지금의 일을 하고 있고 지금의 미림을 만났다고. 말했다. 선택
에 만족하냐고 다시 묻길래, 나도 겪어보는 중이라고, 결과는 아
직이라고 말했다.

4

누군가를 간절히 이해하고 싶어 고민하지만, 그 사람이 자신을
설명해 주지 않는 이상, 나 혼자만의 해석일 뿐. 결국 타인에 대
한 분석은 어떤 이론을 갖다 붙여도 개인적 의견. 정답은 듣는 것.

2020. 1. 25

1

서른둘, 모든 것이 변해간다. 설을 대목이라 부르기 무색해졌고
할머니는 쇠약해졌으며 아버지의 차례법은 간소해졌고 그나마
오던 친척들도 없어 거실이 조용하다. 밤이면 맥주나 한잔하자
며 나오라던 친구들도 올해는 조용하다. 자꾸 잃어만 가는 것 같
다가도 새로 채워진 것들이, 채워질 것들이 활기를 불어넣는다.
'삼촌 일어나아아' 조카가 아침을 깨운다.

2

미림이 명절 인사로 집에 보낸 떡이 있어서 점심 대신 먹었다.
〈방배동 구름떡집〉[1]의 떡이라고 하는데 흑임자 인절미 같다. 나
중에 누가 명절 선물 뭐 할까 물으면 여기 떡을 추천해줄지도 모
른다. 미림은 참 좋은 걸 많이 안다. 덕분에 내 세상이 넓어진다.

42

3

2011년 모델인 맥북이 위태위태하더니 작년엔 고비가 있었고 1년만 더 버텨보자 수리했는데 현재 OS를 더 이상 지원하지 않는다고 한다. 안내문을 보니 새로운 컴퓨터를 사라고 한다. 물론 구형 컴퓨터에서도 OS 업데이트를 할 수 있지만 추천하지 않는다고 새 컴퓨터를 사라고 한다. 무시하려 해도 뭘 할 때마다 보안이 불안하여 접근이 어렵다고 한다. 쓰지 말라는 거지 뭐. 내 의지도 아니고 강제적으로 이별하는 느낌이라 마음이 편하지 않다. 10년은 쓰고 싶었는데,* 그런데 세상은 자꾸 더 빨라진다 하고.

4

쓰지 못하는 것들이 여전히 많다. 감히 부끄럽고 죄송해서, 아직 모르는 게 많아서. 그 어떤 누구도 아프게 하고 싶지 않아서.

---

1) 서울시 서초구에 위치한 떡집.
*) 그러나 아직 쓰고 있다. 바람대로 10년 째 사용 중.(편집일 2021년 1월)

2020. 1. 27

1

미림의 일[1]에 내가 도움[2]이 될 수 있다는 것은 아주 다행스러운 일이다. 화나는 일이 있어도 일하다 보면 풀리기도 하고, '담배 피우고 올게'라고 호기롭게 말할 수도 있다.

2

미림을 예쁘게 찍는 일은 분명 연애에 큰 도움이 되었다. 찍을 땐 쉽지 않지만 찍고 나면 내 휴대폰엔 예쁜 미림밖에 없어서 가끔 은 정말 내가

3

미림과 장난치는 것은 참 즐겁다. 장난을 주고받을 때, 재미와 사랑을 같이 느낄 수 있는 사람은 미림이 유일해서. 내 감정을 풍성하게 해주는 사람. 그래서 내 삶을 풍성하게 해주는 사람. 미림이 장난에 반응이 좋은 사람이라는 것은 내게 아주 큰 축복이다.

2020. 1. 28

1

미림 이야기를 많이 하다 보니 사람들이 나를 좋은 남자친구로 봐준다. 고맙지만, 사실 그렇지만도 않아서 속이는 기분이 든다. 그렇다고 미림 이야기 없이 일상을 설명하기는 또 어렵다.

2

전능환상이라는 말이 있다. 아이가 엄마 젖을 먹을 때, 엄마가 젖을 주는 것이 아니라 자신이 젖을 창조하고 있다는 착각. 창작할 때 아주 조금은 필요하다고 생각하지만 심각하게 착각해선 안된다. 그렇다.

3

가끔은 내가 정말 옛날 사람이 된 건가 느낄 때가 있다. 정보를 유튜브가 아니라 책에서 찾을 때라든가, 은행 창구에서 한참을 기다려 면담할 때 '스마트폰으로 할 수 있는 업무이신데'라는 말을 들을 때라든가. 오늘 〈농협〉에서 나보다 어린 사람은 하나도 없더라. 아니 또래도.

4

신종 코로나 바이러스와 우한 폐렴의 명칭을 두고 시끄럽다. 언젠가 현범이가 '형, 한 곳에 너무 깊게 빠지지 마. 사람이 추해져.'라고 하던 말이 생각난다. 모두 마스크 착용하시고, 손 자주 씻고 건강하시길. 신종 코로나든 우한 폐렴이든.

2020. 1. 29

1

자동차 수리할 것이 많기도 했고 지난 수리센터에서 부품이 없었던 경험도 있고 해서 수리센터 중에서 가장 큰 곳으로 왔다. 센터가 커서 그런가 타 지점에서 비쌌던 수리 비용이 저렴하다. 나중에 누가 자동차 수리를 한다고 하면 무조건 큰 곳으로 가라고 말할 것 같다. 또 경험에 의한 편견만 늘어간다.

2

자동차 서비스센터에서 한 여자가 소리를 지른다. 너무 심해서 SNS에 떠도는 몰래카메라인가 싶었다. 끼어들까 싶다가도 내가 모르는 사정이 있겠지 싶다. 여자도 자신 앞에 서 있는 사람은 잘못이 없다는 건 알겠지. 여자는 금속을 긁는 느낌의 욕을 하며 쓰레기통을 차고 나간다. 어떤 사람인가 궁금했는데 그냥 보지 않았다. 누구인지 무엇이 중요한가.

3

종잇값이 또 올랐다고 한다. 출판사 선배님들이 힘 좀 써줬으면 좋겠다. 근거 없이 오르는 가격이 얼마나 많은데.

4

책 안에서 나를 만나고 힘들여 책 밖 나를 찾아 인사를 건네는 분들이 있다. 그 인사에는 무거운 감동과 칭찬이 있다. 이 감동과 칭찬은 나를 참 겸손하게 눌러준다. 책 밖의 나는, 책 안의 나와 달리 성숙한 형태의 인간이 아니라서. 어제도, 오늘도 계속 실수하고 있어서. 그럼에도 사람들은 내 삶 여기저기 관심과 격려, 응원과 사랑을 꾸준히 달아준다. 나는 그것들의 무게를 오로지 추(錘)가 될 정도만 갖는다. 나를 낮춰주고 중심을 잡아줄 만큼만, 쓰러지지 않도록.

2020. 1. 30

1

오늘 미림과 카톡을 열 개는 했을까. 몰입이 풀리고 미림에게 연락했을 때, 미림도 일하고 있으면 뭐랄까. 우리 커플 좀 멋있는 것 같기도 하고. 한때 내 이상형이 '정말 엄청 바쁜데, 나를 진짜 너무 사랑하는 사람'이었던 게 생각난다.

2

글을 많이 쓰고 일도 많이 하지만 그저 무망한 투망질은 아닌지, 좋지 않은 습관에 젖어 있는 것은 아닌지, 불안하기만 한데 내 주변 사람들은 착하기만 해서 조금도 쓴소리를 안 해준다. 모두가 바쁜 데 관심을 가져달라는 투정은 아니고 선생님이 필요한 소원의 말이다. 밤이 선생[1]이라는데 나는 조금 엄격한 선생님이 필요하다.

3

엘리베이터에서 한 아이와 엄마를 만났다. 아이는 마스크를 했고 엄마는 하지 않았다. 아이가 답답해서 마스크를 벗으려 하자 엄마가 집에서 벗으라고 했다. 집에서 벗을 거면 엄마도 밖에서 마스크 해야 되지 않나.

4

요즘 날이 춥지 않아 '겨울이 뭐 이래'하다가, 봄옷 신상 촬영하는 미림이 추위에 떨지 않아 다행이구나 싶었다. 언제나 기분은 이기적이다.

---

1) 황현산의 산문집 『밤이 선생이다』, 2013, 난다 발행.

2020. 1. 31

1

같은 길에서 나보다 나아가 있는 사람을 보면 늘 위로가 된다. 계속 나아가도 될 것 같아서. 그런 사람과 오늘 대화하다가 기억난 것이 있는데, 회사원 시절 퇴사를 결정하게 된 결정적인 계기가 본부장 같은 사람이 되고 싶지 않았던 것. 그래서 지금 내 앞의 사람이 더 고맙고.

2

사업자 현황 신고를 했다. 숫자로 지난 일 년을 채점할 순 없지만 그래도 꼼꼼히 따져 볼 수 있는 유일한 성적표다. 노골적인 숫자는 사람을 참 관조적으로 만들고 관조는 나를 꼭 염세적으로 만든다. 어쩌면 여기 나열된 숫자가 본질이고 그간 자랑스러웠던 것들은 형해일지 모른다고 생각한다. 신고서를 제출하고 세수를 한다. 비관은 걸음만 위축시킬 뿐 아무런 도움이 되지 않는다. 나는 무엇이 본질이든 꼭 두 녀석을 조응시키겠다고 다짐한다. 아자.

3

쉬운 어휘를 두고 왜 생경한 어휘를 쓰냐는 말을 듣는다. 지적 허세나 교만 그런 건 아니고 그저 새로 획득한 어휘를 실습하고 활용함으로써 그 어휘를 진짜 알아가고, 내 것으로 만들기 위한 훈련 같은 것이다. 끊임없는 학생이자, 표현하는 것을 직업으로 삼고 있는 사람으로서의 연습. 귀엽게 봐줬으면 좋겠다. 그래도 읽히고 싶어 내놓을 땐 고민을 많이 한다. 어떻게 사랑스럽게 읽힐 수 있을까 하는.

4

틈틈이 웨딩 관련 정보를 본다. 욕심은 아니고 관심이다.

2020. 2. 1

1

1월이 언제 갔나. 1월엔 디자인 서적 한 권과 젊은 작가의 에세이 한 권을 읽었다. 디자인 서적은 구경에 가까웠고 젊은 작가의 에세이는 기억에 남은 게 없다. 1월은 내 것을 쓰느라 많이 읽지 못했다. 그래서 타인의 말보다 내 말을 앞세웠던 한 달이 아닌가 싶다. 마지막 문장을 쓰면서 열정 있게 동의할 것 같은 사람 한 명이 떠오른다.

2

동경할 재능을 가진 김고요[1]가 자체적으로 우편 또는 이메일 구독자를 모집한다. 구독료가 자유며 후불이라는 것이 귀엽다. 떳떳하고 싶고 글에 있어서 자신감 넘치는 그와 어울리는 정책이다. 지면이든 화면이든 상관없이 읽히고 싶은 작가로서의 간절함이 섹시하고 후발주자든 뭐든 개의치 않고, 서슴없이 걸어가는 용기가 부럽다.

3

예전에 읽었던 신영복 선생님의 『감옥으로부터의 사색』[2] 한 구절이 생각나는 요즘이다. '사람들은 없이 살기에는 겨울보다 여름이 낫다고 하지만 교도소에서 여름 징역은 서로의 체온으로 옆 사람을 증오하게 된다'라는. 여름의 타인은 그저 열 덩어리에 불과해 아무런 이유 없이 단지 체온 하나만으로 증오감이 생겨서 여름보다 겨울이 낫다고. 어제 옆 동네에 신종 코로나 바이러스 의심자가 등장해서 동네가 떠들썩했다고 한다. 음성 판정이 났다지만 이미 그분의 신상은 나도 알 정도고 서로서로 옆 동네 기피령 까지 내려졌다니. 뉴스 기사 댓글엔 중국인 혐오가 주조를 이루고 어느 지역 사람들은 바리케이드를 치기도 했단다. 타인이 그저 바이러스 덩어리에 불과한 이 계절이 빨리 지나갔으면 좋겠다.

4

공원에서 한 아버지와 딸이 함께 연을 날리고 있다. 내가 좋아하는 광경이다. 한 노인이 나보다 얇은 차림으로 날렵하게 조깅을 하고 있다. 두텁게 있고 어정거리며 걷는 내가 부끄럽다. 모두가 글감이고 영감이다. 나는 부지런히 줍기만 하면 된다.

---

1) 저자의 동료 시인.『나의 외로움을 궁금해하지 않는 사람들에게』 등을 썼다.
2) 1988, 돌베개 발행

2020. 2. 2

1

'시간이 칼처럼 흐른다. 이름 모를 외국의 깊고 어두운 산길을 헤매는 기분. 무섭고 아프다.'라는 메모를 발견했다. 언제인지 알 것 같다. 메모로 인해 다시 그때를 마주하게 된다. 좋은 건지 모르겠다.

2

재고가 없는 『아름다운 사유』[1] 증보 작업을 마쳤다. 종이 절약을 위해 최대한의 페이지를 삭제했고 새로운 글과 몇 알레고리 장치를 넣으면서 80페이지 정도 늘어났다. 요즘은 이목을 사로잡는 것도 중요하지만 오랫동안 누군가의 책장에 남겨졌으면 하는 마음이 간절하다. 무엇이 중요하고 무엇이 옳은지 모르겠다. 일단 나를 만족시키는 것이 중요하다.

3

부모님과 저녁을 먹었다. 시답잖은 이야기. 농담. 웃음. 지금껏 내 삶의 저녁 식사는 여기 이 두 사람과의 식사 그리고 기타 등등으로 나뉠지도 모르겠다.

4

주말 간 몇 친구들이 화났는지 우울해서인지, 답답했는지 소주 한잔하자고 수원으로 찾아온다고 했다. 나는 원고 마감이 있어 오지 말라 했다. 그리고 오늘 한 친구가 전화를 해서 의미 없이, 대상 없이 허공에 욕을 계속했다. 나는 한참 웃으며 욕을 들어줬다. 시원해졌길 바란다. 요즘 내가 친구 역할을 잘 못 하는 것 같아 참 미안하다. 그렇다고 다른 역할을 잘하는 것도 아니지만.

---

1) 저자의 작품. 2019, 개인 발행.

2020. 2. 3

1

서울에는 좋아하는 사람들이 많아서 한강 다리를 건너면 괜히
즐겁다. 길만 걸어도 반가울 수 있을 것 같아서. 사실 서울은 엄
청 넓고 사람들은 문 안에 있는데.

2

인쇄 감리라고 하는 것이 그림책이나 사진집이 아닌 이상 정말
별것 없다.라고 말하면서 한 시간 가까이 기장님에게 '붉은색 좀
만 더 빼 줄 수 있나요, 1번이랑 2번이랑 중간 걸로 해주실 수 있
나요, 기장님은 어떠세요' 한다. 오래 일하신 기장님일수록 유난
과 정성, 가탈과 성심을 잘 알아봐 주시는 것 같다.

3

웹 소설 제안을 또 받았다. 장르의 문제가 아니라 원하시는 전개
의 글을 쓸 수 있는 근육이 없다고 말했다. 그러니 괜찮다고 말한

58

다. 대충 스토리라인을 잡아주면 편집자가 써줄 수 있다고. 모든 웹 소설 작가님이 이렇다는 것은 아니고 이렇게 할 수도 있다고 알려주시더라. 그렇게 진행하는 것도 재능인 것 같다. '나는 그다지 재미있는 사람이 아니어서 재미있는 이야기도 못 만들어 낸다.' 말했더니 나를 과소평가하지 말라 하신다. 왜 내게 이런 제안을 주는지 모르겠다. 나를 지나치게 과대평가하고 계신 거 같다. 그저 좋게 봐주셔서 감사하다.

4

친구들은 비 내리는 법을 몰라 내내 먹구름으로 지낸다. 나는 해가 될 수 없어, 같이 먹구름이 된다. 먹구름들이 부딪히면 비가 내릴 거라 믿는다. 비가 내리고 나면 갈라진 마음에도 싹이 날 거라 믿는다.

2020. 2. 5

1

데이터를 인쇄소로 넘기고 현중을 만나러 강릉에 왔다. 강릉에서도 주문 도서를 출고하고 카페에선 곧 출간될 도서의 보도자료를 쓴다. 내일은 계산서 발행. 일에는 얽매여있지만 장소로부터는 자유롭다. 별거 아니지만 공간의 환기는 내 일상의 흐름에 악센트가 되어준다. 그런데 악센트의 모양은 장소가 아니라 장소에 있는 사람의 얼굴을 하고 있다.

2

혼자 살고 있는 친구 집에 놀러 가면 참 존경스럽다. 나도 혼자야 살아 봤지만 의젓한 세간을 갖추고 손님을 맞이하는 일은 경험해 본 적 없는 일이기에. 나는 공간을 내어준 친구가 고맙고 친구는 시간을 내어준 내가 고맙다. 여전히 계속 서로의 사이를 함께 누릴 수 있다는 것이 기쁘고 다행이다.

3

'어떻게 글을 그렇게 많이 쓰냐' 사람들이 물어올 때, 농담으로 한가해서 그렇다고 하는데 사실이다. 실제로 한가할 수 있어서 글을 쓴다. 그래서 글 쓰는 사람이라면 뭐가 됐든, 분량이 얼마가 됐든 매일 써야 한다는 강박이 있다. '마감이 최고의 영감'이라 말하던 정균 형[1] 생각이 난다. 덕분에 매일 스스로 마감을 만든다. 읽는 이 없어도 보상이 없어도. 그렇지 않으면 한가는 꼭 나태로 성장한다. 그래서 쓰지 못한 날은 꼭 반성해야 한다. 나태한 내 모습을 잘 알고 있어서.

4

초당 순두부를 먹으러 〈동화 가든〉[2]을 갔다. 수요일 휴무라고 한다. 그 앞에 〈솔향 초당 순두부〉[3] 집을 갔다. 순두부 세트와 감자전을 시켰다. 순두부찌개는 워낙 맛있었고 감자전은 일품이었다. 배경과 분위기를 뺀 감자전 단품만으로는 태어나서 먹은 감자전 중 가장 맛있었다. 쫀득이는 점성은 활력이 있고 입안을 주유하는 감미는 마력이 있다. 아직도 입안에서 여진이 인다.

---

1) 저자의 동료 뮤지션, '김거지'라는 이름으로 활동 중이다.
2) 강릉 초당동에 위치한 순두부 음식점. 오랜 대기를 해야할 만큼 인기가 있다.
3) 강릉 초당동에 위치한 순두부 음식점.

2020. 2. 7

1

〈금천 칼국수〉[1]에 왔다. 장칼국수 집인데 강릉 주민 현중이가 맛집이라고 먹어야 한다고 해서. 장칼국수는 예전에 먹어봤는데 인상적인 맛은 아니었다. 그래도 이곳의 노포 느낌은 맛에 대한 기대를 준다. 먼저 김치가 압권이다. 칼국수가 나오기도 전에 김치 그릇을 비웠다. 〈일산 칼국수〉[2]의 김치를 가져와 옆에 두고 비교해보고 싶다. 칼국수가 나오질 않는다. 조금 오래 걸리나 보다. 진하게 붉은 장칼국수가 나왔다. 오이뮤에서 발행한 『색이름 352』[3] 책의 적색 계열에 장칼국수 색을 추가하고 싶다. 국물의 걸쭉함은 압도적이고 묵직한 매움은 파괴력을 가졌다. 면은 부담이 없고 칼국수 안 재료들은 조화롭다. 매운 것을 거의 못 먹는 현철이는 물을 세 번 부었다. 끝으로 밥도 넣어 먹는다고 해서 먹어봤는데 위화감은 없었으나 굳이 다시 밥을 넣어 먹진 않을 것 같다. 충분한 점심을 먹고 가게를 나가며 인사를 했다. "잘 먹었습니다."

2

일 때문에 안목 해변에 있는 〈스타벅스〉에 왔다. 나는 일하고 친구들은 멀리 해변에서 사진을 찍고 논다. 멀리 친구들이 보인다. 친구들의 웃음소리도 이미지로 보인다. 카페에서 노래가 나오고 예보에 없던 눈이 내린다. 한 편의 영화 같다는 생각을 한다.

3

저녁으로 〈엄지네 포장마차〉[4]에 왔다. 당연히 대기를 염두에 두고 포장하려 했는데 빈 좌석이 많았다. 이럴 수가. 강릉 올 때마다 찾는 이곳은 항상 한 시간 이상 대기를 했는데. 코로나의 여파. 잠시 잊었던 경각심이 선다. 꼬막 비빔밥을 하나 시키고 미역국을 먹는다. 소고기와 참기름, 미역의 맛이 진하게 조화롭다. 맛의 모양이 있다면 아주 작지만 단단한 모양을 하고 있을 것 같다. 분명, 이 미역국 때문에 이곳을 찾는 사람도 있을 것이다. 이어서 꼬막 비빔밥이 나왔다. 이젠 워낙 유명해져서 유사 식당들도 많이 생겼지만 흉내 내지 못하는 맛이 있다. 점심으로 먹은 장칼국수는 묵직하게 매웠다면 이곳은 발랄하게 맵다. 사실 매운 음식을 잘 못 먹는 나에게나 맵지, 다른 사람들에겐 감칠맛 정도일지도 모른다. 그토록 수다스럽던 우리는 한마디 말 없이 수저질만 했고 열중과 함께 풀린 입에서 나온 첫 마디는 "공깃밥 두 개 더 비빌까?"였다. 정말로 엄지네 꼬막 비빔밥처럼 몰입시키는 글을

---

1) 강릉 포남동에 있는 장칼국수 음식점.
2) 일산에 있는 닭칼국수 집, 김치가 맛있다.
3) 352개의 색을 우리말로 정의한 책, 2019, 오이뮤 발행.
4) 꼬막 비빔밥으로 유명한, 강릉 음식점.

쓰고 싶다. 마지막 고추와 양념까지 숟가락으로 긁어먹고 우리
는 자리에서 일어났다.

4

인천에 사는 현철이가 봉담까지 와서 나를 데리고 강릉까지 운
전을 했다. 그 말은 다시 현철이가 운전을 해서 나를 봉담에 데
려다주고 인천으로 가야 한다는 것이다. 보통 내가 그 역할을 자
주 맡지만 이번엔 다른 사람이 맡은 것이다. 얼마나 편안하고 좋
은지. 하지만 여전히 보조석은 내게 낯설다. 내내 미안하고 고맙
다. 그런데 또 그걸 말하려니 쑥스럽고 간지러워 못 하겠다. 그래
도 말해야 한다. 그것이 운전자의 보람이니까. 현철이 덕분에 아
주 편안하고 즐거운 날들이었다. 특히 이번 강릉은 유독 고맙고
감동인 지점이 많았다. 참 내 인생이 마음에 든다. 좋은 친구들이
많아서.

1

유명 만두 맛집이라고 해서 기대를 했다. 그런데 만두를 좋아하지 않으면, 아무리 만두 맛집이래도 별거 없다는 걸 알았다. 이렇게 말하면 이 맛집은 그저 그런 맛집이 된 것 같지만 사실 만두가 특별하긴 했다. 내가 만두를 안 좋아해서 맛있지 않았던 거지. 사실 되게 바보 같고 웃긴 일이다. 하지만 주위에서 종종 일어나는 일이다.

2

청소를 하다가 지지대가 부서진 스탠드 하나를 버렸다. 스탠드는 어떤 충격으로 부서진 것이 아니라 접착된 부분이 떨어져서 부서졌다. 파괴된 스탠드 지지대 안에는 무게를 만들기 위한 모래가 가득했다. 이제 물건을 살 땐 무엇으로 어떻게 만들어졌는지 따져 사야겠다.

3

새로운 책 출간일이 다음 주로 늦어졌다. 이런 경우는 처음인데.
아무래도 좋은 징조인 것 같다.

4

2월 말일까지 3년 동안 있었던 작업실 정리를 해야 한다. 소위
방 빼야 한다. 쉽지 않다. 마음이 복잡한 이삿짐이다.

1

싫어하는 것을 하지 않는 일은 사랑을 지키는 일이고 좋아하는 것을 하는 일은 사랑을 키우는 일이다.

2

과거와 달라진 사람과의 대화에서 과거를 끌어오는 것은 과거에 머물러 있는 화자의 현실적이지 못한 이야기이고. 과거와 다를 게 없는 사람과의 대화에서 과거를 끌고 오는 것은 아직 과거에 머물러 있은 사람에게 펼쳐주는 현재의 이야기이다.

3

아름답다고 느껴지는 것들 사이의 차이가 무엇인지 몰랐다. 다양하게 많이 보고 꼼꼼하게, 오래 고민했다. 허락해준 것들은 허락해준 만큼 활용했고 재능이 부족해서 천재들이 내놓은 재능들을 기꺼이 구입했다. 읽고 보고 경험하면서 이제 아름다운 것들이 왜 아름다운지 이유를 조금은 알 것 같다. 아주 가끔 스스로 성장했음을 느끼는데 이때가 제일 위험하다. 운전 3년 차가 초보 운전보다 위험하다는 말처럼.

4

위선이라는 게 어쩌면 최선의 예의일지도 모르겠다는 생각을 했다.

2020. 2. 11

1

작업실에서 식물들을 뺐다. 분갈이할 때 스티로폼을 많이 넣어 다행히 무겁지 않다. 의외로 모르는 사람들이 많더라. 분갈이할 때 스티로폼을 섞으면 가볍고, 물도 자주 주지 않아도 된다는 걸. 이게 뭐라고 뿌듯하다.

2

봉준호 감독 수상에 좋은 영감과 희망을 느낀다. 나뿐만이 아닐 것이다. 그는 자신의 일을 할 뿐이지만 누군가에게 은인이고 스승이 된다.

3

사람들에게 경험을 묻는다. 인터넷에 검색해보라는 말에 너스레를 떤다. 정보 말고 지혜를 얻고 싶다. 잘하는 법 말고 무사히 하는 방법. 사람마다 성숙된 카테고리 하나쯤은 있다고 믿어서.

2020. 2. 12

1

〈맥키퍼〉[1]를 업데이트하면서 지금까지 내가 쓰지 않던 기능이 있다는 걸 알았다. 광고 차단 기능. 이런 거 모르는 사람들은 '누가 요즘 오프라인 광고하냐, 온라인 광고해야지' 하시겠지. 뛰는 놈 위에 나는 놈 있는 줄도 모르고. 참 신기하다. 새로운 기술도, 옛말도.

2

혼자서 별빛들 보살피는 일을 3년째 하다 보니 조금 버거움을 느낀다. 버거움을 느낀다는 것은 별빛들이 넉넉하게 자라고 있다는 다행스러운 신호이기도 하다. 하루를 넘칠 만큼 꽈득찬 일들이 버거운 요즘, 서점 사장님들의 카톡과 메시지, 메일은 아주 큰 힘이 된다. 내용이 정산이든 업무 실수든 가벼운 소통이든. 그렇게 그들과 주고받다 보면 그들과 함께이기에 나는 겨우 해내고 있구나. 생각하게 된다. 내가 부족한 것들을 보살펴 주고, 내 잘못을 꼬집어 주고 그래서 정말 소중한 내 결과물, 다음의 씨앗을 믿고 맡길 수 있는. 이런 사람들이 조금 더 있으면 좋겠다고 생각한다. 함께 하는 사람들. 아무리 용맹하고 지혜로워도 세상은 혼

70

자서 고고할 순 없다. 오랫동안 힘준 다리는 쥐가 나고, 사주경계를 오래 하다 보면 자신을 놓치며, 급한 손은 떨어지는 작은 것들을 줍지 못함을 안다. 그렇기에 함께할 사람을 찾는다. 함께할 사람을 기다린다. 그리고 그들과 더 함께하고 싶다. 함께 할 것이다. 더 나누고 더 믿고 더 의지할 것이다. 더 이상 혼자가 아니라고 혼자서 너무 힘들지 말라고, 조금은 그래도 된다고. 3년 차에 접어들면서 스스로에게 말한다.

3

오늘 저녁 반찬 중에 감태가 있었다. 감태나 파래나 매생이나 다 똑같이 생겼는데 아버지는 구별 못한다고 쓴소리하신다. 아버지도 관심 없어 모르는 건 다 똑같이 생겼다고 하시면서.

---

1) 맥 보안프로그램.

2020. 2. 13

1

『밀회』[1] 본 적이 언젠데 김희애 드라마 소식에 설렌다. 이제 더 바빠질 텐데, 차라리 시시했으면 좋겠다.

2

수영 형[2]의 미공개 원고를 읽었다. 잘 쓰고 싶은 사람은 생활을 다 보려 노력하고 그것들을 다 쓰지 않으려 노력하는 것 같다. 오수영 그리고 별빛들. 서로의 이름 옆에 나란히 싸인을 했다. 부자가 된 느낌이다.

3

어떤 사람과 함께 있을 때 내 모습이 제법 괜찮다고 느껴질 때가 있다. 혼자 스스로의 모습이 별로라는 생각이 들 때 그런 사람을 만나면 좋다. 잠깐이라도 오늘같이.

4

경쟁하기 싫다고 말하면, 경쟁하지도 않는 것들이 그런 말 한다고 경쟁이나 해보고 그런 말 하라는데, 도시에 경쟁 아닌 곳이 어디 있어, 경쟁을 피하겠나. 더 치열하고 처절하게 살기 싫다는 거지. 그리고 경쟁하기 싫다는데 그런 말 할 거면 경쟁하라는 건 또, 무슨.

---

1) 2014, 김희애 주연의 JTBC 편성 드라마.
2) 저자의 동료 작가. 『우리는 서로를 모르고』, 『깨지기 쉬운 마음을 위해서』 등을 썼다.

2020. 2. 14

1

평화롭지 못한 나의 상태를 아는 친구가 나의 SNS 소개 글
Work, Love, Peace에서 Peace의 진정성을 의심한다. 하지만 의
심할 것도 없다. 상태의 글이 아니라, 소망의 글이니까. 나는 간
절히 평화를 원한다. 항상 전쟁 중이어서. 군가를 부른다. "전쟁
같은 사랑-"[1]

2

1월이 희망월이라면 2월은 용기월이라 불렀다. 2월은 용기가 많
이 쓰일 것 같아서. 용기는 대게 무언가를 시작할 때 필요하지만
끝마침에도 필요한 용기가 있다. 오늘은 용기를 내어 작업실 벽
에 붙은 별빛들 소개 시트지를 떼었다. 말끔하게 떨어지지 않는
것이 오히려 좋았다. 3년 전 시트지 붙이던 때가 자꾸 딸꾹질해
숨을 안으로 쉬어 꾹꾹 눌렀다. 이사라는 것이 이렇게 어려운지
몰랐다. 이 공간에 대한 내 사랑이 시트지라면 나는 떠날지도 모
르고 곳곳에 아주 사랑 사랑을 해놨다. 사랑을 떼는 것도 쉽지 않
고 떨어진 자리를 보는 것도 쉽지 않다. 다시는 하고 싶지 않은
일이다.

3

감칠맛 다음 6의 미각으로 지방맛과 물맛이 후보에 올랐다고 한
다. 그러니까 물맛이라는 게 존재한다는 거다. 내가 음식점에서
'이 집 물 맛있다.'라고 했을 때 비웃었던 친구들 기다리길.*

4

각자에겐 주어진 날이 있는 게 분명하다. 그러니까 내 행동이 그
날에 맞으면 그것이 행운이구나 싶다. 매일 그날의 운세를 챙겨
보던 어머니 생각이 난다. 간혹 어머니는 '오늘은 조심해라'라고
했다. 그날은 많이 행동하면 안 되는 것이다. 오늘처럼. 나는 똑
똑하지 못해 꼭 체험을 통해 교훈을 얻는다. 이제는 기다릴 줄 알
아야 한다. 내게 주어진 날을.

---

1) 2000, 임재범 『너를 위해』.

*) 6의 미각은 '지방맛'이 됐다. (편집일 2021년 1월)

2020. 2. 16

1

오늘도 작업실 정리를 했다. 가구와 물건들을 버렸다. 지난날 잠깐의 기분을 위해서 기꺼이 지불하여 가져온 것들. 버리고, 버리고. 버려지는 것들을 만들기 위해서 희생됐을 것들이 상상된다. 내 손에만 오지 않았어도 어딘가에 이 녀석들 자리 하나쯤은 있었을 텐데. 앞으로도 잠깐의 기분을 위해서 얼마나 또 버릴 물건들을 살 것인지. 정말 다시는 반복하지 말아야 할 잘못.

2

졸려서 눈 감고 누웠는데 종일 도도하던 단아[1]가 옆에 앉더니 수줍게 볼에 뽀뽀를 했다. 거칠기만 한 삶에 부드러움을 허락해주듯, 끊임없이 흐르는 내 초능력의 수원지. 사랑이다.

3

슬퍼할 일과 분노할 일을 종종 착각한다.

4

사랑한 만큼 기대하고 기대한 만큼 실망하고 실망한 만큼 상처받고 상처받은 만큼 아프고 그래서 사랑이 싫고. 그럼에도 사랑한 만큼 특별하고 특별한 만큼 감동되고 감동된 만큼 추억되고 추억만큼 행복해서 사랑이 좋다. 사랑의 후과는 이럴 수도, 저럴 수도 있지만 사랑의 구절 시작점에 있는 '사랑한 만큼'을 스스로 많거나 적게 착각해서는 안 된다. 나는 아직도 미성숙한 인간이라 이렇게 쓰고 읽으며 공부해야 안다.

---

1) 저자의 조카. 누나 딸의 이름.

2020. 2. 17

1

파주 출판 단지에 왔다. 나에겐 할리우드 같은 곳. 미감을 갖춘 건물들이 나열돼있고 건물마다 출판사 이름표를 달고 있다. 책을 파는 것에 있어서는 동종업이지만 나와는 전혀 다른 업계 회사들 같은. 자괴감도 들지만 동경심도 같이 이는 이곳. 나도 언젠간 책을 팔아서 이곳에 이름을 나란히 할 수 있을까.

2

〈교보문고〉 본사에 왔다. 대형 출판사든 1인 출판사든 담당자와 미팅을 하기 위해 대기를 해야 한다. 이곳에서 우린 제법 평등하다. 그래서 처음 왔을 땐 대형 출판사들과 어깨를 나란히 한다고 착각하기도 했다, 비록 나는 움츠리고 있긴 했지만. 에세이 담당자가 바뀌었다. 그간 나를 귀엽고 기특하게 봐주시던 차장님이 아닌 처음 보는 남자 과장님이다. 뭐랄까 업무 능력이 뛰어난 바위 같다고 할까. 첫인상은 그랬다. 나는 새로 출간할 두 증보판의 설명을 했다. 그는 내 이야기를 꼼꼼하게 귀로 담으면서 뭔가 이상하다는 듯 마우스로 컴퓨터를 다그쳤다. 그러니까 책은 좋은데 자신이 생각한 만큼의 판매 데이터가 나오지 않는다고. 굳이 나를 칭찬으로 맞아줄 이유 없는, 그의 칭찬에 나는 너무 쉽게 당황했다. 모든 면에서 안 팔릴 이유가 없다고, 책이 좋아서 기대하고 판매 수치를 봤는데 안타깝다고 한다. 겨우 대화의 기회를 얻을 수 있는 이곳에서 처음으로 받아보는 진지하고 무거운 칭찬이다. 그는 별빛들을 진단하고 지금보다 마케팅에 5배는 더 힘을 쏟으라 한다. 힘들고 뻔뻔해져야 하는 일이라는 걸 알지만 책은 살리고 봐야 하지 않겠냐고. 그의 눈빛은 '이 판매량으로 만족해선 안 된다.'라며 안주하던 나를 다그친다. 이 순간 나보다도 별빛들을 애정 해주는 그의 말에 눈물이 나 버렸다. 그동안의 내 믿음이 혼자만의 자위가 아니었음을 확인받아서. 그는 세태를 안타까워하고 시장을 비판하며 자신들의 잘못을 인정한다. 그럼에도 도움이 되지 못하는 자신의 무력함을 미안해했다. 나는 그의 말에 반성하고 위로받으며 희망을 만든다. 그의 말처럼 희망은 5배를 더 해야지 만들어지는 것이지만.

3

수험생 시절 이후로 처음 코피를 경험한다. 오랜만이다. 그때도 지금도 코피는 최선을 다한 사람들만 흘릴 수 있는 증거라고 생각해서 흐르는 피가 보람차기만 하다. 얼마나 야만적이고 옳지 못한 확인법인지 알고 있으면서도.

2020. 2. 19

1

진심 응원을 받아서 과장님 말대로 〈교보문고〉 몇 점포를 돌았다. 서점을 돌아다닐 땐 별빛들 책을 손에 들고 다닌다. 표지가 잘 보이게. 도시에선 내 책을 홍보할 손바닥만 한 자리도 돈을 내야 하니까, 내가 할 수 있는 최선의 방법으로. 도서 검색대에 괜히 별빛들 책을 검색하고 그대로 둔다. 그걸 보고 살 사람은 없겠지만. 매대에 누워진 책들을 살펴본다. 어제 과장님이 해준 칭찬이 민망하다. 좋은 책이 많아서. 좋은 책이 많다. 정말 많다. 그중에 몇백 쇄 기념이라 쓰여 있는 인쇄물이 그저 신기하기만 하다.

2

컵을 깼을 때, 나는 컵을 걱정하고 미림은 내 발을 걱정한다. 온 발을 덮은 두꺼운 실내화를 신고 있음에도 불구하고. 날카로운 잔소리와 함께. 조금 과한 것 같지만 싫진 않다.

3

힘든 날이지만 나보다 더 힘든 이를 보면 쉽게 힘들 수 없다. 아무리 팔이 잘린 사람 앞에서도 제 손톱 아래 가시가 제일 아픈 법이라지만, 힘들다고 말하기에 부끄러운 건, 또 부끄럽다.

4

『참을 수 없는 존재의 가벼움』[1]을 읽다가 요즘 쓰고 있는 소설의 주인공 별명을 '키치'라고 지었다. 서사를 송두리째 흔들 수 있는 별명을 짓고. 혼자 기뻐서 잠을 못 잔다. 쓰고 싶은 게 너무 많다.

---

1) 밀란 쿤데라의 장편소설, 2018 민음사 발행.

2020. 2. 20

1

나로 인해 기쁜 사람이 늘어나는 것, 존재의 기쁨. 내가 기쁘게
해줄 수 있는 사람이 늘어나는 것. 삶의 기쁨.

2

각자의 삶을 사는 것, 함께. 내가 추구하는 성숙한 연애다. 상대
방을 독립된 인격체로 인정하고 지켜봐 주는 것. 열렬히 사랑하
고 응원하는 것, 딱 거기까지가 내 몫이라고 다짐하지만 '오빠 없
인 못 살아'라는 말에 또 그녀의 삶에 관여를 하고 있다. '오빠 없
인 못 살아'라는 말. 그 맛에 나는 또 살고 있고.

3

나를 완성 시켜준 사람이 태어난 날. 고마운 날. 그래서 특별한
날. 기념의 날.

4

아주 가끔 내가 사랑하는 사람이 미림이어서 다행이라 생각할 때가 있다. 나의 모자람에도 쉽게 만족하고 대단하지 않은 선물에 환희의 얼굴을 하는 그를 보면. 나는 미안하지만 덕분에 다행을 알고, 덕분에 염치없이 행복을 배운다. 이 사람이 옆에 있다면 진창 같은 삶이라고 계속 살고 싶다. 그래서 이 사람과 같이 살고 싶다 생각했다. 그리고 그렇게 됐다. 그런데도 계속 생각한다. 이 사람과 같이 살고 싶다고. 처음 생각한 살고 싶음은 생활의 동반 같은 거고 계속 드는 살고 싶음은 수명의 동행 같은 것.

1

저작권료와 음원 수익금이 또 들어왔다. 그러니까 극소하더라도 주기적으로 계속 들어온다. 저작권료와 음원 수익금은 내가 없는 세계에서 내가 나오고, 누군가가 나를 듣고 있다는 근거가 되어준다. 내가 사랑받는 순간을 목격하지 못하지만 근거들을 마주하면서 신비로움을 만끽한다. 나는 그 순간을 추리할 수 있지만 단정 짓지 못한다. 언젠가 그 순간을 꼭 목격하고 싶다. 책방 사장님들도 말한다. '광호 씨 팬이 참 많아요.' 꼭 내가 사랑받는 순간은 내가 없는 세계에서 진행된다.

2

나의 요즘 최대의 숙제는 마케팅이다. '열심히와 잘'같이 형체 없이 주어진 과제는 불 꺼진 방에서 비밀스러운 사물을 찾는 것처럼 더듬거리게만 만들지만 최근 설정한 '다섯 배의 노력'과 같이 실루엣이라도 존재하는 과제는 나를 의식적으로 행동하게 만든다. 하지만 지금 활동의 다섯 배를 더 하는 것은 아무래도 내가 다섯 명이지 않는 이상 물리적으로 어렵기만 하고 나는 방법을 찾는다. 하나의 몸으로 할 수 있는, 하지만 하지 않고 있던 일들 다섯 가지를.

3

독자의 메일을 받았다. 누군가에게 선한 영향을 미칠 수 있다는 게 기쁘다. 아주 가끔 내가 대단한 일을 한다고 착각하지만 사실, 아주 사소한 일임을 알고 있다. 그러면서도 이 사소한 감동이 또 얼마나 값진 것인지 안다. 누군가는 서비스로, 교육으로, 상품으로 선한 영향을 펼친다. 그리고 나는 그런 일들을 적절한 글로써 하고 있다. 누군가에게 건네줄 무엇이 있다는 게 기쁘다. 그 과정은 또 즐겁다. 받은 이의 감동이 다시 나의 감동이 되는 멋진 순환의 일. 내 작은 육체로 할 수 있는 가장 충분한 일일 것이다. 소망이 있다면 이 일을 계속하고 싶다. 누구의 마음에도 상처를 주지 않고 오래오래, 기쁘게.

4

고뇌하는 친구 앞의 선택지는 과거 내가 풀어봤던 문제다. 나는 답을 안다. 오만이 아니라 믿는다. '나중에 후회할 게 뻔히 보여'라고 말하는 친구에게 후회 않는 법 대신 후회까지 사랑할 수 있는 시를 말한다. 답은 있다. 친구가 고르는 것. 그것은 누가 뭐래도 친구 삶의 정답일 것이다.

2020. 2. 22

1

미림의 일을 도와 사진 촬영을 할 땐, 기존의 옷 사진과는 다른 미감을 내려 노력한다. 다른 미감이 미림의 일을 방해할까 두렵지만, 똑같은 건 너무 재미가 없다. 어쩔 수 없다. 나는 만드는 사람이라.

2

내가 미림과 결혼하고 싶은 이유는 오래 만나서, 적당해서 그런 이유가 전혀 아니다. 내 결심의 이유는 인생을 사는 데 있어서 더 즐겁고 싶고, 더 행복하고 싶고, 더 멋있고 싶고, 더 완벽하고 싶어서. 그렇게 만들어 주는 존재가 미림이여서. 미림이 유일해서. 나는 아주 가끔 아닐지도 모른다고 생각하는데, 내 인생은 미림이어야 한다고 한다.

하는 일 때문이든, 버릇이든, 성격 때문이든 사람을 보면 관성적으로 관찰하게 된다. 오늘은 주변을 깔아뭉개 상대방을 파괴해서 자신의 자존감을 높이는 사람을 만났다. 꼭 자신의 자존감 때문에 욕하고 무시하고 화내는 건 아니겠지만 포함되어 있을 거다. 그를 비추어 내 모습을 바르게 가다듬는다. 그리고 그에게 비춘 내 모습을 보며 그를 이해하고 용서한다. 이해라는 것이 어차피 내 편견 안에 그를 가두는 일일지라도. 나는 평화를 원한다.

2020. 2. 23

1

오랫동안 못 본 친구 한영[1]과 오랜만에 통화를 하며 '서로 좋아하는 일로 가능성을 만들어보자!' 파이팅을 매만진다. 통화를 끝낸 지 얼마 되지 않아 다른 친구의 소식을 듣는다. 아무래도 유튜브와 어울리지 않는 친구인데 유튜브를 할 거라고. 콘텐츠도 친구가 관심 없는 거지만 요즘은 이런 게 돈이 될 거라고. 차라리 콘텐츠라도 친구가 좋아하는 게임 방송은 어떨지 물어보지만 소용없다. 시도는 모두 아름다운 거지만 왠지 아름답기보단 개걸스럽게 기웃거리는 것처럼 보인다. 파리한 나의 편견. 그래, 타인의 시선이 중요한가. 이루면 됐지. 하지만 나는 친구가 조금 더 멋있고 값지게 자신을 썼으면 한다. 유튜버들의 성공을 모방하는 데 말고. 친구 자신의 성공을 위해. 그게 그것이었다면, 나는 그를 위해 축복에 몸 던져야겠지.

2

글쎄, 나는 모르는 것이 너무 많아서 지금의 사태를 누구의 책임으로 돌려야 할지 모르겠다. '조심하되 공포는 갖지 말자'고 말했던 지난날이 겸연쩍고 혐오를 만들던 사람들에게 무작하다 했던 과거가 죄송하다. 마스크 착용하고, 손을 자주 씻으면 맑은 세상

올 거라 했지만 날은 더욱 희뿌옇다. 이제는 모르는 사람을 욕해
야만 안전의 믿음을 얻을 수 있다. 국가가 개개인을 통제할 수 있
는 시대는 지났지만 시대착오적인 분들은 삼청교육대를 그리워
한다. 도대체 얼마만큼 수동적이고 싶으신 걸까. 내 친구는 국가
를 탓하지만 사실 친구도 정치, 경제 같은 것들을 말하지 않아도
알고 있을 것이다. 그리고 그것들이 우리 개개인의 삶에 얼마나
직접적으로 영향을 주는지도. 무능이라고 하기엔 이번 문제가
너무 어렵지 않나 싶다. 어려운 문제를 해결 못 하는 것이 무능이
라 하면 무능과 유능 사이에는 그 어떤 능도 없냐고 귀엽게 말하
고 싶다. 그래도 최선을 다해 존재하는 국가와 함께 우리도 최선
을 다해서 이겨보자고 희망스럽게 말하고 싶다. 오늘도 내가 존
경하는 사람들은 묵묵히 마스크를 쓰고 손을 씻으며 사람들을
배려하고 있기에.

3

단아를 보면서 어떻게 세상을 알려줘야 하나, 고민하고 공부하
다 보니 오히려 공부되고 배우는 쪽은 나다. '가르치면서 배운
다.'라는 말이 증명된다. 엄마들이 어떻게 삶에 있어 그토록 지혜
로웠는지 이제 알겠다.

---

1) 저자의 고향 친구.

2020. 2. 24

1

'무슨 꿈이 그렇게 디테일해'라고 말할 정도로 내 꿈은 꼭 있었던 일 같고, 자고 일어나면 현실의 일도 진짜 있었던 일인가 헷갈리기만 하다. 너무 늦어버린 잠과 그런 잠을 자꾸 깨우는 압박들. 나의 잠은 짓눌리고 꿈은 자주 끊긴다. 다시 잠들면 꿈이 연결되는 일은 오래된 일이지만 여전히 기이하기만 하고 오늘도 정말 어디까지가 현실이고 어디까지가 꿈인지. 마냥 신기한 현상이라기엔 건강하지 않음의 분명한 근거다. 나도 헤어나오고 싶다.

2

기분 좋은 제안을 받았다. 〈강남 교보문고〉에서 별빛들의 책을 보고 반했다고 별빛들의 책 유통과 마케팅을 하고 싶다고 말했다. 어떤 일을 하든지 만나자고 하는 사람은 좋다. 일보다 사람이 중요하다는 것을 아는 사람 같아서. 그는 나를 만나 보고 싶다고 했다. 그의 말에 나도 그가 만나보고 싶었다. 통화 30분에 20분은 나와 별빛들 칭찬이었다. 그의 칭찬은 달콤하지만 겸손하게 만드는 힘이 있었다. 정말 그가 말하는 대로, 그의 꿈을 실현시켜 줄 만큼 나도, 별빛들도 굉장하지 않은 것 같아서. 내게 좋은 제안을 줬던 사람들이 생각난다. 당연하지만 똑같은 제안이라도 어떤 사람이 어떻게 하는지에 따라 생명이 결정된다. 그런 면에서 그는 유능하다. 그런 사람이 하는 일이라면 기대해 볼 만도 하겠다 싶었다.

3

요즘에 오랜 무명시절을 버텨온 사람들의 인터뷰를 찾아보고 읽는다. 세계 너머 사람들과 연대한다. 사례를 수집하는 것. 희망을 경험해보는 일이다.

4

태어나서 한 번도 술이 땡긴 적 없는 현중과 다르게 나는 자주 술이 땡긴다. 그러니까 적당히 추운 요즘 같은 날, 창에 김 서린 노포 느낌 술집에서 닭발이랑 어묵탕 뭐 이것저것. 생각해보면 겨울과 취했던 적이 많아 그런가, 욕구라는 건 되게 경험적이구나 싶다. 명학역 앞 2층, 이름 기억 안 나는 술집에서 후배 몇과 동기, 그리고 미림과 술 먹던 날이 기억난다. 그때 술집에서 나오는 음악이 얼마나 좋았던지 '지금 이 장면을 3인칭으로 기억하고 싶다.'라는 나의 말에 모두가 질색하며 비명을 질렀던. 씩씩하게 앙증맞던 그때가.

1

파본들, 폐어 나갔다가 손상된 책들, 반품된 책들 이래저래 하니 100부가 넘었다. 나는 오랫동안 아무것도 못하고 풀어진 시선으로 책들을 문질렀다. 자꾸 문지르니까 책이 젖었다. 조금 더 이 아이들을 소중히 생각하지 못한 것이 후회됐고 더 이상 지켜주지 못함에 미안했다. 드라마 『로맨스는 별책부록』[1]에서 은호[2]의 대사처럼 창고에 있으면 보관료만 계속 나가니 무조건 가지고 있을 수도 없는 일이니까. 책을 폐기하면 담뱃값과 로또 값 정도는 될 줄 알았는데 천오백 원을 받았다. 한 박스였는데. 나는 주저앉아서 오랫동안 엄지로 지폐를 문질렀다. 자꾸 문질러서 그런가. 지폐가 젖었다.

2

배신이라는 말을 들으면 유독 과민해지는데 배신이라는 글자에 뭉툭한 부분 없이 뾰족하기만 해서 그런 건 아닐 것이다. 관계를 맺고 사회를 이루게 해주는 토대. 아니 사랑의 태반. 그런 믿음을 저버리는 것. 그런데 이 배신이라는 게 정말 별거 아니다. 나는 믿고 있는데 나의 믿음을 외면하고 약속을 어기는 것, 아니 어쩌면 믿음을 이용해서 약속을 어기는 것. 그런데 이 별거 아닌 배신이 정말 속상한 건, 다른 사람을 못 믿게 만들기 때문이다.

3

고고하고 아름다운 지느러미의 물고기를 알고 있다. 그는 좁기만 한 어항에서 부족한 숨을 얻는 방법은 성실한 아가미밖에 없다고 믿었다. 그는 성실한 아가미 덕분에 지느러미만큼은 아름다울 수 있다 생각했다. 하지만 오늘 물고기는 어항의 물을 잃고 바닥으로 추락했다. 고고하기만 하던 지느러미는 힘없이 바닥에 눌어붙었고, 신뢰하던 아가미도 어항의 물 없이는 아무런 기능을 하지 못했다. 그제야 물고기는 자신의 지느러미도, 성실한 아가미도 모든 것이 어항의 물 덕분임을 깨닫는다. 물 밖에서 아무것도 할 수 없는 물고기는 어떻게든 살고 싶고, 태어나 처음으로 비명을 지른다. 그렇게 목소리를 얻은 물고기의 첫 언어는 절규였다.

---

1) 출판을 소재로한 tvN 편성 드라마. 2019.
2) 극중 출판사 편집장 남자 주인공 이름.

2020. 2. 26

1

애정 하는 매거진이 도착했다. 애정 하는 사람의 글을 찾아 읽는다. 이번 글에서 느껴지는 그는 조금 귀여운 것 같다. 만드는 사람이라 상품의 만듦새를 꼼꼼하게 보는 편이다. 결과물도 결과물이지만 의도와 정성에 후한 점수를 준다. 커피 한 잔을 아주 꼼꼼하게 마시던 형에게 그렇게 살면 피곤하지 않냐고 물어보던 내가 생각난다. 만나면 사과해야겠다.

2

버리고, 나누고, 옮기고, 맡기고. 돈을 쓰지 않고 이사하기 위해서 고군분투했지만 결국 용달차 한 대를 부르기로 나 자신과 타협했다. 작년 〈서울국제도서전〉[1]에서 천 부 넘는 책들을 혼자 옮겼던 때가 생각난다. 좀 더 똑똑했다면 뭐가 이득인지 빨리 셈했을 텐데. 이제 그만 미련하고 싶다.

94

3

친구들 연애 상담, 진로 상담으로 밤 시간을 다 써버렸다. 참 다들 세상사 어지간히 따지고 산다고 생각하는데 이쯤 되면 오히려 안 따지는 나를 보게 된다. 오늘 생각한 미련함이랑 관련 있는 거 같기도 하고. 그러고 보면 다들 뭔가를 시작하기 전에 셈을 참 많이 한다. 이제는 아무래도 어린 날의 손해나 책임들처럼 마냥 아름답지만은 않으니까. 나 늙어 가니.

4

자고 일어나면 코로나19 감염자가 늘어나 있고 그로 인한 사망자가 늘어나 있다. 최선의 예방은 구하기 어렵거나 턱없이 비싸고, 어떤 자영업자들은 전염병보다 돈이 더 무섭다. 믿음이 사라진 세상에서 목격한 열렬한 믿음이 아름답지 않아 보이는 건 슬프기만 하다. 전염병은 종종 있었지만 지금 같은 세상은 처음이다. 전염병이 진화한 것인지 정보가 진화한 것인지. 모르는 게 약인지. 아는 게 힘인지. 먼지보다 작은 바이러스가 생활을 흔든다. 바이러스보다 작은 나는 가냘픈 손으로 기도한다. 부디, 무사히 봄을 맞길. 모두 승리하길.

---

1) 대한출판문화협회에서 주최하는 국내 북페어.

2020. 2. 27

1

〈경기문화재단〉에게 감사패를 받았다. 받자마자 나는 탁구선수처럼 '아니 감사할 짓을 안 했는데 왜 주시느냐고' 받아쳤다. 주는 사람 표정을 보니 나는 참 받을 줄 모르는구나 싶다. 이별의 사인을 하고 마지막 시트지를 떼기 전 사진을 찍어 〈인스타그램〉 스토리에 올렸다. 몇 명이 울어줬고 몇 명이 박수를 줬다. 몇 명은 메시지를 보냈고 몇 명은 전화를 줬다. 한 번도 팀원을 가져본 적 없지만 그 사람들이 모두 같은 팀이었던 것처럼만 느껴진다.

2

아버지가 짐 옮기는 걸 도와주겠다고 가게 문을 연 채로 왔다. 우악하기보단 조밀하게 발달된 아버지의 근육을 본다. 한 번도 나보다 젊어 본 적 없던 아버지는 단 한 번도 나보다 약했던 적 없었다. 그 많고 강한 힘은 저 옹골진 근육에서 나오는 거겠지. 하지만 오늘은 저 옹골진 근육이 찐하게 수축해도 예전 같은 힘이 느껴지지 않는다. 파르르. 나의 언덕이 무너지는 소리. 나는 아버지를 말릴 수 없고 언덕의 붕괴를 막는 방법은 내가 더 빨리 움직이는 것뿐이다. 다행히 아버지의 일은 두 박스를 옮기는 것에서 그쳤다. 아버지는 자신의 도움이 만족스럽지 않았는지 나보다 먼저 지갑을 꺼내 용달비를 내주었다. 고맙지만 또 미안하다. '얼마나 더 자식을 미안하게 만들려고 자꾸 이렇게 잘해주나'싶지만 끝끝내 아버지의 호의를 거절했다면 아버지는 보람 없이 가게로 돌아가며 '저 새끼는 얼마나 더 부모를 미안하게 만들려고 저러나' 싶었을 것이다.

3

수영 형과 유수 형[1]의 원고를 읽는다. 일이 아니라 독자로서 별 생각 없이 원고를 읽으려 했는데 읽다 보니 일이 하고 싶다. 빨리 이 두 작가의 책을 만들고 싶은 거다. 나도 글이 쓰고 싶어진 거다. '아티스트가 아티스트에게 영감을 받는다는 건 정말 굉장한 일이고 쉽지 않은 일이야.'라고 말하던 욱재 형[2]이 생각난다. 나는 영감과 자극을 정말 쉽게 받는다. 아티스트가 아니라 그런가.

---

1) 저자의 동료 작가. 『사랑의 몽타주』, 『너는 불투명한 문』 등을 썼다.
2) 저자의 동료 뮤지션, 그룹 '노리플라이'로 활동 중이다.

2020. 2. 28

1

한 시간을 지각한 사람이 뻔뻔하게도 내게 글감을 만들어 주기 위해 지각했다고 말한다. 그런 뻔뻔함을 내가 귀여워한다는 걸 아는 여자. 실제로는 어떤 귀여운 얼굴을 하고 있겠지만, 메시지 상으로 울상을 지으며 화 내달라고 애원한다. 하지만 화가 나지 않아서 낼 수가 없다.

2

'오랫동안의 로맨스와 교전. 찬란하고 아슬아슬했던 반복의 시간을 거쳐, 이제는 내구성을 갖춘.'이라는 문장을 썼다. 나도 미림을 알고, 미림도 나를 안다. 우린 여유를 갖고 여유를 통해 평화를 만든다. 비록 서로를 안다는 오만은 또 다른 사건을 만들기도 하지만.

촬영 때 입을 턱시도 선택과 본식 때 입을 예복 가봉을 위해 예약한 테일러샵을 갔다. 턱시도를 이것저것 입어보는데 왠지 영화 『작은 아씨들』[1]의 로리[2]가 된 느낌이다. 조[3]에게 춤을 제안하듯 한껏 포즈 취하는데 미림이 긴장을 풀라고 한다. 나는 긴장한 적이 없는데 미림이 찍은 사진에는 내가 아니라 이긴장 씨가 있다. 어떤 깃의, 어떤 색의 턱시도로 할지 미림과 진지하게 머리를 맞댄다. 바람에 깃발이 펄럭이는 것처럼 심장이 뛴다.

---

1) 19세기 미국을 배경으로 한, 그레타 거윅 감독 영화, 2019. 루이자 메이 알코트 소설을 원작으로 두고 있다.
2) 극중 남자 주인공의 이름.
3) 극중 여자 주인공의 이름.

2020. 3. 1

1

작업실에서 옮겨 온 물건을 정리한다. 명함, 서류, 책, 행사 물품들. 짐을 풀어 물건들마다의 각자의 자리를 찾아주고 싶지만 계절이 바뀌면 다시 이사를 해야 하기에 더 똑똑하게 짐을 꾸린다. 지금 당장 써야 하는 물건은 잘 사용하다 때가 되면 금방이라도 짐의 상태가 될 수 있도록. 출발신호에 맞춰 당장이라도 튀어 나가기 위한 깨금발같이. 두 발바닥이 육지와 밀착되지 못하는 지금의 느낌이 낯설다. 자세는 위태롭지만 이 낯선 느낌이 혹시 내가 원하던 성취의 전조 현상은 아닐까 생각한다. 밑도 끝도 없는 희망은 꼭 긍정적이어서 그런 건 아니다.

2

7년간의 만났던 사람들의 명함이 한 뼘이나 이룬다. 정말 많은 사람들을 만났구나 싶다. 한 명 한 명 다시 마주해보지만 명함을 왜 받았는지 모르겠는 사람과, 누군지도 모르겠는 사람이 있다. 놀라운 건 첫 만남이라 생각한 만남 이 전에 이미 명함을 교환한 사람이 있다는 것과 '이 명함이 여기 왜 있지, 내가 이 사람을 만났었다고?' 하는 내게 좋은 기회였을 명함이 있다는 것. 매년 신년 운세에 귀인이 찾아온다는 말이 있었는데 '내가 귀인을 외면한 것인가' 자책한다. 미디어에서 자신의 소망을 성취한 사람들은 대게 기회를 놓치지 않아서 라던데. 스스로 놓친 기회가 후회되지만, 이미 지나간 일. 과거의 귀인도, 행운도 작용하진 않았으므로 다시, 올 거라, 반드시 유효할 거라 믿는다.

3

라디오를 들으며 연필을 깎는다. 언젠가 '글을 어떻게 쓰시냐'라는 질문에 '두 엄지로 생각을 스마트폰에 옮겨두고 책상 앞에서 연필을 잡아 다섯 손가락으로 문장을 고치고 보태며, 열 손가락으로 자판을 쳐서 글을 마무리한다.'라고 답한 적이 있다. 손가락이 많아진다는 건 노력이 더해진다는 은유이기도 하지만 실제로 그렇기도 하다. 나는 연필로 글을 고치고 보탠다. 내가 연필을 좋아하는 이유는 단순하다. 연필로 고치고 보태는 것이 내게 더 좋은 결과물을 주어서. 한 자 한 자 획을 그어 쓰는 일은 내가 글자를 온전히 조형하고 있다는 느낌을 준다. 그렇게 한 획 한 획 만지다 보면 나는 좀 더 섬세해질 수 있다. 또, 느린 손으로 글을 쓰다 보면 글자를 오래 보게 되는데 오래 보는 일은 그것에 대해 오래 생각할 수 있게 해준다. 또 습작한 것들을 보기 좋게 옮기는 과정에서 나의 약점들을 발견하고 보충할 수 있다. 이런저런 이유들로 연필을 깎는다. 쓰레기가 생겨나는 것들에 대해선 미안하지만.

2020. 3. 2

1

늙은 내가 집에 혼자 있는데 처음 보는 집인 걸 봐서 미림과 함께 장만한 집인가, 어쨌든 아무도 닿지 않는 섬에 있는 기분인 거야. 나는 아이처럼 엄마와 아빠를 찾는데 두 분은 이미 돌아가셨대. 나는 두 분이 너무너무 보고 싶어서 약통을 더듬거리듯 사진첩을 뒤적이는데 미림과 찍은 사진밖에 없고 부모님 사진은 한 장이 없는 거야. 서랍이란 서랍은 다 열어서 겨우겨우 사진 몇 장을 찾았는데 죄다 관광지 인증 사진뿐이었어. 그때 내가 '아, 나 인생 잘못 살았구나' 하면서 몇 시간을 울었어. 그런 꿈을 꾸면서 일어났어.

2

오늘부터 궐련형 전자담배를 피우기로 했다. 사실 1년 전에도 시도했었다. 얼마 못 가서 연초와 전자담배를 번갈아 피우고 끝내 다시 연초로 돌아오긴 했지만. 이번이라고 신체 어딘가를 잘라내는 듯한 결의 그런 걸 가진 건, 또 아니다. 그냥 문득 사랑하는 사람이 싫어하는 것을 그만두는 건 어떨까, 하는 당연한 생각을 기어코 해내 그렇다. 해야 할 일을 이제야 하는 나를 반가워해 줄지, 괘씸해 할지 모르겠다. 무엇보다 얼마나 갈진 모르겠지만. 자

102

주 시도해보려 한다.

3

처음 스튜디오 촬영을 경험했던 스튜디오에 왔다. 스튜디오는 리모델링을 해서 바뀌어 있었다. 우리도 예전의 우리가 아니었다. 처음 이곳에서 촬영했을 때 보다 두 배 되는 분량의 촬영을 해냈다. 촬영자 입장에서 그때보다 더 다채로운 사진을 찍은 것 같아 뿌듯했지만 미림은 뭔가 아쉬워했다. 미림은 이유를 모르겠다고 했는데 나는 '혹시...' 하는 게 떠올랐다. 촬영 전날, 사진 공부한다고 아이유 화보를 너무 많이 봐서. 나는 미림을 아이유라고 생각하며 찍는데, 미림은 아이유가

4

힘든 일, 어려운 일, 하기 싫은 일은 다르다. 힘든 것과 즐거운 것이 꼭 반대되는 것도 아니고. 어려운 것과 지속 가능함이 병립될 수 없는 것도 아니다. 힘든 하루가 계속되고 삶은 갈수록 어렵기만 하다. 그래도 끝에 가선 웃겠지. 하지만 끝에서만 웃으려고 지금 일을 하는 건 아니다. 지금도 웃고 싶다. 일을 사랑하며 삶을 일구는 것. 사랑하는 사람과 삶을 공유하는 것. 내가 삼십 년 넘게 부모님을 보고 자라면서 배운 것. 부모님은 내게 힘든 일을 하면서도 웃는 법을 알려줬고. 나는 웃음을 잃지 않을 것이다.

103

2020. 3. 5

1

과거 늘어놨던 말들이 지금 어디까지 굴러갔는지 또 어디서 갈라지고 있는지, 말이 많은 나는, 늘 말 때문에 후회한다. 말 수를 줄이고 싶지만 내 생각을 말하지 않고는 순간을 버티기가 힘들다. 가벼워서 그런 건 아닐까. 생각에 정보를 넣어 무게를 만들자 한 지도 오래된 일. 무엇이든 입력하지만 그 입력된 것들 마저 둥둥 떠다닌다. 사실은 생각의 중력이 없는 탓이겠지. 내가 동경하는 이들은 여전히 말이 없다. 과묵한 성격을 동경하는 것이 아니다. 그들이 가진 거대한 생각의 중력. 내가 매일을 뒤적이는 이유다.

2

뜨거운 물을 차 망이 있는 주전자에 붓는다. 느리게 느리게 우러나는 차를 보고 있으면 지금만큼은 아무 일도 일어나지 않을 것 같은 생각이 든다. 시간은 천천히 느려지고 끝내 멈춰진다. 멈춰진 시간. 시간은 정지되어 있어 나는 아무것도 급할 것이 없다. 라디오도 노래도 듣지 않는다. 소리가 세계에 등장하는 순간 이 시간이 깨질 것 같아서. 커피는 능동적으로 만들어내야 한다면, 차는 피동적으로 우러나길 기다리면 된다. 아무것도 안 해도 됨이 이 시간을 지탱한다. 정지된 시간 속에서 찻잎이 천천히 풀어진다. 노력으로 피로해진 나는 이 광경을 좋아한다. 이미 충분히 풀어져 있다고 생각한 근육들은 뜨거운 차가 입술에 닿으면서 완벽히 긴장을 푼다. 차를 입에 머금으면 몸은 의젓해진다. 차는 서서히 내 몸을 데우며 내려가 딱딱해져 있던 몸 공간 구석구석을 달랜다.

3

삶을 유지하는 방식은 되도록 하지 않는 것에 있다. 무기력과 게으름의 이야기가 아니다. 무사히 지내는 사람들의 이야기며 만족에 대한 이야기다. 도전과 열정을 강요하는 시대에서 초연할 수 있는 사람들의 이유는 저 한 문장에 있을 것이다. 그럼에도 불구하고 나는 행운을 바란다. 행운은 행동해야지 생기는 운. 상습적인 행동들로 불리해질 때도 있지만 아무것도 하지 않으면 지금만 유지되니까. 나는 씨를 뿌리고 물을 주어 노래를 부르면, 꽃이 피는 행운을 믿는다. 요즘 인기를 위한 글에선 도전과 열정을 시대착오적인 강요로 치부하지만 유지할 것조차 없는 청춘들이 부모의 것을 자신의 것으로 착각하지 않고 삶에 대해 도전과 열정을 가지는 것은 어쩌면 당연한 일이다.

4

'커피도 만 원씩 하는데, 시도 한 편에 만 원씩 받아야 하는 거 아닌가'라고 말하던 치기 어린 시절. 원고지에 시를 쓰고 낙관을 찍어 서점에 입고를 했었다. 한 편에 만 원, 열 편 묶어서 십만 원. 내 행위의 결과물을 상품이 아니라 작품이라고 말하고 싶었던 거다. 그리고 오늘 그 작품이 팔렸다는 소식을 들었고 서점으로부터 정산을 받았다. 나의 결과물을 작품으로 봐주는 분이 있다. 물론 여전히 나는 내 행위의 결과물을 상품이 아닌 작품으로 생각하지만, 나는 이 사실이 믿기지 않는다. 조악하다고 여길 수도 있는 나의 육필원고에 십만 원이라는 큰돈을 써도 충분하다고 생각하신 분이 누구인지 여전히 모르지만 나는 그를 생각한다. 그의 인정을, 응원을 아주 귀하게 여기며. 누구인지 모르는 그가 이 글을 보고 있을지도 모른다고 생각하며 인사를 남긴다. "시 몇 편이 아니라, 한 젊은 작가 삶의 일부를 소유하신 것이라 뻔뻔하게 말씀드리고 싶습니다. 충분하다고 생각하신 작품이 훗날 그저 종이 몇 장으로 느껴지지 않게, 부끄럽지 않게 살겠습니다. 덕분에 계속 씁니다. 감사합니다."

1

4년 전에 독립출판물 제작자로 처음 출연했던 『스몰포켓』[1]에 이번에는 출판사 별빛들 대표로 출연했다. 태재와 마이크[2] 사장님 그리고 〈스토리지북앤필름〉[3] 워크룸. 그때보다 우리는 많이 무거워졌고 노련해졌음을 느낀다. 방송은 잘 됐을까 모르겠다.

2

〈책방 연희〉[4] 구선아 대표님이 〈광명 도서관〉 강연에 나를 추천했다. 감사하다. 나를 좋게 봐주시고 있다는 것에 감동을 느낀다. 광명 도서관 담당자분은 나를 찾아봤고 의심 없이 전화를 했다고 한다. 누군가가 나를 추천해 준다는 것, 나를 찾아본 사람이 적합함을 느낀다는 것. 시간이 지나도 익숙하지 않은, 감사하고 기분 좋은 일이다.

---

1) 독립출판제작자를 소개하는 팟캐스트.
2) 서점 스토리지북앤필름 대표님의 애칭.
3) 해방촌에 위치한 서점의 이름, 주로 독립출판물을 소개한다.
4) 연희동에 위치한 서점의 이름, 주로 도시 인문학에 대해 탐구한다.

3

요새는 영수증을 꼭 받는다. 알뜰한 미림이가 알려준 저금 방법을 위해서. 〈네이버 플레이스〉에 영수증 사진을 찍어 인증하기만 해도 돈을 준다. 오백 원, 오십 원. 작은 돈이지만 쌓여 벌써 천 원 단위를 넘겼다. 그리고 무엇보다 영수증을 받은 장소에 대한 평가를 남기는 일이 재미있다. 평가는 별점으로 할 수 있다. 별점은 내게 반가운 평가 방법이 아니라 굳이 안 써도 되는 한 줄 평을 꼬박꼬박 쓴다. 어제는 일산 〈명동칼국수〉 샤브샤브 집에 갔고 '맑고 담백한 국물이 생각날 때 찾는 곳, 그리고 충분한 만족.'이라고 남겼다.

4

외출 후 두통이 심해서 집으로 오자마자 잠을 잤다. 인후통도 없고 열도 없었지만 겁난다. 저번에도 똑같은 일이 있었는데, 언제쯤 이 불안감에서 자유로울 수 있을까. 진짜 아프지 않아서 그런가. 아픈 것보다 타인에게 피해를 주는 게 더 무섭고 싫다.

2020. 3. 7

1

샤워 후에는 화이트 머스크 바디로션을 바른다. 피부를 위한다기보다 외출 후 집으로 돌아와 옷 밖으로 수많은 냄새들을 벗어낼 때 '내게도 향기가 있었구나'를 느끼게 해줘서.

2

지난번 수영 형의 원고를 읽다가 슬퍼서 울컥했다. 그리고 오늘은 울어 버렸다. 눈물 흐름이 아니라 울음. 글을 읽다가 울어본 게 얼마 만인지. 요즘 눈물도, 울음도 많아진 탓인가. 주변에선 벌써 갱년기 아니냐고 장난치는데 그렇다고 하기엔 이번 수영 형의 글 곁에 장난을 둘 수 없다.

3

⟨서울국제도서전⟩ 얼리버드 신청[1]이 3월 30일까지 연장됐다. 코로나19 때문에 많은 출판사들이 페어 참여에 앞서 고민이 많은가보다. 어차피 하긴 했을 것 같긴 한데, 왜 난 신청 전에 고민을 안 했을까. 행동하고 생각하는 버릇은 언제쯤 고쳐질까.

1) 일찍부터 참여의사를 밝히면 참가비를 할인 해 주는 기간.

2020. 3. 8

1

언젠가 누구든지 올 수 있는 공간과 누구에게든 찾아갈 수 있는 수단에 대해서 진지하게 고민한 적이 있다. 두 가지 모두 사람을 만날 수 있게 해주는 장치. 다른 것이라면 수동과 능동의 차이. 물론 찾아오는 손님에게 공간을 내어 주는 것을 능동으로 볼 수도 있지만 그렇다고 무작하게 찾아오는 사람을 막을 수도 없는 일. 공간의 단점이 있다면 아마도 그것. 싫어하는 사람도 올 수 있다는 것. 능동적으로 선택적인 삶과 관계를 이루고 싶던 당시의 나는 누구든지 찾아갈 수 있는 수단을 선택했고, 오늘도 그 수단을 통해 보고 싶은 친구를 보러, 가고 싶은 곳으로 간다.

2

'형이 출판사 대표라니, 상상도 못했어.' 반가운 동생의 인사. 나도 상상 못했다. 지난 세계에서 지금으로 갓 넘어온 반가운 사람은 아득한 지난 세계를 생생하게 갖고 있다. 그를 보며 지난 세계의 공기를 느낀다. 그와의 대화 후 만져지는 내 모습에 과거 나의 상상력이 얼마나 허약했는지, 지금 나의 상상력은 얼마나 무력할지 느낀다. 나를 겸손하게 만드는 것은 언제나 거대한 미지의 미래가 아니라 분명한 과거와 현재다.

3

심야 고속도로를 달린다. 도시와 멀어지면 멀어질 수록 바다 밑처럼 적요하다. 좋아하는 노래를 튼다. 모든 불빛으로부터 멀어지면 더 이상 도로가 아닌 밤을 달릴 수 있다. 완벽하게 밤을 달리는 이 시간이 좋아서, 나는 굳이 종종 심야 운전을 한다.

4

강릉에 도착했다. 아니, 현중의 집에 도착했다. 더 이상 내게 강릉은 관광지가 아니다. 현중이 있는 곳이다. 낯선 땅은 친근해져 가고 강릉은 내게서 특별함을 잃는 동시에 새로운 특별함을 얻는다. 나는 현중 덕에 강릉과 친구가 된다. 그렇게 친구로 인해 나는 더 넓어진다.

2020. 3. 9

1

원고 한 꾸러미를 챙겨, 적당한 카페로 향한다. 사실 내 일이라는
게 어디서든 할 수 있는 일이다. 누군가 부러워하는 내 일의 장점
을 나는 그간 작은 방에서 너무 외면하고 있었다.

2

〈테라로사〉[1] 얼그레이 케이크를 먹다가 후추 맛을 느낀다. 집중
하고 다시 먹으니까 더 난다. 케이크에 후추라니, 마치 퀴즈를 푼
것 같아서 정답을 맞혀보고 싶다. 답지를 찾다가, 찾다가 테라로
사 직원 앞에 섰다. '아닐걸?'이란다. 확답이 아닌 그의 추측이
정답을 향한 나의 갈망을 더 돋운다. 요즘에 음식 맛으로 재료를
찾는 재미에 빠졌다. '대단한 미식가 났네'라고 놀려도 개의치 않
는다. '그냥 좀 먹어라'라는 말은 이제 '그냥 대충 살아라'라는 말
과 다름없이 번역된다. 대단한 일은 아니지만 재미있는 일이다.
똑같은 비용을 지불하고 더 많이 느끼고 즐길 수 있다. 숨은 원료
찾기, 미각 퀴즈 같은 놀이. 삶의 유희다. 그럼에도 이런 행동들
이 사람들에게 동의되지 못 하는 것은 사진을 찍어 SNS에 남길
수 있는 유희가 아니라 그런가 싶다.

3

퇴근한 현중과 육회에 테슬라[2] 한 잔을 한다. 이런저런 이야기하다가 친구의 단어를 뜯어 생각한다. 가까울 친, 오래 구. 보통 가깝게 오래 사귄 사람으로 번역하지만 나는 오래 가까울 사람으로 번역한다.

---

1) 강릉에 위치한 카페 이름.
2) 맥주〈테라〉와 소주〈참이슬〉을 섞어 만든 소맥. 신조어.

2020. 3. 10

1

현중도 사찰의 소리와 향, 고요한 평화를 좋아해서 가까운 휴휴암이라는 암자에 왔다. 비와 바람이 시끄러워 휴휴스럽진 못했지만, 다음엔 다를 수 있겠지. 가끔은 좋지 않음이 다음을 약속하기도 한다.

2

고추장 베이스에 부추와 미나리가 푸짐한 섭국. 술 먹고 해장하러 또 오고 싶은 곳. 〈주문진해물〉[1].

3

바다는 참 변함없다. 세상 모든 것은 빠르게 변하기만 해서 우리는 삶에 변하지 않는 바다를 두려는 걸지도 모르겠다. 그리고 같은 생각으로 마음에는 변하지 않는 사랑을 두고 싶은 걸지도.

4

화난 사람보다 웃는 사람이 많고 일하는 사람보다 사진 찍는 사람이 많은, 아파트 숲 대신 바다가 있으며 소음보다 소리가 들리는 이곳에선 별다르지 않은 일상에도 휴식을 취하고 있는 듯한 느낌을 받는다. 좋다. 돌아가고 싶지 않지만 이 충분한 휴식의 느낌도 결국 돌아갈 곳이 있기에. 휴식의 가장 큰 매력은 잠깐 멈춤에 있으니까.

---

1) 강릉에 주문진 해안도로에 위치한 음식점.

2020. 3. 11

1

사랑은 버틸 수 있는 힘이라던데 누가 그랬더라.

2

출판 협회를 가입하려면 어느 정도의 비용을 부담해야 하는 것들이 있다. 그중에서 새로 추가된 사항이 있는데 국립 중앙도서관에 납본하면 받는 보상금을 기부해야 한다는 것. 처음에 기부하겠냐고 해서 나는 당연히 아니오 했는데, 이제 50% 이상 기부해달라고 연락이 왔다. 이럴 땐 꼭 세상 물정 모르는 애처럼 머리 긁으면서 '안 하면 안 되냐고' 물어보는데, 안된단다. 이제 별빛들은 추측이나 느낌이 아니라 실제로 대한민국 출판의 발전에 기부하게 됐다.

3

오랜만에 별생각 없이 부동산 카페에 들어갔다. 처음에 작업실이든 신혼집이든 정보를 얻을 수 있을까, 해서 가입했던 카페였는데 돈 자랑하는 사람들끼리 싸우는 모습에 환멸을 느껴 도망치다 나온 곳. 역시나 아직도 싸우고 계신다. 나는 조용히 카페를 나간다. 논쟁은 좋지만 언쟁은 피로하다.

4

오늘도 어머니가 빨아 쓰는 행주로 만들어 준 마스크를 쓴다. 빵끈으로 코와 턱받침을 만들고 고무줄을 붙인. 기어코 우리는 승리해낼 것임을 안다. 어머니의 마스크와 같은 사랑의 힘으로.

2020. 3. 12

1

머리카락이 길다. 진작에 잘랐어야 할 길이지만, 셀프 웨딩사진 겨울 편을 찍기 위해 계속 주저하다 보니 너무 길어져 버렸다. 이참에 확 길러보고 싶지만, 앞으로 계속 있을 사진 촬영에 있어, 많은 사람들이 좋아하지 않을 것 같다. 결혼식은 나 혼자만의 행사가 아니니까 '티모시 샬라메'[1] 헤어스타일은 못하겠지. 확실히 작년에 다른 아티스트들과 협업을 많이 해서 그런가, 의견 조율과 수렴, 납득에 대해 부대끼는 것이 전혀 없다.

2

연애를 하다 보면 맑은 날과 흐린 날이 있다. 흐린 날에는 주고받는 메시지도 간결하다. 그런데 그 간결함 속에서 손가락이 당연하다는 듯 하트 이모지를 눌러 꾸미려 할 때가 있는데 그게 뭐 큰일이라고 심장이 털썩한다. 나는 보는 사람도 없는데 재빨리 ♥를 지운다. 그러면 손가락이 '왜? 이거 아니야?'하고 묻는데 '어 지금은 아니야'라고 말하는 내 모습이 옹졸하고 유치해서 가만히 주저하다 다시 ♥를 붙인다. 앞의 ♥는 사랑의 관성이고 뒤의 ♥는 사랑의 의식이다. 어느 쪽이든 간결하고 심심한 대화에 돌출된 하트는 먹구름을 녹인다.

3

책 이름을 정하는 일은 생각보다 낭만적이지 않다. 작품의 이름
과 상품의 이름 사이에서 끊임없이 고민해야 하기에. 책은 작가
의 작품이기도 하지만 팔기도 해야 하는 것. 하지만 그보다 중요
한 의미가 있는 책이라면 그 의미를 외면하고 상업적이고 싶진
않다. 나는 수영 형에게 제목을 제안하고 형은 자신을 생각해 줘
서 고맙다고 말한다. 하지만 책 제목은 다시 생각해 보기로 한다.

4

읽고, 고치고, 지우고, 바꾸고. 수영 형에게 수정 원고를 전달하
니 어느새 2시다. 해야 하는 나의 일이기도 하지만 늘 전달할 때
문장에 손톱이 바짝 깎였는지 확인한다. 누구도 상처 주는 글이
되지 않길 바라며.

---

1) 미국 영화배우. 당시 곱슬 단발 헤어스타일로 저자가 많이 좋아하는 배우였다.

2020. 3. 13

1

약속 시간에 먼저 도착한 나는 미림에게 〈연희 하이빌〉로 오라
고 했는데 택시 타고 〈연희 하이빌〉로 간 미림에게 전화가 왔다.
오빠 어디냐고. 나중에 알고 보니 서울에 연희 하이빌 체감상 오
백 개.

2

예복 셔츠 팔목에 새겨진 나의 이니셜이 보인다. 흰색 실로 하면
안 보일 거라 했지만 은은하게 보여 더 고급스럽고 예쁘다. 예복
을 입는 순간 어깨부터 발목까지 물속에 들어온 듯 영국 원단이
편안하게 살을 감싼다. 아! 나도 모르게 감탄한다. 흐물거리는
내 몸이 탄탄해졌음을 느낀다. 옷 한 벌로 나는 의젓한 사람이 된
다. 비싼 것에는 이유가 있다던데 그 이유를 알게 되는 순간이다.
맞춤 정장은 누나 결혼식 때도 경험해본 일 있지만 이처럼 꼼꼼
한 예쁜 선을 가진 옷은 처음이다. 태어나서 처음 정말로 내 옷을
가진 기분이다.

3

신조어 '프로그다'¹라는 말을 혼자서 번역해냈고 나보다 어린 미
럼이는 헤매고 있다. 신미럼 센스 프로그다.

4

결혼 준비할 때 배워야 하는 건, 정보가 아니다. 예방과 대처, 조
리 있게 말하는 지혜다.

---

1) frog. 개구리. frog다. 개구리다.

2020. 3. 14

1

선물을 살 땐 늘 이유 있는 선물을 한다. 예를 들면 상대가 소망
했던 거나, 나와 함께 경험했던. 그리고 선물은 늘 두 개를 산다.
하나는 진짜 선물, 하나는 장난을 위한. 그나저나 진짜 선물이 너
무 큰데, 어떻게 감추나.

2

미림과 술을 마시면서 같이 봤던 영화 『가장 보통의 연애』[1]에서
나온 입 모양으로 단어 맞추기 게임을 했다. 상대방이 말할 때 상
대방의 입술만 집중하게 되는 게임. 내가 말할 땐, 상대방이 내
게 다가오는 게임. 내 입술 바로 앞에서 웃는 미림을 참지 못하고
"아. 이 게임 너무 설렌다"라고 했더니 미림은 "왜?" 하면서 고라
파덕의 표정을 한다.

3

〈카카오 대리〉어플을 켰다. 홍대에서 봉담까지 5만 원 나오길 래, 금액 직접 입력으로 3만 원을 입력했다. 대리기사님이 잡혔 다. 사실 3만 원은 오타였는데. 가끔 완벽함보다 의도하지 않은 실수가 기막힌 행운을 가져다준다. 이 낭만적인 순간 때문에 가 끔은 꼭 실수를 하고 싶다. 행운을 바라면서.

4

평면적인 일상에 물건이든 사람이든 놓이게 되면 일상은 돌출된 다. 훗날 시력 없는 기억은 점자처럼 돌출된 일상을 읽을 것이다.

---

1) 김한결 감독 로맨스 코미디 영화, 2019, 공효진 김래원 주연.

2020. 3. 15

1

강원도에 눈이 온다고 한다. 셀프 웨딩 사진 촬영 겨울 편을 위해 강원도 날씨만 보고 있었는데 드디어 찍을 때가 왔다. 서둘러 일정을 조율하고 떠날 준비를 한다. 이럴 땐, 미림도 나도 자영업자여서 참 좋다.

2

내일 강원도로 떠나니까 급한 대로 미용실에 가기로 한다. 자주 가던 미용실은 일요일 휴무여서. 미용실의 이름과 타이포그래피가 상당히 앙증맞은 곳에 왔다. 간판 때문이라도 다른 곳을 가야 하나 고민하게 되는. 나도 모르게 경계하듯 미용실을 훑었고 '얘 뭐야'하는 눈빛으로 사장님도 나를 훑었다. 나는 최대한 자세하고 친절하게 주의 사항과 요구 사항을 말했다. 그러자 사장님은 잘 알아들었다는 듯 대답했는데 나는 그게 더 불안해서 더 꼼꼼하게 설명했다. 내가 지나쳤을까 사장님은 어련히 알아서 자른다고 했다. 나는 그래, 이 정도 설명이면 충분했겠지. 싶었다. 하지만 정말 예상치 못한 곳에서 사고는 일어났는데, 예상하지 못했기에 설명하지 않았던 귀 주변이었다. 사고 지점은 참혹했다. 그래도 내가 설명한 다른 부분은 모두 만족스러웠다. 커트는 실

126

패했어도 의사소통은 성공했다.

3

재미있게 봤던 『킹덤』의 시즌 2가 오픈했다. 그런데 또 6화까지
밖에 없다. 믿을 수 없다. 얼마나 기다렸는데, 왜 이렇게 분량이
적은 거지. 그런데 또 믿을 수 없는 건 1화부터 6화까지 한 번에
볼 수 있다는 것. 그리고 오늘 다 봐 버렸다는 것. 무슨 마케팅 전
략인지는 모르겠지만 시원시원해서 좋다.

4

추가로 받은 수영 형의 원고를 읽는다. 어떻게 목차를 묶을지, 어
떤 글을 먼저 보여주고 어떤 글로 몰입을 유도하고, 호흡을 조절
하고 어떤 글로 맺고 여운을 줄지. 즐거운 고민. 좋은 글일수록
더 신난다.

2020. 3. 16

1

〈횡성 휴게소〉 '한우 떡 더덕 스테이크' 먹고 싶어 하는 미림에게 '소떡소떡'을 사줬다. 지나고 생각하니 카드도 미림 카드였다.

2

입춘과 경칩이 지나고 찍은 겨울 웨딩 사진. 누군가, 겨울 웨딩 사진 촬영을 한다고 한다면 이때쯤 하라고 말해주고 싶다. 〈삼양 목장〉에 눈은 얼마든지 있으니 걱정 말고 따듯해지면 찍으라고.

3

현중의 충격적인 큰 한 턱. 주문진항 대게 3kg. 나보다 용기 있고, 나보다 웃음 많고 나보다 너그러운 현중이. 이제 현중이랑 싸워도 지겠다.

4

맛없는 거 먹을 때는 내가 먼저, 맛있는 거 먹을 때는 미림 먼저.
잊어선 안 될 스포츠맨십 같은 것.

2020. 3. 17

1

날씨는 변덕만으로도 미림의 기분을 휘젓는다. 그 기분이 어떤
기분인 줄 알고, 내가 얼마나 노력하는 기분인데.

2

아주 작은 벌레로 인해 집이 무너지고 있다. 이웃집도 옆 동네
도. 내가 할 수 있는 일은 나의 집을 받치는 일이다. 모두가 아프
고 절박한 상황 속에서 아픈 이웃은 농담을 한다. 이럴 때일수록
농담을 해야 한다고. 우리는 농담 덕분에 겨우 웃는다. 절망 아래
농담은 지금 현실도 별거 아니라고 농담 같은 거라고, 진지하지
만 심각하게 슬프진 말자고, 이 모든 역경도 당연하게 이길 수
있는 거라는 듯 존재한다. 우리는 할 수 없는 일을 걱정 않고 할
수 있는 일을 한다. 진지하고 열심히. 웃으며 농담같이.

3

원고 피드백에 대한 대답과 함께 다시 돌아온, 수영 형의 원고를 읽는다. 그의 작품에 대한 애정과 열의를 느끼며 나도 고쳐 앉아, 안경을 낀다.

2020. 3. 18

1

자주 보는 사람들의 말투가 맑게 변하고 있다. 내 말투가 옮아서라는데 기분이 좋지 않을 수가 없다. 사람은 거울이라던데, 사람을 통해서 나를 본다. 다행이다. 맑게 지내는 것 같아서.

2

지난번에 녹음했던 팟캐스트 『스몰포켓』이 업로드됐다. 반가운 마음에 듣다가 금방 포기해버렸다. 너무 느끼하고 어색하다. 『스몰포켓』 팀에게 미안하다.

3

축제는 열리지 않아도 꽃은 핀다.

4

미림, 현중과 함께 집으로 간다. 미림도 현중도 나도 각자의 집으로. 한 차를 타고. 차는 우리와 우리의 배낭으로 빈틈없다. 고속도로는 어둡고 길지만 무섭지도 지루하지도 않다. 내 삶을 소설로 쓴다면 오늘 밤을 은유로 쓸 것이다.

2020. 3. 19

1

SNS에서 종종 나를 읽어주시는 분들뿐만 아니라 들어주시는 분들도 만난다. 유튜브도, 웹툰도, e-북도 다양하고 유익한 콘텐츠가 넘치는 세상인데 그 많은 것들 사이에서 이광호라는 콘텐츠를 찾아주시는 분들이 그저 감사하다. 분명히 그들과 나는 무엇으로 연결되어 있을 것이다. 그리고 그 무엇에 대해 함께 평생 이야기할 수도 있을 것이다.

2

빈티지 가구 편집샵 〈GU빈티지〉[1]의 온라인 마켓 오픈 날이다. 오프라인에서 온라인으로 조금 더 편리해지고 평등해진 만큼 경쟁률이 굉장하겠다 싶었는데 역시, 사고 싶은 건 품절이다. 미련과 아쉬움은 없다. 인연이 아니겠지. 늘 쉽게 체념한다. 물건에 있어서 만큼은.

3

책 제목을 고민하다 보면 언젠가의 〈문학사상사〉의 섹시함이나 〈민음사〉의 카리스마를 생각한다. 하루키의 『노르웨이의 숲』을 『상실의 시대』로 바꾼 것처럼, 쿤데라의 『존재의 참을 수 없는 가벼움』을 『참을 수 없는 존재의 가벼움』으로 밀어붙인 것처럼.

4

『백종원의 골목식당』[2] 원주 칼국수 편을 보고 한참 울었다. 사람 사는 게 참 뭔지. 그간 밤새 열 올렸던 것들이 다 뭐라고, 내가 무얼 잘 못 하고 있는 것 같다. 책장에서 시집을 꺼냈다. 아. 시의 힘. 우리의 일이 그렇게 보잘것없는 건 아니다.

---

1) 파주에 위치한 해외 디자이너 빈티지 가구 편집샵.
2) 골목상권의 식당을 소재로 한 SBS 편성 예능 프로그램, 2018 ~

2020. 3. 21

1

작업실을 옮기면서 책을 백 권 넘게 나눔 하고 다음 일산 이사 전까지 당분간 책은 사지 말자. 했지만 오늘 또 책을 몇 권 사고 말았다. 읽고 보는 게, 일이니까. 그러니까.

2

컴퓨터 앞에서 하는 나의 일이 육체노동이 아니지 않나 생각한 적이 있었으나, 결코 잘못된 생각이었구나 싶다. 2년 전부터 닳아진 눈과 목이 오늘 또, 말썽이다. 스트레칭만이 살길이다. 나도, 생활도.

3

〈서울 국제도서전〉 행사 중 하나인 신간 발표 '여름, 첫 책'에 공모했다. 코로나19로 열릴지 모르는 행사지만, 그렇다고 손 놓고 있을 순 없으니까. 출판사로서의 역할. 올해 이런 것들을 출판사의 이름으로 잘 해내는 것이 목표다. 나를, 별빛들을 믿어준 우리 작가님들에게만큼은 실망되고 싶지 않다.

4

내가 생각한 것보다 멋진 사람들이 나를 좋게 생각해 주고, 내가
믿었던 것보다 가까운 사람들이 내게 관심이 없음을 느낀다. 감
정과 태도를 어느 쪽으로 기울일 필요없이 나는 나 자신에 더욱
솔직하기로 한다. 사람들은 내게 관심이 없으니 사실 얼마든지
솔직해도 됐다. 내게 관심 있는 사람은 진짜 나를 알아야 하니 나
는 솔직한 것이 맞다.

2020. 3. 22

1

인정하기 싫은데 왜 이렇게 머리카락이 빠지나. 이 빠지는 것보다는 낫다 생각해야 되나. 미치겠네.

2

퇴고를 한다. 거의 지우는 일이다. 기어코 정말 필요한 문장만 남는다. 이야기는 더 명징해진다. 삶도 그럴 것이다.

3

개인은 사회를 통해 완성되고, 사회는 개인이 변화시킨다. 그러니까 아름다운 개인의 탄생을 위해, 더 이상 괴물들이 태어나지 않게,

4

미림이 한숨을 쉬면 나는 그 한숨을 들이마신다. 한숨은 내 허파를 거쳐 다시 한숨으로 나가고 다시 미림은 나의 한숨을 들이킨다. 그리고 다시. 또다시. 손을 잡지 않아도, 옆에 있는 사람은 이미 숨으로 연결되어 있다.

2020. 3. 23

1

신용등급이 변경됐다는 알람에 확인하니 세상에, 1등급이다. 상위 7%라 알리는 글이 어색하지만 감격스럽다. 믿기지도 않지만 결국 도달하는구나 싶기도 하다. 별것도 아닌 숫자를 계속 확인하게 된다. 숫자가 결과를 말할 순 없지만, 위태롭기만 했던 사회생활 7년. 잘하고 있다고 말해주는 것 같아서.

2

코로나19로 강의, 강연, 각종 행사가 모두 대기 됐다. 나도 대기실에서 움츠리고 있으면 된다는데, 지루한 건 질색이라 나는 대기실을 나간다. 아무래도 재미있게 바쁜 삶이 좋다.

3

작년 가을 〈우니쿠〉[1]에서 몇십 분을 입은 채 몸을 미러볼처럼 돌려가며 주저하다 결국 벗어냈던 바람막이를 사기로 결심했다.

이런 내가 참 신중하다고 한다. 오랜 친구들과 가족들이 들으면 믿지 못할 말이다. 평생을 즉흥적으로 살던 나인데. 나도 가끔 내가 이상해지고 있음을 느낀다. 그리고 평생을 신중하게 살던 미림은 즉흥적으로 봄 자켓 하나를 내게 선물한다. 미림도 자신이 이상해지고 있다는 것을 알까.

4

웨딩 본식 스냅 사진과 영상 촬영 업체를 고민하다가 끝내 결정짓지 못하고 각자의 시간으로 돌아갔던 적이 있었다. 그렇게 일시정지해두었던 고민을 오늘 다시 재생하니 서로의 기억이 위치부터 달랐다. 서로 기억의 진위를 주장하다가 다시 처음 출발선으로 돌아갔다. 서로를 설득하거나 가르치려 하지 않고. 우리는 자주 서로 끌어오는 기억이 달랐고 그만큼 언쟁을 했다. 그래서 이제는 누구의 승리 따위가 중요한 게 아니란 걸, 진흙 속에서 먼지를 찾기에 우리의 시간은 너무 소중하단 걸 안다. 어쨌든 다음부터는 꼭 하나의 항목에 대한 고민은 쉼 없이 해야겠다. 그리고 끝내 결정지으리라. 시간이 지나고 알게 된 것은 내 기억이 잘못되었다는 것.

---

1) 이태원 가구거리에 위치한 빈티지 의류 편집샵.

봄

2019년 3월 24일 —
2020년 6월 1일

2020. 3. 24

1

목련이 만개하고 매화와 살구꽃이 폈다. 벚꽃도 곧이겠지. 살을
간지럽히는 볕과 거리 곳곳의 흙에서 일어나는 생명의 파동. 도
처에 널린 돌발적인 아름다움으로 인해 꽁꽁 얼었던 마음이 무
너지는 바야흐로 봄이 왔다.

2

종종 드레스 비슷한 원피스를 입고 상습적으로 예뻐 왔던 미림
이기에 나는 드레스 투어라는 절차가 아주 기대되거나 기다려지
진 않았다. 내심 그날이 온다면 나는 업무 본다는 생각으로 아주
엄격하고 꼼꼼하게 웨딩드레스를 선택해 줘야지, 했다. 그리고
그날이 왔다. 거대한 문 뒤로 미림의 목소리가 들리지만 결코 나
는 열 수 없는 그런 문 앞에 앉아 있다. 나는 도저히 내가 왜 긴장
되는지 알 수 없지만 2002 월드컵 스페인전 홍명보 승부차기 직
전보다 긴장되고 설렌다. 문이 열린다는 소리와 함께 설렘은 떨
림이 된다. 문이 내 쪽으로 열리면서 순간의 감동이 내게 밀려온
다. 그곳엔 빛보다 하얀 드레스를 입은 미림이 있었다. 내가 아주
오랫동안 기다린, 끝끝내 도달한 곳의 문 뒤, 그곳에 아주아주 예

쁜 미림이 있었다. 문이 열리는 찰나의 순간에 미림과 함께한 시간이 덩어리째로 아름다움이 되어서 내 가슴을 친 거다. 나는 벅차오르는 숨을 참지 못해 숨을 쏟아낸다. 나는 그 아주아주 예쁜 미림을 더 한눈에 보고 싶어서 뒤로도 갔다가 더 잘 보고 싶어서 확대하듯 다가가며 감탄만 하는 바보가 된다.

3

문은 세계를 이쪽과 저쪽으로 나눈다. 나는 이쪽 세계에서 저쪽 세계에 있는 미림을 기다린다. 이깟 문이 뭐라고 사람을 이렇게 애태우게 만드는가. 나는 고개를 숙여 떨림을 재운다. 지금의 떨림은 좀 전의 떨림과 다른 감동의 여진. 처음 경험해 보는 아름다움을 한 차례 겪어내고 정신을 차리니, 동행한 플래너분이 나를 이상하게 보는 것 같다. 내가 오버한 것처럼 보였을까, 그런 게 아니라고 설명해 주고 싶다. 좀 전 내가 마주했던 거대한 감동에 대해 말해 주고 싶다. 하지만 사랑은 설득의 영역이 아니고 무엇을 설명한들 그는 우리의 비밀을 알 수 없을 테니까, 나는 너무 주책스럽게만 보이지 말자 하는 마음으로 표정을 가린다.

나는 미림의 여운을 즐기고 싶은데 플래너분이 자꾸 느낌을 말해달라고 한다. 나중에 되면 잊을 거라고. 나도 드레스 입은 미림을 경험하기 전에는 드레스들이 비슷하기도 하고, 열 벌도 넘는 드레스를 입어보기 때문에 '기억해야 한다, 기억해야 한다.' 속으로 엄청 외우기도 했다. 그런데 강렬한 미림의 모습은 지금도 당장 똑같이 그려낼 수 있을 정도로 선명하기만 하다. 기억의 영역이 아니다. 웨딩드레스 입은 미림은 내 삶에 아주 큰 하나의 사건인 거다.

1

힘들 때마다 찡그림을 멈춰서 찡긋 윙크를 하자, 그리고 웃자, 웃을 일이 없다면 웃긴 것들을 보자, 그렇게 잠시라도 잊어내자, 버텨내다 보면 행운이 찾아오겠지, 도저히 방법을 모르겠다면 차라리 행운에 의존하자, 쉽게 생각하자, 행운이 찾아오겠지, 행운은 행동해야 찾아오는 운, 최선을 다해 행동하자, 힘이 부치면 사랑하는 사람들을 생각하자, 사랑의 힘으로 더 버텨보자, 죄책감이 젖어 들면 뻔뻔하게 털어보자, 내가 사랑으로 버티듯 그들도 사랑으로 버티는 것이니 내가 그들의 사랑이 될 수 있음에 보람을 느끼자, 그렇게 함께 웃자, 일단 지금을 웃으며 살아보자, 내일은 무조건 꽃이 핀다고 생각하자. 내일 꽃이 피지 않았다고 상심 말자, 꽃이 피지 않으면 내일이 오지 않았다고 생각하자. 내일은 무조건 꽃이 핀다.

2

누구는 매출이 반 토막 나고 누구는 2/3 누구는 매출이 사라졌다. 나 역시 매일 오전, 들어오는 도서 주문으로 지금의 사태를 절감하고 있다. 무엇보다 예쁜 모양의 희망 차 보이는 숫자 2020

에 무언가를 걸었던 사람들은 좌절만을 맛보고 있다. 시국이 어떻든 숨만 쉬어도 몇백을 지불해야 한다는 동료 출판사 대표 누나의 상황과 나 역시 별반 다르지 않다. 도서를 보관해야 하는 창고비, 서점에 도서를 배본하는 배본비, 임대료와 관리비, 폰트, 디자인, 스프트웨어 같이 매달 지불해야 하는 라이센스 비용, 보험이며, 세금이며, 통신비, 팩스비, 주유비, 작가들 인세, 출판협회 회원비 어쩌고저쩌고 등등등. 힘들어도 씩씩하게 우는소리를 속으로 삼켜내지만 꼭 동료 자영업자들과의 통화 후에는 울음이 터지고 만다. 자영업 선배들은 초라한 모습을 보이면 안 된다고 알려줬지만 나는 그럴 수 없는 인간인가 보다.

3

결혼식은 하나의 세레머니. 해도 그만, 안 해도 그만. 쉽게 하든, 어렵게 하든. 관습이 어쩌고 트렌드가 어쩌고 따르든, 따르지 않든 세레머니는 기획하는 기획자의 자유다. 기획자의 취향과 성향, 가치관에 따라 오래 준비하기도 하고 복잡하게 설계하기도 한다. 그러니까 관습을 따르지 않는 것을 존중하는 시대니까 관습을 따르는 것도 존중해 주자. 자신의 경험에만 빗대어서 다르다고 뻔하다고 누군가를 바보로 만들지 말자. 기획의 주체가 되어 능동적으로 준비하는 사람들 중에는 어리석은 사람 하나 없다.

'풍성하고 밀도 있는 하루가 쌓여 멋지고 근사한 삶을 이루는 것이야.'라고 말하는 것과 '하지만 풍성하고 밀도 있는 하루를 위해서 다른 날들이 파리하면 안 되겠지.'까지 말하는 것과의 차이.

2020. 3. 26

1

입에 닿기도 전에 불향이 주꾸미의 맛을 대략 경험 시켜 준다. 먹지도 않았으면서 '아 맛있다'라는 감탄이 나온다. 경험해보지 못한 주꾸미의 강한 탄력이 맛으로 작용한다. 주꾸미 원산지를 보니 태국이다. 그렇다면 이 경이로운 탄성은 기술인 것이다. 주꾸미 한입에 내가 알지 못했던 매움을 배운다. 파괴하거나 분출되는 매움이 아닌, 입안을 가득 화려함을 극치로 만드는 매움. 이곳과 견줄만한 주꾸미 집 한 곳만 더 알고 싶다. 이 집은 4시면 문을 닫기에. 〈정원 주꾸미〉[1]

2

오늘은 주택공사의 매입 임대 지원과 전세 임대 지원, 대출 있는 전셋집을 피해야 하는 이유 같은 것들을 배웠다. 작다 작다 하는 한국의 땅덩어리에 비해 한국 사회는 얼마나 넓은지 내가 알고 있는 것들이 창피하게 좁기만 하다. 황현산 선생님 책 중에 『내가 모르는 것이 참 많다』[2]라는 제목이 있는데 그럼 나는 얼마나 모르고 사는 것인지. 사회는 복잡하기만 하고 나는 정말 아무것도 몰라서 훗날 얼마나 미련하고 부끄러운 삶을 되돌아볼지 두렵기만하다.

결혼식 준비는 업체 비교의 연속이다. 어느 업체가 더 저렴하며 업체마다 강점은 무엇인지 약점은 무엇인지. 결혼식 준비하면서 가입한 결혼 준비 커뮤니티가 1곳, 여성 커뮤니티가 2곳, 받은 어플이 3개. 중요한 건 그곳의 수많은 후기들 중에서 진짜 후기를 찾는 일이고 나아가서는 후기를 찾는 것보다 불만을 찾아내는 일. 그렇게 불만 없고 가격 맞고 탁월한 업체를 추려내면 아주 가끔 미림이 클라이언트처럼 보이고.

---

1) 경기도 화성시 봉담읍에 위치한 쭈꾸미 음식점.
2) 황현산의 트위터 글 모음집, 2019, 난다 발행.

2020. 3. 28

1

자존심만 높고, 자존감은 낮다고 한다. 평생 반대로 알고 살았는데. 아무래도 내가 알고 있는 나는, 나를 건강하게 생존시키기 위해서, 스스로 정보를 조작하고 입력하나 보다. 허술한 기억들처럼.

2

별이 밤하늘에 사라지려 하자 달이 빛을 빌려주며 힘내라고 말했다. 별은 달에게 미안해서 그럴 수 없었지만 일단 어둠에 잠기지 않으려면 방법 없었다. 별이 달에게 말했다. -고마워, 꼭 갚을게. 하지만 달에게 빌려온 빛은 별빛이 아닌 달빛이라 별에선 오래 빛나지 못했다. 다시 별이 밤하늘에 사라지려 하자 달이 자신의 깊숙한 곳을 파내기 시작했다. 별이 달에게 말했다. -내게 빛을 빌려주려고 그러는 거라면 그만둬, 너도 이제 빛이 얼마 없잖아. 나 때문에 네가 아픈 건 싫어. 그리고 아직 갚지 못한 빛도 많다고. 별의 말에 달이 대답했다. -아프지만 어쩌겠어, 네가 밤하늘에 사라지는데, 내 속이라도 파내야지. 나는 네가 없으면 안 된단 말이야. 별은 달이 너무도 고마웠고 달을 위해서라도 조금 더 버텨 보기로 했다. 별이 달에게 말했다. -알겠어. 꼭 네 빛으로 내 빛을 찾을게. 너도 너무 아프거나 힘들면 날 포기해도 돼. 달이 말했다. -밤하늘엔 너랑 나 둘밖에 없는데 내가 널 어떻게 포기하니. 별은 달에게 다시 빛을 받으며 이젠 스스로 자신을 포기하지 않기로 다짐한다. 적어도 달이 별을 포기하기 전까지는.

3

〈인스타그램〉의 집콕 스티커 아이디어는 진짜 멋진 것 같다. 사람들이 〈인스타그램〉에 업로드할 사진을 위해 외출을 하니까 스티커만으로 집콕을 유도하는. 내가 알고 있는 몇 명의 사람들도 〈인스타그램〉 스토리에 집콕 스티커를 붙이려고 일부러 집콕 할 것 같다는 생각을 한다. 진짜 세상은 넓고 천재는 많다.

2020. 3. 29

1

조카의 어린이집이 개학을 안 해서, 누나는 3월이 안 오는 거 같다고 한다. 누나는 아직 2월에 머물러 있고 나도 도저히 3월이 왔었는가 싶다. 그런데 어느새 3월이 간다. 그러고 보니 이 길었던 한 달이 다 3월이었구나 싶다. 겨울만치 길었던 3월이 가고 4월이 온다. 가장 잔인한 달 4월. 죽은 땅에서 라일락을 키워내는 가장 잔인한 달.[1]

2

굉장한 걸 써보겠다며 며칠 동안 몰입했던 글을 아침에 읽으니 재미가 없다. 이걸 쓰느라 며칠을 태웠나. 선생님들은 '이건 쓰레기야'하면서 과감히 버리겠지만, 나는 아직 학생이라 '다른 이름으로 저장하기'를 누른다. 그리고 사라져 버린 활자와 빈 화면에 길을 잃는다. 이럴 땐 로그아웃을 해야지. 게임 캐릭터 고르듯 다른 사용자를 골라 로그인한다. 저자에서 편집자로. 어제 받은, 수영 형의 원고가 시작 화면에 있다.

3

가까이서 오래 함께한 미림은 나의 우울을 감지하는 능력이 있다. 그리고 오늘은 처방도 내려줬다. '지금 당장 나가서 동네 한 바퀴 산책해'같은. 산책이 처방이 아니라 미림이가 약이구나 싶다. 여러모로 빨리 미림과 살고 싶다. 약이 집에 있어야지, 약 먹으러 경기도 끝에서 끝이 말이 되는 소리인가. 무슨 원정 치료도 아니고.

4

가을에 전어를 먹듯 봄에는 도다리를 먹어야 한다고 아버지께서 도다리 세꼬시를 사 왔다. 오독오독하고 기름진 것이 참 맛있다. 무엇보다 세꼬시는 붕장어 세꼬시밖에 안 먹어 봤는데 붕장어보다 더 탄력이 있는듯하다. 귀한 거라길래 조금씩 집어먹다가, 마지막에 그릇을 비우려 큼지막하게 훑어서 집어먹었는데, 맙소사. 도다리 세꼬시는 이렇게 먹어야 하는구나. 다 먹고 나서야 방법을 알았다.

---

1) T.S 앨리엇의 시 『황무지』에서.

2020. 3. 30

1

텍스트로 참여했던 『국립현대미술관 50주년 기념전 '광장'』[1]의 은실[2] 누나 전시가 오늘로 끝났다고 한다. 누나의 공간에서 내가 맡은 자리는 아담했지만 근래 내가 쓴 것 중에 가장 보람된 것이었다. 조심스럽고 진실 된 마음을 글로 이어지게 해줘서, 좋은 곳에서 멋진 분들과 함께 할 수 있게 해줘서, 기회를 준 은실 누나가 고맙다.

2

사실상 자발적 자가 격리를 마친 미림과 오랜만에 만났다. 날씨가 워낙 좋기도 하고 촬영용 옷이 아니라 일상복 입은 미림이 귀여워서 급으로 꽃놀이를 갈까 하는 충동도 인다. 며칠 동안 계속 무심한 모양의 활자들만 봐서 그런가 귀여운 모양의 미림이 사랑스럽기만 하다. '그러니까 잘하라고, 결혼해서 속 썩이면 집 나가 버린다고.' 말하는데 이럴 때 보면 확실히 미림은 착하구나 싶다. 속 썩인 사람 내쫓을 생각 안 하고 자기가 나갈 생각이나 하고.

코로나19를 생각해서 미림과 제주 촬영을 취소했다. 작년 봄 제
주가 워낙 좋아서 봄 셀프 웨딩 촬영은 꼭 제주에서 하자 약속했
는데. 지금 우리가 더 큰 우리를 위해서 할 수 있는 건, 그저 할
수 있는 최선을 다하는 것뿐이니까.

어제 먹은 봄 도다리의 진실을 들었다. 가을 전어는 실제로 살이
더 기름져서 맛있는 거지만, 봄 도다리는 3, 4월에 많이 잡혀서
그걸 소비시키려 만든 말이라고. 오히려 봄에는 쑥국을 먹어야
한다고. 봄 쑥이 그렇게 부드럽다고.

---

1) 『국립현대미술관』 건립 50주년을 기념해서 한국 미술사의 중요한 사건들을 전
시, 사건을 재해석하여 시각화 한 전시.
2) 저자의 동료 직조 작가. '직조생활'이라는 이름으로 활동 중이다.

2020. 4. 2

1

모처럼 선명하게 깨어나서 아침밥도 명랑하게 먹고 얇은 책 한 권을 꺼내 읽었다. 읽는 중에 반가운 글을 발견한다. 현범이 방 한쪽 벽에 붙어져 있던 조지오웰의 '나는 왜 쓰는가' 전문[1]이다. 다시 한번 그때의 글을 읽는다. 그리고 진지했던 그때와는 다르게 오늘은 장난스러운 용기의 근거를 얻는다.

2

만우절을 모르고 보내다니, 이제 소년이라 부를 수 없게 됐다.

3

진실된 지적은 깨끗한 용기를 필요로 하고 상대방으로부터 구체적인 감사를 받게 되어 있다.

4

건힐 줄 모르는 안갯속에서 등대가 켜졌다. 이제 기도하던 손을
뻗어 노를 젓자.

---

1) 조지 오웰, 강문순 옮김, 2020, 민음사 『책 대 담배』, 중에서.

2020. 4. 3

1

미림이 원하는 벚꽃 나무는 정해져 있고, 마침 딱 그런 벚꽃 나무가 많은 어떤 농장을 알고 있다. 농장 주인아저씨에게 연락도 해보고 다른 장소도 부지런히 찾아본다. 미림의 소망은 대체로 구체적이어서 내가 할 수 있는 범위라면 꼭 해내고 싶다. 내가 해낼 수 없는 범위의 소망이 훨씬 많아서.

2

절을 하고 술을 올리고 모든 의미 있는 상실에 대해 소리 없이 마음으로 기도한다. 그리고 이름을 불러 기억한다. 모든 현재는 기억으로부터 아름다울 수 있는 거다.

3

누군가 누구를 걱정하면 '너나 걱정하세요.'라고 말하며 다시 상대방을 걱정해준다. 서로가 서로를 걱정하니, 자기 걱정할 일은 없는 거다.

4

제사를 위해 할머니를 모시고 왔다가 모셔다드렸다. 어머니가 수고했다고, 아버지는 자식 낳은 보람을 느낀다고 한다. 어른들이 내게 바라는 것은 고작 이런 것들인데 나는 도대체 무엇에 변명하며 살았나. 나도 조카에게 바라는 건, 뽀뽀가 전부면서.

2020. 4. 5

1

은근히 기대했던 소상공인 긴급 재난금을 못 받게 됐다. 어쩌겠
나, 열심히 벌어서 극복해 봐야지. 아무렴 나보다 더 간절한 사람
이 얼마나 많을 텐데.

2

아버지가 내게 꽃다발을 주문했다. 결혼 33주년이라고. 자주 가
던 꽃집이 쉬는 날이라 괜찮은 꽃집을 찾아 30분을 헤맸다. 최선
의 탐색 결과로 가장 좋은 꽃집에서 꽃말과 색 조합, 포장지까지
신경 써서 꽃다발을 샀는데, 아버지 표정이 좋지 않다. 화환처럼
33주년 인쇄 띠가 없다고, 꽃이 생각만큼 풍성하지 않다고. 가게
앞에 꽃집 가면 잘해주는데, 어디서 샀냐고. 오늘도 취향과 수준
사이에서 어지럽다.

3

상범[1] 형의 서점 〈그런 의미에서〉[2]의 1주년이라 인사를 다녀왔
다. 회사를 다니며 글도 쓰고 서점도 운영하는 그가, 좋아하는 일

을 위해서 최선을 다하는 그가 아름답고 존경스럽다. 삶의 외형이야 결국 다 비슷하겠지만 몇 시간 못 잤음에도 맑은 웃음을 짓는 그를 보며 역시 중요한 것은 내용임을 느낀다.

4

관계 속에선 어떻게든 오해와 불만이 생긴다. 종종 나는 이 오해 앞에서 자존심을 지키려 자존감을 끌어내렸고 떨어지는 자존감은 상처를, 상처는 미움을 만들었다. 그렇게 미움으로 끝난 관계가 아마 한 둘이 아니겠지. 더 이상 미움을 생산하지 않으려면 이 이야기를 거슬러 올라가야 한다. 자존심을 지키는 일. 보다 더 거슬러, 오해와 불만의 시작까지. 우리는 한번 보고 말 사이에는 관계라 명명 않는다. 관계라는 것은 얽인 사이. 관계가 맺어졌다는 것은, 사이를 유지하자는 약속. 이 불투명한 약속이 오해와 불만의 시작이다. 나는 계속 관계를 유지하고 싶은데 상대방의 마음은 알 수 없으니, 약속이 의심스럽기만 해서. 여기서 시작된 오해와 불만은 자존심을 파고든다. 그럼 나는 어떻게 해야 하는가. 반복하고 싶지 않은 과거와 다르게, 자존심을 지키려 자존감을 끌어내리지 않아야 한다. 그리고 자존감 대신 자존심을 버리고 말을 걸어야 한다. 그저, '대화를 하자.'라는 이야기가 아니다. '내가 관계를 유지하고 싶은 만큼 상대방도 관계를 유지하고 싶다는 걸 잊어선 안 된다.'는 이야기다. 그러니 전화를 걸어야 한다. 이 믿음의 토대 위에서 대화를 하면 되는 것이다.

---

1) 저자의 동료 작가. 『너이기도 했다가 너일때도 있었다』 등을 썼다.
2) 수원시 영통구에 위치한 독립서점.

2020. 4. 6

1

〈세종도서〉[1]를 지원하면서 '생각보다 더 업계를 모른 채로 출판사를 운영하고 있었구나'를 느낀다. 한편으로는 출판사 운영에 대한 정보를 알려주는 선배가 있었다면 하는 아쉬움이 들기도 한다. 선배들은 나의 게으름에 대해 아쉬워하겠지만.

2

주변이 온통 따듯한 사람들로 가득한 탓에 세상의 온도를 착각했지만, 그들을 벗어나면 바람은 거세고 차다는 것을 명심해야 한다. 그저 거세고 차가운 바람에 나의 줄기가, 가지가, 잎이 너무 억세지지 않길 바랄 뿐이다. 부드러움을 잃지 않은 나무가 되고 싶다.

3

마트는 올 때마다 나를 어린아이로 만든다. 마트의 첫 경험이 어머니의 심부름이었기 때문일까. 채소 코너 앞에서 명상을 한다.

아주머니들은 나를 경계한다. 도저히 채소들의 시세는 알 수가 없다. 셈을 해본다. 채소의 가격 차이는 보통 몇백 원 차이지만. 사실 지금의 셈은 절약을 위해서가 아니다. '내가 합리적으로 소비하는가 아닌가, 어느 만큼을 사야 하는가, 이것들을 얼마나 잘 활용할 수 있는가'에 대한 문제다. 그러니까 이런 장보기에서라도 나는 지혜로운 사람이 되고 싶은 거다. 그래서 나는 계속 고민한다. 지금의 작은 고민들이 앞으로 내 생활의 토대가 될 것을 믿으면서.

4

어느 복지 기관의 편집과 디자인 외주를 받았다. 수영 형의 편집 일도 미뤄 놓은 상태인데. 오늘은 종일 서류 작업과 회계 일을 했다. 부모님은 결혼 준비에 대해서 묻는다. 내일은 미림의 촬영이 있다. 미림은 내게 크고 작은 결정사항들에 대해 묻는다. 친구에게 전화가 왔고 자신의 진로에 대해 묻는다. 그 와중에 일기를 쓰면서도 좋은 문장을 쓰고 싶다. 자꾸만 쉽게 문장을 마치는 것이 버릇될까 걱정이다. 마음으로 모든 일을 받아들이니 마음이 좁아진다. 정돈으로 평화를 찾자. 일단 모두 마음에서 쫓고 미림부터 둔다. 우선순위는 이렇게 정해진다.

---

1) 〈한국출판문화산업진흥원〉에서 주관, 관련 심사위원이 심사 후 선정. 구 문화체육관광부 우수도서.

2020. 4. 7

1

차창 건너엔 사람들이 잔뜩 있지만 나 혼자뿐인 차는 온 세계를 나 혼자만의 것으로 만들어 준다. 차는 공간을 시간에 포함시켜 초 단위로 흘려보낸다. 차 안에서의 노래는 우연한 풍경들을 끌어모은다. 세계는 차 안의 거울을 통해 다양한 각도로 내게 고백하고 나는 고백에 응하지 않음으로 일종의 미스터리를 얻는다. 출근길이라면 출근길, 드라이브라면 드라이브. 나는 이 부유(浮遊/富裕)한 시간이 좋다.

2

날이 더워졌다. 가을에도 입을 수 있지만 조금 더 입고 싶은 초록이 나를 고민하게 만든다. 세상에는 얼마나 많은 초록이 있지만 이 초록은 특별하다. 깊지만 탁하지 않고 진하지만 무겁지 않은, 때로는 빛에 따라 빛을 머금을 줄도 아는 초록이라 봄과 가을 두 계절을 완전하게 소화한다. 하지만 안감이 두툼한 울이라 요즘의 온도엔 부담이 된다. 그래. 그만 입어야지 했다가, 아니야. 딱 오늘까지만 입기로 한다.

3

미림이 나와의 카톡을 웹하드처럼 쓰기 시작했다. 내가 미림에게 더 유용해진 것인가. 헷갈린다. 패배감 비슷한 느낌이 드는 것 같기도 하고.

4

벚꽃의 인연이라 부르면 워낙 사랑스럽지만 그렇게 밖에 부를 수 없는 사람이 있다. 지난주 벚꽃 나무 아래서 셀프 웨딩촬영을 위해 애타게 삼각대를 달래던 내게 다가와, 자신이 웨딩 스냅 찍는 일을 하는데 괜찮으면 사진을 찍어 주겠다던 한 남자. 그는 삼각대와 씨름하는 내 모습이 귀여웠는지 안쓰러웠는지 조금 도와준다고 했는데, 아무래도 힘 안 쓰는 척 제대로 찍어 준 것 같다. 오늘 그 감사한 사람에게서 메일이 왔다. 우리가 압축된. 운세에서만 볼 수 있던 귀인이 틀림없다.

2020. 4. 8

1

오랜 노동으로 풀어낼 피로가 있는 건 아니지만 휴식이라 정할
시간이 있으면 꼭 목욕을 한다. 욕조의 물이 묵직해지면 손끝으
로 온도를 확인하고 작은 몸을 물에 담근다. 물이 내 몸을 감싸고
내 몸은 기꺼이 물을 입는다. 팔과 다리가 절전모드로 들어가듯
힘을 잃는다. 더이상 무엇을 받쳐낼 것도, 움켜쥘 것도 없는 팔
과 다리는 수중에 뜬다. 축축한 공기가 쓸데없는 먼지들을 주저
앉힌다. 세계는 침묵하고 오직 물소리만이 시간이 멈추지 않았
음을 증명한다. 나는 빈틈없이 온몸으로 물에 들어가고 싶어 무
릎을 굽히고 몸을 웅크린다. 비로소 내 삶 통틀어 가장 편안했던,
최초의 모양이 된다.

2

걱정하지 말라고, 스스로 벌어서 멋지게 결혼한다고 말했던 어
린 날이 있었다. 어머니는 요즘 농담처럼 그때의 이야기를 하지
만 나는 내가 했던 약속을 지키지 못함이, 여전히 그때나 지금이
나 스스로의 힘으로 삶을 꾸려나가지 못함이 부끄럽기만 하다.
오늘은 내 평생 벌어 보지도 못한 큰돈을 어머니에게 받았다. 결

혼 비용으로 쓰라고. 나의 세계에서 단 한 번도 본 적 없던 큰돈의 압도감에 위축된다. 성스러운 노동을 하고 있을 부모님을 생각하니 이것도 일이라고 활자를 읽고 있는 지금의 모습이 한심하게 느껴진다. 도저히 그들의 삶을 송두리째 뺏는 일은 하지 말아야지 했지만, 내가 썼던 시의 구절처럼 이제는 염치없이 키스를 바란다.[1] 사랑을 이어 나갈 것이다. 다만, 누군가의 삶이 누군가의 삶을 지울 수 있음을 알기에 서로의 삶을 지켜내는 선에서.

3

어린 시절, 미림은 자주 내게 가버리라고 했다. 아주 멀리 혹은 영영. 미림의 말을 잘 듣는 나는 순순히 떠났고, 그러면 미림은 무슨 말을 그렇게 잘 듣느냐고 다시 오라고 했다. 그럼 나는 다시 미림에게 갔다. 요즘에도 미림은 종종 내게 가버리라고 한다. 아주 멀리 혹은 영영. 여전히 미림의 말을 잘 듣는 나는 순순히 떠나고 어느 정도 시간이 지나 미림이 다시 부르면, 다시 미림에게 간다. 이런 모습이 참 변함없다고 느껴지지만 과거와 다른 것이 있다면 지금은 미림이 가라고 하면 정말 가라는 말이 아니라는 것을 안다는 것과 그럼에도 내가 떠나는 건 미림을 떠나서 할 일이 있다는 것. 간과해서 안 되는 건 내가 떠나 있는 동안 미림도 무언가를 한다는 것. 중요한 건 부르면 곧장 가야 하는 것.

---

1) 저자의 시집, 2019 별빛들, 『우리는 영원을 만들지』 중에서.

2020. 4. 9

1

집에는 집중되지 못하고 날아다니는 시간들이 많다. 이 시간들은 불나방처럼 휴대폰에 달라붙는데 이건 마치 주술 같은 일이라 도통 감당해내기가 쉽지 않다. 이 집중되지 못하는 시간들을 집중시키는 것. 아마 앞으로 삶의 가장 큰 숙제가 될지도 모르겠다.

2

오늘은 마음이 아픈 사람들의 이야기를 잔뜩 읽었다. 속이 좋지 않지만 게워내고 싶진 않다. 어느새 해가 진다. 오늘은 별들이 잘 보이려나. 별들은 좋겠다, 같은 모양을 하지 않아도 혐오 받지 않아서. 서로 달라도 각자의 모양으로 빛나고 예쁨 받을 수 있어서. 사람이 죽으면 별이 된다던데, 별은 단 하나도 같은 모양이 없네.

아버지는 신두리 해안사구를 안 가봤다면서 그곳에 대해 물으시고, 어머니는 처음으로 짜글이란 요리에 도전했다. 저녁 식사 자리에선 가구에 대해 이야기하고 정치에 대해 이야기한다. 누군가는 살면서 부모와 함께 늙어간다고 하지만 나는 아무래도 함께 커 가는 쪽이 맞는 것 같다. 나도, 어머니도, 아버지도 우리는 아직 처음인 게 너무 많고. 그래서 또 배우고 배운다.

1

꽃은 만개하고 잎은 초록을 찾았는데 봄은 꼭 설익은 느낌이다.
봄날엔 사람의 눈빛이 제철[1]이라던데. 오늘은 시집을 읽어야겠다.

2

한참을 찾아도 미림이 사준 지갑이 없다. 세상이 암전된다. 초인
적인 추리 끝에 지갑을 찾았지만 순간 경험했던 암전은 분명 나
의 미래였다. 저쪽 세계에서 주는 경고였을까. 다른 건 몰라도 미
림이 사준 건 두고 다녀야겠다. 이렇게 생각을 하니 내가 사준 지
갑을 서랍에 두고 다니는 아버지가 생각난다.

3

공적 마스크를 사려고 근처 약국을 검색하니 남은 마스크 재고
수량이 나온다. 이래서야 도저히 헛걸음할 일이 없겠다. 언제나
감동은 디테일에 받는다.

4

친구가 아내의 구속에 대해 말하며 나의 미래를 예견한다. 우리 부부는 결혼 전후 삶이 바뀌지 않도록 최선을 다할 거라고 말하니 친구가 비웃는다. 나도 웃는다. 정말 바뀌지 않는다 하더라도 그게 내 삶이 아닐지도 모른다는 생각에. 자주 내 입에 물려주는 미림의 '나는 되고 너는 안돼' 사탕은 친구 아내 주머니에도 가득 있다고 한다. 다른 친구들은 걱정한다. 어떻게 그렇게 사냐고. 왜 이렇게 변했냐고. 그 친구들이 모르는 것이 있다. 함께 살아야 하기에 변한 것이 아니라. 내가 변하고부터 함께 사는 것을 생각하게 됐다는 것을. 아. 아름다운 구속.

---

1) 2012, 박준의 시, 『낙서』 중에서.

2020. 4. 12

1

청첩장 말미에 코로나를 언급하며 이해와 배려 그리고 감사의 인사말을 넣은 고교 친구의 결혼식에 갔다. 누구는 얼굴만 보고 갔고, 누구는 축의만 하고, 누구는 사진을 찍지 않았고, 누구는 뷔페를 먹지 않았다. 모두가 각자의 방식으로 조심하고 각자의 방식으로 축하했다. 누구에게나 축하하지 않으면 안 될 사람이 있다. 하지만 동시에 지켜야 할 사람도 있다. 결국 사람을 위하는 일이다.

2

고등학교 친구들을 많이 만났다. 예식장은 다른 반 아이들도 하나둘 모이는 그 시절의 학교 강당 같았다. 한참 과거에서 놀다가 혼인서약하는 친구와 그 친구를 향해 박수하는 우리를 보니 시간이 흘렀음을 느낀다. 그러다 문득, 앞으로도 계속 여기 있는 이 녀석들과 누군가를 축하하고 애도하고 삶을 기념하겠구나 생각하니 하나도 외롭지가 않아졌다. 지금 말고, 앞으로. 나 말고, 내 삶이.

3

사람에겐 건드리면 안 되는 역린이라는 게 있다고 한다. 그런데 어쩌다 내 친구는 '게임'이 역린으로 되었는지. 왜 현실은 대수롭지 않은데 가상에는 목숨을 걸고 임하는지. 게임이 저평가되는 건, 시간을 잡아먹어서가 아니라 현실과 가상을 주객전도시키기 때문이 아닌가 생각해보는데, 그건 꼭 게임의 이야기만은 아닌 것 같기도 하고.

4

친구들을 오래 만나고 나면 꼭 미림이 많이 보고 싶다. 바캉스를 끝내면 빨리 집으로 가고 싶은 것처럼.

2020. 4. 14

1

유수 형과 만나기로 한 3시가 되었고 영상통화를 걸었다. 유수
형이 화면에 가득 찬다. 유수 형은 당신의 작업실에, 나는 나의
작업실에서 우리는 만났다. 익숙하지 않은 어색한 이 만남에도
못 보던 안경을 낀 유수 형이 반갑다. 유수 형은 나의 작업실, 나
의 코앞에서 움직이고 웃고 소리 낸다. 어느 때보다 가깝지만 그
의 냄새를 느낄 수 없음은 그가 아주 멀리 있다는 것을 깨닫게
해준다. 서로의 이야기를 마치고 우리는 버튼 하나로 너무 쉽게
작별했다. 신발도 신을 필요 없이 너무 쉽게 만난 탓일까. 그럼
에도 '만났다.'라는 말이 정겹다. 나는 이렇게라도 누군가를 자꾸
만나고 싶어 메시지를 보냈다. '이따가 밤에 우리 만나자'

2

오늘은 기어코 마무리 지어야지, 라는 마음으로 편집 외주를 받
은 수필 원고를 화면에 띄웠다. 주제와 상관없이 출생부터 지금
까지의 삶을 송두리째 옮겨 놓은 원고. 부모님은 물론, 할머니부
터 형제, 올케, 조카까지 소개하는 원고를 뜯고 나누고 오리고 붙
이고 하다 보니 어느새 밤이 깊어졌다. 쉽지 않지만 이 숙제를 끝

내면 나는 분명히 또 성장되어 있을 것이라 믿는다. 그 어떤 글자에도 숨을 불어 넣을 수 있는, 그 어떤 각개 문장이라도 하나의 서사를 갖춘 부대로 만들 수 있는. 나는 편집자에서 편집가가 되고 싶다.

3

금지된 사랑은, 보통의 사랑보다 더 애틋하고 크게 느껴진다. 대게 금지된 사랑 뒤에는 그 어떤 파멸이 도사리고 있기 때문에. 그 파멸까지 감수하면서 하고 있는 사랑이기 때문에. 그렇게 금지된 사랑을 하는 사람들은 착각한다. 세상의 질서, 규범, 윤리에서 벗어나 내가 쌓아 온 모든 것들을 포기할 수 있는 이 사랑이야말로 다른 사람들이 하는 평범한 사랑과 견줄 수 없는 진정한 사랑이라고. 그들은 그렇게 착각하며 말한다. 사랑이 죄냐고. 당연히 사랑은 죄가 될 수 없다. 사랑이란 단어 또한 피해자니까. 그저 금기를 깨고 싶어 하는, 욕구를 억제하지 못한 사람으로부터 이용당한. (『부부의 세계』[1] 감상)

---

1) 불륜을 소재로한 JTBC 편성 드라마 2020, 주연으로 김희애가 있다.

4

사랑을 할 때, 사람을 사랑한다고 생각하지만 나에게 그 사람이 무엇들로 구성되어 있는지 생각해 볼 필요가 있다. 날렵한 턱선, 울리는 음성, 풍부한 지성, 귀여운 소신, 다정한 손길, 친절한 어휘, 탁월한 꾸밈새, 성실한 마음, 단단한 추억 같은. 아마 사랑이 부러지는 때는 내 속에서 그 사람을 이루고 있던 모든 것들이 부정되는 때, 내가 생각한 그 사람이 더 이상 나에게 존재하지 않을 때일지도 모른다. (『부부의 세계』 감상 두 번째.)

1

세상을 내 손으로 만든다는 전능의 느낌이 드는 날. 투표를 했다면 귀여운 거만함이 허락되는 날. 억울함을 구원하고 부당함을 바꿀 수 있는 힘. 내게 이런 힘이 있다는 게 너무 근사하다. 이 근사한 느낌을 우리 잊지 말자.

2

자꾸 이해하려는 습관 때문에 회색 인간, 착한 사람 콤플렉스라는 말을 듣지만, 상습적인 적의까지 이해하고 싶지는 않다. 원래 그럴 필요도 없는 거지만.

3

타인의 미운 구석은 내가 싫어하는 나의 모습이라던데. 나를 감당하는 사람들은 얼마나 대인배인거냐. 고맙다. 거울들. 성찰과 반성 아자.

4

좋은 꿈을 꿨다. 복권은 사지 않았다. 굉장한 행운을 복권에 쓰고
싶진 않아서.

1

우리가 나무에 건 노란 리본의 모습이 마치 나무에 앉은 별 같아. 그래서 더욱 우리는 나무를 만들고 노란 리본을 걸어. 그해 봄, 태어난 별들을 위해서.

2

사실은 나도, 나와 다른 생각을 가졌다는 이유만으로 어떤 이들을 혐오하고 있을지도 몰라. 어른들은 무성의하게 그저 지금의 사회가 건강한 거라고 말하지만, 나는 모르겠어. 대화가 필요한 것 같아. 아주 가끔 내가 치를 떠는 괴물들도 진짜 괴물이 아닐지도 모른다는 생각을 해. 그런 괴물들과는 대화할 필요가 없어, 아니 대화할 수가 없어 말하지만, 모든 전쟁이 그렇게 시작됐다는 걸 알아.

3

일기는 생활을 씻겨 주는 일이다.

2020. 4. 17

1

사실 모든 말을 장난스러운 물렁임으로 만드는 건, 조그마한 경직에도 너무 쉽게 깨져버릴까 봐. 그만큼 연약해서 그런 거라고.

2

내가 아는 다행은 비 오는 날 부모님과 칼국수를 먹는 것이고, 나의 하루를 궁금해하는 친구에게 전화가 오는 것이며, 보고 싶다고 말할 사람에게 영상통화가 오는 것. 아주 늙은 평화 같은 것.

3

어느 결혼을 앞둔 남녀가 장난으로 하는 이야기를 들었어. 여자는 이혼보단 파혼이 낫고 남자는 파혼보다 이혼이 낫다는 이야기를. 그런데 여자와 남자는 생각이 다른데 이유가 같은 거야. 여자는 '기록에 남아서' 싫고, 남자는 '기록에 남아서' 좋고. 이유는 같은데 생각이 달라. 곰곰이 생각을 해. 시작점은 같지만 이별점

이 다르다는 것에 대해. 아마, 두 사람은 그들의 의지로 이별에
도달하는 일은 없을 거야.

4

개구리 소리가 들린다. 심야 산책을 나가자. 혼자는 싫어. 이제서
야 알게 된 건 같이 산책할 동네 친구 하나 없다는 것. 그러고 보
니 10년 동안 내게 없던 것. 동네 친구. 10년 동안 나는 무얼 했
나 싶어. 이럴 땐 꼭 미림이 생각나지. 빨리 미림과 동네 친구가
되고 싶어. 그렇게 되면 이맘땐, 꼭 심야 산책을 할 거야. 공원을
걸으며 몸을 펼치고 숨을 마시면서 앙증맞은 은행나무의 싹을
보면서 귀여워할 거야.

2020. 4. 19

1

아파트 단지를 걷다가 누구의 아이디어인지 놀이터 앞, 새롭게
만들어진 화단이 반갑고 고맙다. 그러다가 또 누구의 아이디어
인지 꽃 이름보다 꽃 아래 크게 적혀있는 '헛된 사랑'이라는 꽃말
이 참 아쉽다.

2

드라마 『부부의 세계』를 보고 엄마와 이런저런 이야기를 한다.
그러고 보니 내 주변에 진실로 멋있는 사람들은 모두 여자다. 남
녀 이야기는 아닌데 남녀 이야기이기도 하다. 여자가 대단하게
된 점과 남자가 한심하게 된 점을 생각한다. 여자의 대단함은 슬
프고 남자의 한심함은 부끄럽다. 많은 것이 변해야 한다. 나도.

엄마의 옷자락을 잡고 시장을 따라다니던 시절, 사도 되는지 안 되는지, 맛있는지 맛없는지 묻던 때를 지나 카트를 끌고 그녀의 뒤를 따른다. 이것은 비싼지, 싼지, 얼마나 보관할 수 있는지, 어떤 요리들에 활용할 수 있는지. 질문은 바뀌었지만 여전히 나는 그녀를 따라가고 있다. 조금 더 두고 볼 일이지만 아무래도. 나는 그녀를 따라가고 있는 듯하다.

2020. 4. 20

1

잠이 많은 탓에 아침 운전할 일이 잘 없지만 오늘은 아침 약속이 있어 출근길 차들 사이에서 한참을 복잡하게 있었다. 차선 변경하는 차들. 화내는 차, 당황하는 차, 너그러운 차. 밤 운전에선 쉽게 볼 수 없던 풍경들. 때에 따라 배울 수 있는 것들이 다르다는 걸 느낀다. 밤 운전에서 배울 수 없던, 도로 나눠 쓰는 법을 아침에 배우며.

2

수년 전 시집을 팔아 월세를 내겠다던 경현 형[1]은 원룸 전세를 거쳐 오늘 투룸 전셋집으로 이사를 했다. 시대가 변했지만 여전히 성실의 미신을 믿는 나는 그의 부지런함이 낳은 결과가 멋지고 존경스럽다. 다 빌린 돈이라고 손을 젓지만 알뜰하게 돈 빌릴 방법을 부지런히 알아보는 요즘의 내겐 그 또한 부지런함이다. 그의 이삿짐 속에 있는 식물들을 본다. 격한 이동에 상했을 법도 한데 무사하고 의젓하게 있는. 과연 경현 형의 식물답다. 이런 사람이 부자가 되어야 하는데.

3

알지 못하는 마음일수록 조심할 수밖에 없기에 장례식장에선 웬만하면 교과서에서 배운 대로 하려고 한다. 복장은 검정으로, 움직임은 조심스럽게, 향을 피우고, 오른손으로 왼손을 덮고, 절을 하고, 음식은 맛있게 먹고, 건배는 하지 말고, 웃고, 떠들고. 아주 옛날부터 많은 사람들이 경험하고 쓸모 있었기에 전해진 최선의 위로이자 인사겠지 싶어서. 그저 교과서적인 것들을 하며 헤아리지 못하는 상실 옆에 존재한다. 내가 할 수 있는 일은 신발장 정리 같은 것뿐이지만, 다른 사람이 오기 전까지는 빈자리가 없었으면 해서. 있는다.

4

현범이가 준 옷들을 옷장에 걸었다. 나는 그의 선물을 내 뜻대로 해석하고 고맙기만 한데 '그런 거 아니니까, 확대해서 의미 부여하지 마.'라는 그의 목소리가 환청처럼 들린다. 따지고 보면 자기도 내 고마움을 확대해서 의미 부여한 걸 텐데. 사실은 그도 의미는 받는 사람으로부터 생긴다는 것을 알고 있을 것이다. 시도, 예술도, 사랑도 모두가 수신임을.

---

1) 저자의 동료 시인. 『이별의 도서관』, 『사랑의 재건축』 등을 썼다.

2020. 4. 21

1

일과 노는 것의 경계가 모호하다는 말은, 일하고 있지만 노는 것
처럼 느껴질 때 쓰는 말이지 놀고 있으면서 일한다고 착각할 때
쓰는 말은 아닐 것이다.

2

진보적인 생각으로 위장한 '어떻게 죽을 때까지 한 사람만 사랑
해?'라는 기혼자의 뻔뻔함에 있어서 댓글을 달자면 결혼에 있어
사랑은 필수 되지만 사랑에 있어 결혼은 필수 되지 않는다고. 꼭
말해주고 싶다. 그러니까 '두 사람을 똑같이 사랑해'라는 말을 할
거면 결혼을 하지 말고 연애하는 것을 추천한다. 결혼은 '이 사람
이라면 죽을 수도 있어'라는 사랑으로 하는 것이 아니라 '이 사람
이라면 살 수 있어'라는 사랑으로 하는 것이다. 결혼은 영원히 배
우자와 함께 삶을 살겠다는 약속이다. 결혼이 가진 존재의 이유
중 핵심은 안정 아닌가. 결혼한 친구들 모두 진실로 안정되길 바
란다. 안정이 가진 지루함에 지쳐 바람을 피우는 것은 절대 진보
적인 것도, 진짜 사랑을 찾은 것도 아님을. 그저 덜 자랐던, 하나
밖에 볼 줄 몰랐던 나의 어린 시절의 생각 딱 그 정도 수준임을.

친구가 왜 유튜브가 위험하다고 한 줄 알겠고 왜 모두가 유튜버를 꿈꾸는지도 이제 알겠다. 한참을 유튜브에서 헤엄치다가 정균 형의 유튜브를 킨다. 1만 시간의 법칙을 미신 삼아서 연습하는 연습벌레 영상을 본다. '본다'라는 표현보다는 '켜 놓는다'라는 표현이 더 맞다. 그의 영상을 키고 나도 작업을 시작한다. 왼쪽 상단에 연습 종료까지 9917시간 남았다는 자막이 있다. 그의 연습이 종료되면 나의 공부도 종료되길 꿈꾼다. 그땐 그도 나도 많이 달라 있길 바라면서.

2020. 4. 22

1

화가 많은 사람이 화난 경적을 울린다. 화난 경적에 화난 사람은
양보할 마음이 없다. 화난 사람들끼리 화를 내다 결국 사고가 난
다. 역시나 사과하는 법이 없다. 도로는 막히고 결국 화내지 않는
보험사 직원이 와서야 모든 일이 끝난다. 아직도 전자제품을 때
리는 사람들은 화를 내면 상황이 바뀔 거라 생각하지만 사실, 화
난 표정과 소리로 바꿀 수 있는 건 아무것도 없다.

2

자간과 행간을 조절한다. 한 문장을 한 줄에 보이기 위해. 한 문
장이 페이지를 넘지 않도록. 독자의 몰입을 유지하고 싶어서, 더
말끔하게 읽히기 위하여. 소수점 단위로 폰트의 크기를 설정한
다. 폰트에 따라 기준점을 조절한다. 페이지 안에서의 미감을 위
해서 하지만 독서에 피로감을 주면 안 되기에. 아마도 대부분 독
자들은 모르는 것들 하지만 느끼는 것들. 작은 디테일들. 책 만들
때만의 이야기는 아니겠지.

3

활자만 가득한 책이라면 그건 원고 묶음에 불과하지 않나 싶다. 조금 더 높은 차원의 책을 만들고 싶다. 책이 됨으로 새로운 기능이 생기는. 원고를 다듬고 흐름에 따라 숨을 불어 넣는다. 본문의 감동을 우려내기 위해 장치들을 넣는다. 진한 여운을 위해 고민하고, 우아한 무게를 위해 넣었다 뺐다 한다. 신비감이 되기도 하고 아름다움이 되기도 하는 멋이 책 안에 공명하도록. 책의 생명은 작가로부터 발생되지만 책의 수명은 편집가로부터 결정된다고 믿는다. 읽은 책은 〈알라딘〉[1]에 내놓지만 멋있는 책은 내놓고 싶지 않으니까.

4

꾸준하자, 버티자. 우리가 생존해 있어야 행운도 찾아오니까. 이렇게 말하는 사람이 내 평생 파트너라는 걸 나는 기억해야 한다. 어느 순간이 와도 그녀에게 감사할 수 있도록.

---

1) 대형 오프라인 중고 서점을 운영하는 인터넷 서점.

2020. 4. 23

1

누군가의 치솟는 감정을 눌러주는 가장 완벽한 도구는 나의 가슴이다. 치솟는 나의 감정을 억누를 가장 완벽한 도구 역시 누군가의 가슴이고. 포옹이란 그런 것이다.

2

누군가의 좋아하는 것과 싫어하는 것을 아는 건, 그 사람의 하루를 제어할 수 있는 힘이 있다는 것. 종일 짜증을 내는 사람에게 그 사람이 싫어하는 것을 꺼내 하루를 완벽하게 망칠 수도, 좋아하는 것을 꺼내 하루를 정화시켜 줄 수도 있는 것. 상대를 천국과 지옥 어디로든 데려갈 수 있는 막강한 힘. 우리에겐 이 굉장한 힘이 있음을 잊지 말아야 한다. 그리고 아끼지 말아야 한다. 나는 오늘도 그녀에게 말한다. "케이크 사줄까?"

3

오늘은 현범이가 준 셔츠를 입었다. 어제는 미림에게 옷을 선물받았고. 사실 내 옷장은 남들이 준 것들로 가득하다. 내 것이라지만 대부분 남들에게 받은 것들. 내 옷장이 건강한지는 모르겠지만 나쁜 것이라 생각하진 않는다. 그래도 조금씩 내가 산 옷들로 채워야겠지.

4

4월 강의와 행사가 취소되고 기대 중인 행사마저 취소 고려 중이다. 남지 말아야 할 시간들이 자꾸 남아도니 매일이 당황스럽다. 남는 시간들을 모으고 다시 조립한다. 사실 자영업자에게 남는 시간이 어디 있나. 그렇게 시간을 조립하다가 손을 놓아버린다. 힘이 빠져서가 아니라, 한번 놓아 보기로 한다. 그동안 너무 일을 움켜쥐고 있었던 건 아닌가 싶어서. 너무 숨 막히게 일한 것이 일을 숨 막히게 만들었는지도 모르겠다. 성실의 강박에서 벗어나 방법을 바꿔 보기로 한다. 잉여로운 시간에 이래도 되나 싶지만, 사실 안 될 것도 없다.

2020. 4. 25

1

6년 동안 한 번도 자동 세차를 하지 않은 건, 무심하게 돌아가는 플라스틱 솔 통에 너를 넣고 싶지 않아서다. 단단한 모습을 하고 있는 넌, 사실 나를 닮아 예민해서 쉽게 상처 난다는 것을 알고 있어서. 너를 구석구석 살핀다. 새로운 상처를 본다. 너의 상처는 나의 자만과 오만의 흔적. 말을 할 줄 모르는 너의 상처 앞에서 내가 할 수 있는 건, 맨손으로 상처를 어루만지고 닦아내는 것뿐. 손 세차는 청결의 영역이라기보단 교감의 영역. 내가 너에게 건네는 사과이자 약속.

2

묵묵히 연락이 와야 할 사람의 연락을 기다린다. '기다린다' 남겨두었으니, 언젠가 연락을 줄 것을 믿는다. 그를 부여잡고 재촉하고 싶지만 '사정이 있겠지, 어쩔 수 없는 상황에 있겠지'한다. 친구는 나를 착하다 하거나 착한 척이라 한다. 하지만 착해서도, 착한 척도 아니다. 나도 얼마든지 그럴 수 있다는 걸 이젠 알기 때문이다.

3

〈서울국제도서전〉의 사실상 취소 소식에 동작을 멈추고 눈만 깜
빡인다. 다음 일이 아니라, 다른 일을 준비해야 하기에. 경기도
재난지원금 승인 문자를 확인한다. 잊고 있던 수원시 재난지원
금 신청 생각이 났다. 메일함에는 고지서가 많이 도착해있다. 건
강보험료는 아무래도 코로나 문제로 할인된 듯하다. 후아.

4

어머니가 그만하라고 할 때까지, 딱딱한 어머니의 어깨를 주무
른다. 잠들기 전 말랑이는 내 어깨를 만진다. 왜 내 어깨는 딱딱
해지지 않을까, 언제쯤 내 어깨는 딱딱해질 수 있을까.

2020. 4. 26

1

요 며칠 바람이 왜 이리 힘차나 싶었는데, 양간지풍이라고 원래 이맘때 부는 바람이라 하더라. 이 바람은 도대체 언제부터 이 시기에 얼마나 불었을까. 잠깐 불고 가는 바람도 꾸준하니 이름이 생기는구나.

2

용량이 가득 찼다. 그럴 리가, 아이클라우드[1] 200기가의 공간을 본다. 대부분이 사진이다. 뭐 하길래 사진을 그렇게 많이 찍었나, 왜 그렇게 관리를 안 하며 기계를 쓰나 싶지만, 사진 5만 장, 비디오 200개. 모두가 미림이어서.

3

미래에 대해서 지금 결심할 필요 없지만, 결심을 했다면 결심으로 인한 걱정만큼은 지금 않기로 한다. 사실 모두들 얼마나 바뀌면서 살아가는가. 세상은 또 어떠하고. 내일은 모르는 뉴스가 나오겠지. 어디선가는 일생의 사건이 만들어질지도 모른다. 매일매일 세상은 바뀐다. 당연히 나 역시. 그러므로 걱정은 무효하게 될 것이다. 아니, 결심부터 무효하게 될지도 모른다.

4

한동안 말이 없길래 포기한 줄 알았더니, 오늘 또 미림이 내게 결혼식 축가를 불러 달라고 조른다. 사실, 오래전 미림이 내게 축가 이야기를 했을 때 김동률의 『내 사람』[1]을 몇 번 불러 봤다. 문제는 세 소절을 못 넘기고 목이 멘다는 것. 가만 짚어보면 대단한 가사도 아닌데. 처음 이 노래를 미림이 들려줬을 때 '너무 우리 얘기잖아!'라며 서로 주책맞게 울어버린 탓일까. 도저히 온갖 때가 다 생각나서 부를 수가 없게 돼버렸다. 그런데 오늘은 미림이 김동률의 『내 사람』을 꼬집어서 불러 달라고 한다. 허허. 미림을 데려다주고 집에 오는 길에 괜히 김동률의 『내 사람』을 따라 불러 본다. 주술이라도 걸린 듯 세 소절을 못 넘기고 목이 멘다. 백 번쯤 따라 부르면 괜찮아질까 싶지만, 아무리 생각해도 미림 앞에서는 도저히 자신이 없다.

---

1) 애플에서 제공하는 웹하드 서비스.
2) 김동률 2013년 앨범. 『동행』의 3번 트랙. 축가로 많이 불린다.

2020. 4. 27

1

웨딩 촬영 전, 주의사항을 몇 번씩 꼼꼼하게 읽는다. 혹시나 내가 놓친 게 있어서 망쳐버릴까 봐. 딱히 준비할 것도 없는데 뭔가 준비해야 할 것 같아서 손톱이나 더 바짝 깎는다. 생각해보면 대부분 신랑, 신부가 생업에 바빠서 별다른 준비도 못할 텐데, 아무래도 과민인가 싶으면서도 괜히 목욕을 하고, 거울 보며 웃는 연습을 한다. 내일은 덧니가 보여도 무조건 활짝 웃어야지.

2

6년 전 맞춘, 커플반지를 빼고 결혼반지를 낀다. 디자인은 비슷하지만 은에서 백금으로 바뀌었다. 반지는 더 두껍고 무거워졌다. 무엇보다 이전 반지는 살짝 헐렁이는 감이 있었는데 이번 반지는 살짝 조인다. 이 모든 것이 비유로 다가온다.

3

여러 부동산에 원하는 집 조건을 워낙 뿌려 놓은 탓에, 요 며칠 중개사분들의 전화가 끊이질 않는다. 부동산이라는 것에 대해 평소 자주 접하거나 가까울 기회가 없다 보니 처음엔 중개사분들이 하시는 일도 잘 몰랐지만, 이제는 어떤 중개사분이 더 실력이 좋은 것 같다는 짐작까지 하게 된다. '중개'에 있어서 실력은 파는 사람과 사는 사람에게 신뢰를 얻는 것. 그것이 정보가 되었든, 단호함이 되었든, 성실함이 되었든. 이젠 더 이상 중개사분들 사이에서 게걸스럽게 두리번거리지 않고 기다리기로 한다. 나역시 무언가를 중개하는 사람이기에. 이젠 믿음이 필요할 때라고 중개인 광호가 말한다. 분명 최선을 다하고 있을 것이라고.

4

'사랑했던 시간은 후회하지 말라고, 그 시간을 후회하면 그 긴 시간을 부정하면 그땐, 정말 너한테 남는 건 아무것도 없는 거라고.' 이십 대 초반에 술자리에서 내가 한 말이라고 하는데, 내가 저런 말을 했었구나 싶다. 거나하게 취해서 얼마나 귀엽게 진지했을까. 기억도 나지 않지만 지금 가지고 있는 생각의 어린 날을 마주한 것 같아 참 반갑다. 집에 돌아와 일기를 쓴다. 오늘도 미래의 광호가 기억해내지 못할 것들이 너무 많기에. 모두 기억할 순 없지만 최선으로 기록하고 싶다. 사람도, 풍경도, 사건도, 생각도.

2020. 4. 28

1

생각지도 못한 변수로 전쟁 같은 새벽을 보내고 약속 장소에서
미소 짓는 미림을 만났다. 모든 것을 무의미하게 만드는 웃음과
평화로운 아침. 그래, 우리에게 일어나는 모든 사건들은 훗날의
즐거울 에피소드임을.

2

메이크업, 헤어 선생님들이 심혈을 기울여 미림과 나를 꾸민다.
오로지 아름다움을 위해서 고민한다. 아주 잠시 우리가 인형 같
기도, 입은 옷이 포장지처럼 보이기도 했다가 이 모든 광경이 우
리의 모습을 아름답게 만들기 위한 것임을 깨닫는다. 아름다운
문장, 아름다운 빛, 아름다운 색처럼 오늘은 아름다운 우리가 된
다. 오늘은 우리가 예술 그 자체가 되는 거다.

3

입술을 내밀라는 말은 들어봤어도, 입술을 들라는 말은 평생 살면서 처음 듣는 말이다. 눈에 힘을 주라고 한다. 크게 뜨는 것도 아니고 찌푸리는 것도 아니고. 당황하니까 눈에 힘을 어떻게 줘야 할지 더 모르겠다. 치아를 보이고 웃는 건, 어제의 연습만큼 되지 않는다. 거울이 필요하다. 작가님 카메라 너머에는 레퍼런스로 본 신랑들이 가득이다. 그중에서 '이 사람은 좀 별로다.'라고 했던 사람이 아무래도 나인 것 같다. 수면 부족으로 집중력은 흐려지고 배가 고프다. 작가님이 '신랑님은 잠깐 나와 볼게요.'라고 한다. 그 말이 얼마나 고마운지, 순간 얼차려 받다가 '너는 열외'라는 말처럼 들린다. 미림이 포즈를 짓고 작가님은 예쁘다며 탄성을 지른다. 그 어려운 것들을 잘 해내는 미림이 얼마나 고맙고 대견한지. 미림으로 인해 모든 것들이 아깝지 않게 된 것 같아, 정말 다행이라 생각했다.

4

드레스 입은 미림의 아름다움에 나는 관광객이 된다. 작가님이 미림의 독사진을 찍을 때, 나도 옆에서 미림을 휴대폰으로 많이 담아준다고 약속했는데, 놓쳐선 안 될 퍼레이드를 보듯, 자꾸 구경만 하게 된다. 그런 무방비 상태의 나를 작가님이 부른다. "신랑님, 휴대폰으로 신부님 사진 좀 많이 찍어주세요." 맞다, 오늘은 이러고 있을 때가 아니지.

2020. 4. 29

1

독한 잠을 깊게 자고 나니 새 아침을 가진 것 같다. 미림은 다시 일터로 돌아갔고 오늘도 파이팅 하자는 문자를 남긴다. 나도 덮어두었던 일거리를 편다. 주말 상견례 자리 안내 문자와, 다음 달 제주 스냅 촬영 안내 카톡을 옆에 밀어두고.

2

실컷 몰입하다 허리를 펴니 벌써 해의 기운이 떨어지고 있다. 눈이 건조하다. 모니터 화면에서 나오는 먼지 같은 전기가 눈에 잔뜩 앉은 느낌이다. 그러고 보니 자주 건조한 눈에 대해 어쩔 줄 몰라 하던 나를 위해 어제 미림이 안약을 주었다. 한 박스나. 몇 달은 쓰겠다. 박스라는 단어처럼 묵직하고 무심하게 생긴 안약 통을 바라본다. 늘 '걱정하지 마'라는 말을 호주머니에 넣고 다니지만 가끔은 이렇게 말하고 싶어졌다. '걱정해 줘.'라고.

3

종종 나는 무엇을 쟁취했다고 착각한다. 그것으로부터 선택받았
다는 것을 간과한 채.

4

희망 다음은 실망이라고 누가 그랬더라.

1

할머니가 집에 오셨다. 반가운 나의 할머니. 그녀는 나와 몇 마디를 나누고 열심히 일하라고 문을 닫아 주었다. 그리고 저녁 식사 자리. 할머니는 내게 '어떻게 꼼짝을 안 하고 일하냐고, 쉬어가며 거실에도 나오고 하지.' 하셨다. 순간 아차 싶었다. 같은 공간에 있으면서도 하루 종일 문 하나로 세계를 나누고 한 번을 마주하지 않아서. 생각해보니 오늘의 하루가 참 비유 같아서. 반가운 나의 할머니, 사랑하는 나의 할머니 하면서, 자주 찾아뵙지도 않았던 내가 참 가증스러워서.

2

최대한 유치하지 않게 표현하려고 하는데, 그게 참 쉽지 않다. 언어로 만들어내는 일. 더 읽고 경험하고 노력해야지.

3

특별한 신용카드가 나온다길래 '아무래도 특별한 카드니까 혜택이 뾰족하고 힘 있지 않을까'라는 생각에 결혼 준비용 신용카드를 만드려 했는데, 막상 혜택을 열어보니 수상하다. 다른 카드를 알아봐야겠다. 알뜰! 아자!

4

미지의 무엇을 찾다 보면 아무런 의미 없이 찾는 행위에만 빠져 있는 나를 보게 된다. 사실 있을지 없을지도 모르는 건데. 오래 헤맬수록 헤맨 시간만큼 하루도 분실된다.

2020. 5. 1

1

오늘은 할머니와 산책이라도 하려고 했는데, 아무래도 나의 늦잠이 할머니를 보낸 것 같다. 아무리 읽고 쓰고 생각해도 어리석은 실수를 반복하는 나를 어떻게 해야 하나. '더 이상 늦어지면 안 되는데'라고 의미 없는 복습을 하며 길을 걷는다. 도착한 공원에는 철쭉들이 가구처럼 늘어져 있고 작고 어린 가족들이 휴일을 실감 시켜 준다. 가족의 소리가 공원을 메우고 머리 위 나뭇잎은 햇볕에 찰랑인다. 햇볕에서 가족의 냄새가 묻어난다. 아. 5월이구나.

2

종종 푸른 바다와 초록빛의 등대가 있는 꿈을 꾼다. 반복되는 꿈은 내 안 깊은 곳의 초록을 길들이지 못해서겠지. 잃어버린 물건을 찾듯 엄지용 시집을 편다. '남겨두어야 한다'[1]라는 시를 찾는다. 있다. 시가 남아있다. 확인만 하고 시집을 덮는다. 아마도 시의 마지막 구절이 이럴 것이다. '남겨두어야 한다.'

3

어떤 책을 읽어도 지금, 현재의 나와는 너무나 먼 이야기같이 느껴질 때가 있다. 이럴 땐, 엄마 옆에 앉아 말을 걸자. 세상에서 나와 가장 가까운 책을 펴는 일이다. 외할머니, 어쩌면 그의 어머니 또 그의 어머니에서부터 쓰이고 고쳐진 인생의 교과서. 이 책이 신비한 건, 지금 내게 맞는 페이지가 늘 준비되어 있다는 것이다.

4

두 가지를 기다리고 있다. 한 가지의 기다림은 미림으로부터의 연락이고, 다른 한 가지의 기다림은 완벽한 『부부의 세계』를 위해 냉장고에서 시원해지고 있는 맥주. 두 가지의 기다림은 전혀 다른 기다림이지만 공통된 것이 있다면, 기다리는 시간은 내게 있지 않고 기다리는 존재에게 가 있다는 것. 지금 나의 시간 절반은 미림에게 가 있고, 나머지 절반은 냉장고 안에 있다.

---

1) 엄지용 시집 2019, 별빛들, 『나란한 얼굴』에 수록된 시.

2020. 5. 2

1

이불을 걷으며 나를 누르는 뭉뚝한 적막을 밀어낸다. 지난밤, 오늘 할 일을 적어 놓지 않은 탓에 침대 밖은 복잡하다. 사실 복잡할 일도 없는데. 월초다. 계산서 발행하자. 장부 대조부터.

2

내일은 상견례다. 다시 식당에 전화를 해서 인원과 메뉴, 예약에 문제가 없는지 확인을 한다. 내일의 일을 미리 걱정하는 편은 아닌데, 오늘의 모든 걱정이 내일에 가 있다. 중요한 프레젠테이션을 앞둔 것처럼, 혹시 모를 상황과 화두에 대비를 한다. 사실 이 모든 걱정을 한심하게 만들 만큼 내일이 평화스러울 것을 알지만, 소심한 탓이든 예민한 탓이든 완벽을 바라는 마음은 뭐라도 해야지 안정될 것 같다.

3

사경인의 『진짜 부자 가짜 부자』[1]에선 경제관념을 내비게이션에 비유해서 현재 나의 지점 확인부터 하라는데, 시작부터 쉽지가 않다. GPS 수신이 되지 않는다. 에라 모르고 싶지만, 알아야 하는 지점이고, 언젠가 가야 하는 길이다.

4

가득 찬 어머니의 옷장을 보면서 생각한다. 버리지 못하는 건가 간직하는 건가. 아름다움의 미련인가, 시절의 보관인가.

---

1) 2020, 더클래스 발행.

2020. 5. 3

1

마치 외교관들의 물밑 외교를 끝내고 드디어 정상회담을 맞이하는 듯한 아침이다. 부모님과 나는 과하지 않지만 예의 갖춘 의상으로 몇 번씩 갈아입고 약속된 배려의 장소로 배려의 시간에 출발한다. 어머니와 아버지는 어떤 생각을 할까. 약속 장소가 가까워질수록 나는 긴장만 되는데 어머니와 아버지는 서로 주의하자며 웃고 떠들며 자신들의 결혼을 회상한다. 유경험자들의 여유인가. 순간, 어머니 목에 특별한 날에만 하는 행운의 목걸이가 보인다. 나도 티 내지 말아야지.

2

문이 열리고 '사돈'이라는 말이 오고 간다. 아주 먼 미래의 상상만 했던 일이 언어로써 완벽하게 현재를 입어 버린다. 실감 나지 않는 분명한 현실은 나의 긴장을 띄워 버리고, 양가 부모님들이 마주 앉은 감동은 내 몸을 가득 채워 나는 감당할 수 없을 만큼 묵직해져 버린다. 음식이 나오고 어른들의 이야기부터 우리들의 연애 이야기를 거쳐 결혼 이야기에 도달. 순간 공간은 응집되고 시간은 곤두선다. 어머니는 그런 시공간을 모두 정지시키고 신중하면서도 용기 있는 단독 드리블을 한다. 감탄을 자아내는 그녀의 간결하고 사랑스러운 표정과 몸짓에 모두가 평화를 얻고 여유를 찾는다. 미림과 나의 미래로 무르익어가고 운전 이야기로 마무리 되어가는 자리. 나는 어머니를 본다. 아 정녕 최고의 운전자여.

3

차창을 열고 시원한 밤공기를 만끽하다 거름 냄새를 느낀다. 낮에 다른 곳에서도 거름 냄새를 맡았는데. 이맘때쯤 거름 주는 사람이 많은가 보다. 거름을 주는 시기인가. 세상이 거름 냄새로 가득하다. 어머니와 아버지 나 사이에도 거름 냄새가 난다.

4

정성을 다해 입은 옷을 정성스럽게 벗어 걸고 샤워를 마치니 집에 모든 불이 꺼져있다. 미림도 답장이 없다. 모두가 피곤했나 보다. 나도 잠옷을 입고 내일 할 일을 적는다. 모든 사람들이 믿어주는 나의 미래를 위해 성실해야지. 잘하자 광호야.

2020. 5. 5

1

어제 나를 잠들게 한 일이, 오늘 나를 깨운다. 나는 술 사달라는 문장으로 마치는 메시지를 보냈고 곧 '귀여운 광호야'로 끝나는 답장이 왔다. 다정하지 못한 나의 메시지에 그의 마지막 문장이 참 멋스럽다. 언젠가 나도 써먹어야지. 손을 어떻게 건네느냐보다 어떻게 받아내느냐가 더 어렵다는 것을 알기에.

2

'앞으로 미림이 많이 포기하고, 실망할 것 같다.' 작년 이맘때쯤 미림과 웨딩박람회를 한창 다닐 때 썼던 일기다. 실제로 미림은 많이 포기했지만, 아직 실망하는 일은 없었다. 끊임없이 포기만 해야 되는 시간이 쉽지마는 않았을 텐데. 앞으로도 미림이 소망하던 곳에서 내려올 때, 조심히 내려올 수 있게 손을 잡아줘야겠다고 다시 메모한다. 이 글을 보면 그녀는 더이상은 안 내려간다고 질색을 하겠지만.

3

한 번도 사본 적 없던, 향수를 사봤다. 낯선 향이 미림에게서 나의 오래됨을 낯설게 해주지 않을까 하는 꿍꿍이로.

4

아직 어린이를 위한 법 폐지에 잦은 소리 내는 나라지만, 진짜 어린이를 보호하고, 존중하는 날이 오기를.

2020. 5. 7

1

카네이션을 사러 갔다가, 어머니가 요즘 화단 꾸미시는 것에 재미 들렸다는 말이 생각나서 화분 몇 개를 샀는데 아무래도 너무 많이 산 것 같다. 살 때는 별생각 없이, 화단 꾸미실 어머니만 생각했는데 집에 와서 보니 아무래도 혼날 것 같기도 하고.

2

혈액형 A형은 소심한 사람이라고 하던데, 그러면 나는 A형이라서 작은 마음도 잘 보는 사람일 수도 있겠다. 아직 미림에게 낯설 수 있는 나의 부모님 옷 선물에 '이건 나이 들어 보이실 것 같다, 이렇게 입으시면 좋겠다, 비싸도 이게 더 잘 어울리시겠다.'라는 말들 속에 숨어있는 아주 작은 마음들. 나는 소심해서 대게 그런 작은 것들에 감동을 받고.

3

사랑하는 사람들에게 마음을 전하는 하루를 보내면서 미림은 말한다. '더 벌자!' 나도 생각한다. '더 벌어보자!' 돈도, 시간도 사랑도 벌어보자.

4

마음을 전해주는 순간도, 사람들이 기뻐하는 순간들도 좋지만, 예쁘다는 말을 꼭 두 번 듣고 싶어서 못 듣는 척하는 귀여운 사람과 팔짱 끼고 작전 짜는 시간이 참 좋았던 하루.

2020. 5. 8

1

어버이날. 장모님과 장인어른께 인사하러 가는 길. 고속도로가 고구마 100개스럽다. 초조함은 바람에 날리는 비닐봉지처럼 어쩔 줄 모르는데 나는 운전석에 앉아 할 수 있는 것이 없다. 장모님도 미림도 괜찮다고 천천히 오라고 하지만, 시간도 속도도 내가 정할 수 있는 것이 아무것도 없다는 게, 오늘처럼 나의 무력함이 서럽고 억울한 적이 있었나 싶다.

2

미림과 혜림이[1] 오늘 옷이 멋있다며 칭찬해 준다. 2시간 동안 입고 벗고 한 보람이 있다. 듬직해 보이려 하면 너무 과하고, 단정해 보이려 하면 너무 귀엽고, 터프해 보이려 하면 너무 건방지고, 겨우 셔츠 해결하면 바지가 없고, 마땅한 신발이 없던.

216

3

수년의 비밀연애 동안 피해 다녔던 아버님이 자리를 내어주시고, 오랫동안 상상했던 어머님이 술을 따라주시고, 늘 응원한다던 혜림이가 형부라고 부른다. 미림이 태어나고 미림이 살아온 미림의 인생. 미림의 가족. 내가 이곳에 소속되다니 속으로 너무 기뻐서 자꾸만 입술을 깨문다. 아무래도 너무 아름답고, 멋진 팀에 입단한 것 같다.

4

지금 가진 생각을 무시하고 더 크게 멀리 생각하면 좋겠다. 혹시 하면서 더 과감하게 열어줬으면 좋겠다. 설마 하면서 더 순수하게 봐주면 좋겠다. 옆모습과 뒷모습을 진지하게 고려해 주면 좋겠다. 사람들이 조금 더 사람들로부터 자유로워졌으면 좋겠다.

---

1) 저자의 처제. 집필 당시에는 여자친구의 여동생으로 이름을 부르며 친하게 지냈다.

2020. 5. 10

1

결혼 관련 비용들을 정리하다가 플래너를 통해서 계약한 영상 촬영 업체를 웨딩홀을 통해서도 계약할 수 있다는 것을 알았다. 그리고 같은 업체임에도 웨딩홀을 통해서 계약하는 것이 더 저렴하다는 것도. 순간, 뾰족한 공기 속에서 플래너인지 나 스스로인지 알 수 없는 대상에게 패배감을 느끼고 천장만 바라보는데, 천장에 미림이 있다. 말할까? 그냥 있을까? 어쩌면 말하지 않으면 미림은 영원히 모를 수 있는 우리의 손해. 왜 조금 더 꼼꼼하지 못했을까. 그토록 분투하던 시간에 미안해진다. 나는 도저히 나의 실수로 우리가 손해를 봤다는 걸 말하지 못하고 여기에 옮겨 적는다. 실수를 고백할 줄 아는 사람이 되려면 나는 용기가 한참 더 필요하다.

2

결혼에 대한 것들을 숫자로 옮겨 적으니 앙증맞고 즐거운 이름들의 이야기가 사라진다. 내용은 모르겠고 오로지 숫자로만 대하게 된다. 숫자를 썼다, 지웠다 한다. 숫자를 지우면 낭만적이고 숫자를 적으면 현실적이다. 불과 몇 년 전 만이었어도, 이런 건 만들지도 않았을 텐데, 정말 인생 선배님들의 말 대로 현실 패치가 되긴 되는구나.

3

정해진 대로 하는 것은 쉽고 편하다. 하지만 기본이 없는 작품은 하나의 장난에 불과할지도 모른다. 언젠가 어떤 영화평론가가 했던 말을 떠올린다. '익숙함이 없는 새로움을 마주하면 대중은 영문을 모른다. 익숙함 속에서의 새로움. 이것이 중요하다.' 누가 했던 말이더라, 인터뷰에서 본 것 같은데.

4

거의 닿았다고 생각한 곳으로부터 멀어진다. 기다렸던 축하는 흩어지고 환희는 지나간다. 좌절에 쓰러진 내게 친구는 오래된 저주라기보다 허영을 단념시켜주는 행운이라고 말한다.

2020. 5. 11

1

감사하게도 꾸준히 새로운 서점들에서 좋은 제안을 준다. 한때 입고에 대해 엄격했을 때는 이것저것 따졌지만 요즘은 아무렴, 다른 것도 아니고 책을 팔기 위해 용기 내신 분인데 좋은 분이겠지 생각한다. 그들의 시작에 내가 있음이 감사하고 별빛들의 작가들이 새롭게 자리할 수 있다는 사실이 기쁘다. 책을 보내드렸다는 메일을 보내며 말미에 잘 부탁한다는 말을 붙인다. 정말 간절한 마음이자 더 바랄 것 없는 부탁.

2

타인 위에 군림해야 한다는, 낡은 남자들이 말하는 남성성은 남자들 끼리나 겨루었으면 좋겠다. 생활을 좀 거국적으로 하셨으면.

3

차에서 내리는데, 보조석 쪽에 빨대 꽂은 이온 음료 캔이 보인다. 어제 워낙 공장스럽게 먹은 술 때문에 갈증 난 사람이 두고 간 건가 보다. 혼날까 봐 상태 좋은 척했지만 속이 많이 안 좋았구나 싶은데 그래도 쓰레기는 갖고 내렸어야지. 꾸깃하게 숨어있는 이온 음료 캔을 보니 어이없기도 하고 귀엽기도 하고 친구 말대로 미림과 살면 평생 심심하지 않을 것 같기도 하고.

4

비 오는 밤, 비를 좋아하는 작가의 글을 읽는다. 작가는 책에서처럼 모습하고 있을까. 작가가 보인다. 책은 아주 오래된 방식으로 아주 첨단스럽게 서로를 연결해 준다.

2020. 5. 12

1

낮에 깨어 있는 사람들과 묻고, 의논하고 협의하려면 나도 부지
런히 깨어야 한다. 일찍부터 움직인 날은 많은 것을 한 것 같지
만 막상 한 일은 별로 없는 것 같고 그러면서 또 시간은 별일 없
이 잘 가는 느낌이다. 부지런했으나 뭔가 부족한 느낌. 부족함은
밤에 채워보기로 한다. 버거킹에서 불고기버거 포장해서 밤으로
간다. 오후는 밤으로 가는 보람찬 전진이다.

2

세차를 끝으로 밖의 일을 마무리 짓고 집으로 향하는 길, 날씨가
좋아서 창문을 열어 바람을 맞는다. 바람이 좋다. 보조석에 앉아
모든 노래 가사를 '뜬뜬뜬'으로 따라 부르는 사람이 생각난다. 그녀
에게 전화를 거니 '웬일로 전화했어?'라고 첫 말을 띄운다. 서로
어이없는 웃음을 넘기고 받으며 웬일의 기준으로 실랑이를 시작
한다. 세차하면서 먼지까지 비워 낸 썰렁한 차 안이 다시 시답잖
은 이야기들로 충만해진다.

3

현관을 열고 집에 들어서는 순간, 모든 것과 차단된 진공으로 들어선 느낌이다. 이곳만의 법칙이 존재하는 전혀 다른 세상. 이곳의 법칙은 대체로 정겹다. 욕실 청소라든지, 쓰레기 버리기라든지. 심지어 이 법칙들은 또 쉽게 용서되기도 한다. 유달리 엄격한 하루를 보낸 것도 아닌데 유독 '집스러움'을 느끼는 오늘. 집을 '내가 자주 용서되는 곳'이라고 정의해본다.

4

수영 형의 작품 내지 디자인을 하다가 재밌고 근사할 것 같은 일종의 장난 같은 아이디어가 떠오른다. 하지만 그건 나중에 내 작품에 적용해보기로 한다. 다른 작가의 작품에 장난을 칠순 없으니까. 조금 쉬고 작가 오수영의 채널을 탐독한다. 꼭 오수영스럽게 만들어 내야지.

2020. 5. 13

1

오랫동안 주무르던 신혼집 계획을 정리하고 드디어 사실상 계약을 위해 중개사분과 희망의 집으로 향했다. 집의 내용은 다 알았고 그토록 희망했던 환경이지만, 집을 가져 본 적 없어 그런지, 막상 집과 집의 가격이 어울리지 않게만 느껴진다. 아직 주머니에 들어오지도 않은 큰돈을 만지작거리는 마음은 새 아파트의 공사적인 느낌으로 복잡해져만 간다.

2

사람 마음이 아침 다르고 저녁 다르다는데, 나도 막상 큰돈을 건네자니 주저됐는데, 집주인 분도 막상 현실에 마주하니 생각이 많아졌나 보다. 타이밍이라기보단 운명이라 생각한다. 포기하고 나니, 비만한 허영에 가려졌던 것들이 보인다. 껄끄럽던 것들이 매끄러워진다. 그래, 맑아진 상태로 더 멀리 봐야지. 그나저나 생각보다 단순 변심을 마주한 사람은 단순해지기가 쉽지 않다.

3

좀처럼 탓하지 않고, 후회도 않고 뒤를 잘 돌아보지 않는다. 옆에
앉은 사람은 쿨병이라 하지만 사실 아주 가끔 옹졸한 마음은 누
군가를 탓하기도 한다. 그때마다 속으로 '진짜 옹졸하네'하고 만
다. 탓을 진지하게 하다 보면 내 하루에 내가 선택한 건 하나도
없으니까. 사실 모두가 내 선택인걸.

4

마음이 복잡할 땐, 일을 해야지. 일을 하다 보면 시간이 가겠지,
시간이 가면 해결은 안 되고 발등에 불 떨어지겠지, 발등에 불 떨
어지면, 발버둥 치겠지. 그러면 복잡할 것 없이 최선의 선택을 해
야겠지. 발버둥이 그다지 멋진 모양은 아니지만, 문제는 해결되
겠지. 그러겠지.

2020. 5. 15

1

회사원 시절 은행원이 추천해 줘 만들었던 신용카드 말고, 내가 꼼꼼하게 선택한 나의 신용카드가 왔다. 빨리 마일리지 쌓고 싶다. 이제 바보같이 현금으로 돈 쓰던 시절 안녕이다. 알뜰하게 마일리지 쌓아서 비행기 타야지.

2

눈이 아파지면 모니터 화면을 잠시 멀리해야 할 때, 눈의 신호 덕분에 몰입에서 헤어 나온다. 시간을 보니 준비하고 출발하면 얼추 약속 시간이 되겠구나 싶다. 오늘의 약속 장소는 이름도 낭만적인 〈초심〉[1] 요즘은 초심이란 마음이 사람들에게 다이어터들의 칼로리 같은 취급을 받긴 하지만 나는 아무래도 초심이 좋다. 7시 반, 초심으로 가야지.

3

아낌없이 말하고, 아낌없이 먹고. 도저히 시간이 아깝지 않은 시
간. 문예적 글쓰기가 어쩌고, 작가의 세계가 어쩌고, 연애가 어쩌
고 시답잖은 이야기만을 오래 하고도 소모되기보단 빈틈없이 충
만해진다. 가득한 밤이다.

4

술자리에서 최근 행복했던 적이 있냐 물었던 대답에 지금이라
말했다. 그게 또 반가운 사람들이랑 고급 참치 회에 정종을 먹던
그 시간에도 그랬지만 대리운전 배정 상담사분과 2천 원만 깎아
달라는 말에 서로 껄껄 웃던 아까도 그렇고 대리기사님에게 음
료에 입 대지 말라고 깔깔대는 지금도 그렇다. 행복, 이제 나는
그런 거 모르기로 했다. 행복이 엄격한 친구와는 다르게 나의 행
복은 너무 헤프다. 비 오면 비 이야기하고, 의왕 지나가면 의왕
이야기하고. 친구 현철이한테 전화 오면 받고, 미림한테도 전화
걸어보고, 산다는 거. 너무 즐겁다. 살고 있어서 행복하다. 집에
가서 행복하게 잠들어야지.

---

1) 서울 공덕에 위치한 참치 전문 음식점.

2020. 5. 16

1

나를 짓누르는 숙취가 조카의 명랑한 "삼촌-"소리에 힘없이 녹아 버린다. 흐물거리는 숙취를 걷어내고 마주한 조카는 신비로운 단어들로 자신이 지난번의 민단아가 아니었음을 알려준다. 더 많은 표정, 더 많은 자세, 더 많은 노래, 더 많은 귀여움. 발랄한 호기심으로 자신의 몸 하나도 가누지 못하는 조카를 보고 있으면 이상하게 세상을 더 산 나보다 더 많은 걸 가지고 있는 느낌이 든다. 나도 가졌었던 것들, 이젠 없는. 어쩌면 그동안 나는 획득하며 살았던 것이 아니라 원래 있던 것들을 버리고, 잃고, 더 값싼 것들과 바꾸며 산 건 아닌가 생각한다. 조카가 "삼촌-"하고 부른다. 조카가 만드는 예측 불가한 아름다움에 내 심장은 속수무책으로 치이고 만다.

2

종합소득세 신고 안내서가 도착했다. 그래, 5월은 종합소득세 신고의 달. 올해는 세금을 좀 내려나 했지만, 역시 환급. 아. 나도 절세해보고 싶다.

3

화상회의를 종료하고 냄비에 물을 올린다. 물이 끓길 기다리며 새로운 신용카드 설명서를 읽는다. 설명서 없이 끓인 라면을 먹고, 부엌에 널린 것들과 함께 설거지를 한다. 시끄러웠던 거실을 정리한다. 곳곳에 조카들의 넘치는 생명력을 증명하는 흔적들을 옮기다가 누나의 생활을 떠올린다. 누나의 즐거움을 경험한다. 다시 작업대 앞에 앉는다. 복잡한 작업대를 정리한다. 널브러진 나의 생명력의 흔적을.

2020. 5. 18

1

서로에게 될 수 있는 존재는 다 되어봤다고 착각하며 우리의 세계는 밤낮처럼 자명할 거라 믿지만 드라마 『부부의 세계』는 내가 부부가 됐을 때의 세계를 상상하게 만든다. 상상을 멈추고 짐을 꾸린다. 제주도 웨딩 스냅 사진을 찍기 위해 김포공항으로 간다. 부부의 세계로 향하고 있다.

2

제주 웨딩 스냅 촬영에 예림이[1]가 함께 하기로 했다. 예림이가 "광호 선배-"하고 부른다. 아. 나에게도 대학교 후배가 있었지. 그나저나 내가 예림이와 제주도를 같이 가다니. 하긴, 지금의 내 모습 중 10년 전에 상상했던 것은 하나도 없지.

우리가 딛고 있는, 이 땅의 거룩한 단단함이 무엇도 헛되지 않았음을 증명합니다. 단단함의 영문을 알수록 땅을 딛고 있음이 부끄럽지만, 우리가 할 수 있는 일은 기어코 이 땅에 꽃을 피워내는 것이라 믿습니다. 부끄럽지 않게 자라고, 부끄럽지 않게 피겠습니다. 고맙습니다.

---

1) 저자와 저자 아내의 대학교 후배. 저자와 저자 아내는 대학 동문이다.

2020. 5. 19

1

'화날 때 웃는 것이 프로다.'라는 말이 있는데 이 말은 '프로는 화나도 웃을 수 있다.'가 되기도 한다. 그리고 오늘, 나는 미림과 나, 우리 두 사람은 이제 진짜 부부가 될 자격이 되었음을 느낀다.

2

모든 것을 의미로 만들어 버리는 얼굴 옆에 나란히 선다. 작가님의 신호에 맞춰, 드디어 시작된다. 예쁜 풍경을 지날 때마다 목격했던 웨딩 스냅. 오늘은 우리가 주인공이다. 특히 제주에 올 때마다 목격하고, '언젠가 언젠가 우리도 우리도'라고 외웠던 동경의 제주 웨딩 스냅. 유치한 포즈도 좋다. 소품이 빈약해도 좋다. 바람 귀싸대기에 불쌍해 보여도 좋다. 우리의 오래된 약속이자, 어린 시절의 꿈, 비밀의 이야기니까.

3

고마운 사람들과 인사를 한다. 즐거움으로 촬영해 준 작가님. 자신들의 일처럼 마음 써주고 힘써준 예림이와 윤희[1]. 정말 예림이는 그렇다 쳐도 윤희까지 웨딩 촬영에 합류할 거라곤 상상도 못했다. 정말 고맙다. 고마운 얼굴들을 생각하면서 그동안 내가 얼마나 운명을 악용하며 인연을 쉽게 생각했는지, 밀도 있는 반성을 한다. 아. 아니다. 이것도 운명인가. 인사를 한다. '잘 가' 대신 '또 보자'라고.

4

다른 것들 다 외면하고 한 가지에 몰두하고 있음을 알았을 때, 멀어져야 한다. 그때는 멀어져야 한다. 그것을 뺀 내 하루에 아무것도 없다는 건 낭만이 아니라 비극이다. 삶도 그렇고 사랑도 그렇다. 나는 건강하고 싶다.

---

1) 저자와 저자 아내의 대학교 후배.

2020. 5. 20

1

세상에 아무 일도 일어나지 않을 것 같은 고요한 아침 속에서 미림이 '오늘은 쉴까'라는 말을 떨어뜨린다. 미림은 새로운 신상 발매 준비와 또 그다음 신상 촬영을 위한 바잉 때문에 피로가 쌓일 대로 쌓였는데, 어제 웨딩 촬영의 긴장에 종일 온몸으로 제주의 강풍까지 받아냈으니, 미림의 작은 몸은 한계에 다르렀을법도하다. 그럼에도 개인사업자이기에 우리는 쉴 수가 없다. 내가 쉬면 별빛들이, 미림이 쉬면 미림의 회사가 정지되기 때문에. 미림은 촬영 준비를 하고 나는 메일 답장과 도서 출고를 한다. 퇴실 준비까지 마친 나는 미림의 옷을 다림질하고 미림은 내 어깨에 오늘 일정 브리핑을 한다. 분명히 피곤해 죽겠다고 했는데, 유독 오늘 일거리가 많다.

2

오빠 먼저 먹어봐, 오빠 이거 먹어봐, 오빠 먼저 가봐, 오빠 나가봐 봐, 오빠 이거 만져봐, 오빠 오빠 오빠. 전국의 기미 상궁들 파이팅.

3

날씨가 참 좋다. 어제는 바람 수준이 사실상 태풍이었는데. 날씨
가 축복과 관계있다면 어제는 워낙 격한 축복이었던 거겠지.

4

피곤하다. 온몸이 아리다. 지금 더 일하면 한계를 넘어선 성취를
이룰 수 있을 것 같다. 오늘 받은 새로운 원고를 읽고 새롭게 일
정 조절을 한다. 눈이 그만 일하라고 조른다. 눈의 통증을 참다
참다 피학적인 쾌감을 느끼고 나서야 멈춘다. 기어코 휴식을 허
락하고 욕조에 물을 받는다. 저 따듯한 물에 몸을 넣으면 몸은 녹
아서 없어져 버리고 물에는 내일 할 일들만 동동 뜰 것 같다.

2020. 5. 21

1

내가 가진 편견으로는 쉽게 보인다. 돈 될 것 같아서 건드는 사람과 정말 마음이 있는 사람. 둘의 구분은 이해와 존중이 있느냐 없느냐겠지. 물론, 돈이 될 것 같아서 접근하는 것이 절대 나쁜 건 아니다. 하지만 그런 식의 접근이 쉽게 비난받는 건, 돈이 되지 않으면 쉽게 버리고 무시하니까. 그래서.

2

힘이 다 됐을 땐, 마지막 힘으로 장난을 친다. 즐거운 마무리를 위해. 그러니까, 힘이 다 됐을 때 내가 필요한 건 함께 장난칠 옆사람이면 된다.

3

김포에 도착해서, 각자의 캐리어를 끌고 각자의 집으로 간다. 미림은 택시 타고 일산으로, 나는 공항버스 타고. 그래야 하는데,

코로나로 인해 수원역 가는 공항버스 운행이 중단됐다고 한다. 전철 타고 수원에서, 또 택시 타고 봉담으로. 여차여차 계산하니 나도 그냥 택시 타고 가야겠구나 싶다. 택시 안에서 〈인스타그램〉을 보다가 오늘이 부부의 날이었다는 걸 배운다. 부부의 날에 사실상 부부, 거의 부부 다 된, 우리는 너무 힘들고 비싸게 떨어져 있구나.

4

집이다. 내가 아는 자리, 내가 만든 아름다움, 내가 썼던 물건, 내가 눕던 자리, 내가 길들인 위험, 내가 두고 온 걱정, 내게 온 소식. 이곳은 내가 있던 곳, 내가 있어야 할 곳.

1

형정[1] 누나에 대해 아무것도 몰라서 울었다. 그러다 또 그녀를 알 것 같아서 울었다. 오랫동안 속인 그녀가 미워 울었다. 사실 오랫동안 속은 내가 미워 울었다. 미안해서 울고, 억울해서 울고, 허무해서 울고, 슬퍼서 울고, 무서워서 울고, 가여워서 울고, 화나서 울고, 나는 안 울어도 자꾸 울음이 났다.

2

형정 누나에게 좋아한다는 말을 조금 더 진지하게 했어야 했다. 당신의 모든 선택이 옳다고 반드시 옳을 거라고 한 번 더 말했어야 했다. 용기 내서 그녀의 손 한번 잡았어야 했다.

3

소식을 들은 사람들이 형정 누나에게 왔다. 가족이 오지 않으면 아무것도 할 수 없다는 걸 알지만, 몇 시간째 아무도 자리를 뜨지 않는다. 모두가 기다리고 있다. 우리는 아무것도 할 수 있는 것이 없어서 기다리기만 한다. 기다리는 것밖에 할 수 있는 것이 없어서. 기다린다. 아무 소용 없지만.

1) 저자의 동료 그림 작가.
회화부터 대중적인 일러스트레이션, 다양한 프로젝트를 진행했으며 '리을페이지'를 통해 독립출판 등 다양한 작업을 했다.

1

형정 누나의 빈소가 정해졌다. 가야겠지 누나에게 인사해야겠지. 어제는 아무 생각 없었기에 용기가 났나. 오늘은 내가 무엇을 할 수 있을지 용기가 나지 않는다. 낯선 누나의 이름으로 빈소를 찾아야 하는 것도, 아무 말 없는 누나의 사진을 마주해야 하는 것도, 그곳에 가면 정말 이 말도 안 되는 일이 진짜가 돼 버릴까 봐 너무 싫다.

2

옛말은 이제 옛날 말이다. 지금에 유효한 것들로 공신력 있는 누가 다시 고쳐 말 해줬으면.

3

나는 쓸모가 있다면 기꺼이 타인을 위해 나를 써야 한다고 생각했다. 그게 선이라 생각했다. 그러니까 나의 상황이 조금 어렵더라도, 나와 타인 중 하나를 선택해야 하는 상황에선 더욱. 하지만 나는 나를 더 중요하게 생각해야 했다. 그래야 내가 건강하게 존재할 수 있으니까. 선이라는 것이 있다면 그것이 선의 시작이니까. 그래서 언젠가부터 나를 보자고, 나를 지키자고 지겹게 말했다. 과거 『내가 나를 간직할 수 있도록』[1]이란 제목을 단 것도 사실 끊임없이 나에게 하는 말 중 하나였다. 하지만 나는 아무래도 글러 먹은 것 같다. 그렇게 오랫동안 최면을 걸고 다짐을 해도 어쩔 수 없나 보다. 이렇게 체념을 하다가 오래전 미림이 내게 한 말이 정수리로 떨어진다. '오빠는 왜 나 빼고 다른 사람한테는 다 착한 사람이냐'고 했던. 지금 생각해보면 그 또한 미림은 내 사람이니까, 나라는 사람의 쓰임에 있어 나보다 타인이 우선이니까, 미림도 타인을 위해야 한다고 생각했는지도 모르겠다. 과거 나를 스친 여자들은 내가 애인만을 위할 거라 착각하며 나를 경험하고 싶어 했지만 사실 나는 전혀 그런 사람이 아니라 오늘도 나의 사람에게 상처를 주고 있다. 어쩌면, 끊임없이 다짐했음에도 끝내 하고 싶은 대로 끌려다니는 것은 타인을 위한다기보다 지독하게 나밖에 몰라서, 내 마음밖에 모르는 이기적인 사람이라 그런지도 모른다. 어찌 됐든, 누굴 위하든 어떤 이유든 나는 바뀌어야 한다. 때때로 내가 되는 나의 분신 같은 사람들, 누구보다 나와 가까운 나의 사람들. 그리고 나. 나는 나를 위해야 한다. 나에겐 지켜야 할 사람들이 있다. 내가 변할 수 있다면 지금이어야 한다. 나를 이루는 사람들에게 상처를 주지 않으려면, 어쩔 수 없다는 나란 놈을 외면할 용기를 가져야 한다. 아무래도 팔을 안 쪽으로만 뻗는 것은 이기적인 것 같지만 누군가는 이제야 올바르

---

1) 저자의 산문집, 2017, 별빛들 발행.

게 팔을 뻗는 것이라고 말한다.

1

잠에서 깨기 싫다. 아무것도 하지 않고 잠만 자고 싶다. 잠은 나를 가두지만 나는 그곳에서만 진실로 해방될 수 있다. 잠 속에서만이 나는 용서받을 수 있고 안도할 수 있다.

2

형정 누나에게 인사하는 게시물이 인스타그램에 올라왔다. '벌써'라는 생각과 함께 누나의 모습이 선명하면 선명할수록, 현실은 칼같이 날카로워진다. 다시 잠에서 깨어나 휴대폰을 보니 '잘 보내주자'라는 메시지가 남겨져 있다. 그래, 그래야지.

3

형정 누나 고마웠어요. 이제는 정말 푹 쉬어요. 그리고 우리 또 만나요.

2020. 5. 26

1

오랫동안 주저앉아 있던 자리를 정리하고 일어섰다. 일어서니 나보다 훨씬 더 아팠을 사람들의 씩씩함이 보인다. 답장을 기다리고 있을 사람들에게 메시지를 보낸다.

2

연약한 나를 걱정하는 사람들의 눈빛에는 내가 가져보지 못한 무엇이 있다. 매번 좋다고 고맙다고 받으면서 배울 생각 한번을 하지 않았던 무엇.

3

내일 입을 옷을 골라, 옷걸이에 걸어 내일을 준비한다. 아무것도 하기 싫어서 취했던 잠과 달리 무엇을 하기 위해 잠을 잔다. 잘 자자.

1

다시 또 아름다운 것을 마주한다. 슬픈 것들이 내 의지와 상관없이 찾아오듯, 아름다운 것들 또한 늘 이렇게 나타나 있다.

2

힘 빠진 손으로 문제를 푸니 더 엉키는 느낌이다. 자꾸 자책만 하게 된다. 다행인 건, 내 옆에 있는 사람이 나보다 나의 나약함에 더 익숙하다는 것이다. 정말 다행인 일이지.

3

미림과 외박을 하는 하루가 이렇게 특별한데 결혼 후에는 이런 날이 아무것도 아닌 날이 돼버린다. 이렇게 행복한 날이 나중엔 아무것도 아닌 평범한 일상이 돼버리는 것이다. 그건 슬픈 일이 아니라 그저 깨닫는 일이다. 평범이 행복이고 행복이 평범인 것을. 지금의 평범한 하루도, 지금의 아무것도 아닌 생활도 언젠가 그토록 설레하던 그런 날이었으니까. 나는 정말 유별날 것도 대단한 것도 하나 없지만 살아 있음에 매일 근사한 행복 위에 있다. 산다는 것도 언젠가 간절히 바라던 소원이었으니까.

4

많은 사람들이 형정 누나에 대해서, 형정 누나와의 이야기를 인스타그램에 올리며 추모를 이어간다. 류형정이라는 사람이 어떤 사람이었는지, 류형정이라는 작가가 어떤 작가였는지 그 어떤 생각도 하지 않고 그저 읽는다. 얼마나 많은 사람들에게 진하고 맑은 영향만 주었는지, 정말 멋있고 아름다운 사람이었다. 정말 고마운 사람.

1

학준이[1]의 『그 시절 나는 강물이었다』[2] 증쇄를 위해 수정 작업을 하는데 작업하던 당시, 학준이와 티격태격하던 때가 생각난다. 그런 적도 있었지. 부대끼던 날들이 모두 다 고맙고 즐거운 추억이다. 학준이 역시 나와 같기도, 아니면 또 다르기도 하겠지. 세심하고 다정한 사람이라 내게 서운한 것이 있어도 말 못 할 사람. 이제야 증쇄를 하며 그동안 내가 너무 서운하게 만들진 않았나 미안함이 앞선다. 학준이에게서 답장이 왔다. 잘 지내고 있는 것 같아, 다행이고 고맙다.

2

하루에도 몇 번씩 아주 티끌만 한 일에도 황폐해졌다가 또, 감동으로 차올랐다 한다. 낙원과 진창 오가기를 거듭한다. 땅 한 번 보고, 하늘 한 번 본다.

---

1) 저자의 동료 작가. 『그 시절 나는 강물이었다』, 『동이 틀 때까지』 등을 썼다.
2) 이학준의 수필집, 2018, 별빛들 발행.

3

있어 줘서 고맙다고 했다. 전화할 곳이, 물어볼 곳이, 비빌 곳이 있어서. 정말 당연한 건데, 당연한 게 아니어서. 진지하게 건네면 그들의 하루가 너무 무거울까 봐, 진지하게 떨어뜨렸다. 있어 줘서 고맙다고. 아직은, 아직은 있어야 한다.

4

SES의 노래 『달리기』[3]를 불러 준다. 나한테 필요할 것 같다고. 가만히 듣다가 정말 고마워서, 정말 행복해서, 너무 미안해진다. 구원 같은 사람이 나에게만 너무 많은 것 같아서. 일일이 붙들고 말하고 싶다. 사람을 만나자고, 사람을 사귀자고, 사람에게 노래를 불러주자고, 사람과 부대끼자고, 사랑을 주자고, 사랑을 받자고, 사랑을 하자고, 키스를 하자고, 찐하게 찐하게. 아침마당 식 뻔한 말과 부담스러운 오지랖 같아도 정말 굳이.

---

3) SES 2002년 앨범. 『Choose My Life-U』의 6번 트랙, 위로와 격려의 메시지가 있다.

2020. 5. 30

1

모두에게 도피처가 있듯 나에게도 치유의 공간이 있다. 나는 아니지만 나이기도 한, 아주 어쩌면 내가 되어줄 친구의 옆자리. 이 녀석의 옆에선 가장 나다워지기도 하고 때때로 나라는 사람이 지워지기도 한다. 해가 중천인데도 세상 못생긴 얼굴로 자고 있는 현중이를 보면서 친구에 대해서 메모한다. 예측 가능해서 불안함이 없고, 가볍지만 단단한 평화가 있는, 내 생에 가장 쉽고 소중한 사람.

2

당분간 강릉에서 지내기 위해 책을 사러 〈한낮의 바다〉[1]라는 서점에 갔다. 네 권의 책을 사며 이 책들을 다 읽으면 그때 돌아가야지 생각했다. 돌아가는 길의 휴게소 거울에 비친 나는 좀 달라져 있길 바라면서.

---

1) 일상의 쉼을 이야기하는 서점. 강릉 교동에 위치하고 있다.

3

지옥은 불타는 곳이 아니라 모두가 불타고 재만 남은 곳.

4

사랑하는 사람과, 사랑하는 서점에 들러, 사랑하는 막국수를 먹고, 사랑하는 노래를 듣고, 사랑하는 카페에 가서, 사랑하는 책 읽기를 하고, 사랑하는 바다에 가서, 사랑하는 게임을 하고, 사랑하는 위스키를 마시며, 사랑하는 친구의 집으로 간다. 사랑이 없는 것들을 할 이유가 없다. 사랑하는 것만 하기에도 시간이 부족하다.

1

친구의 공간에서 혼자 일어나 담배 한 대 태우며 인스타그램을 읽는다. 낯선 아침이다. 모두가 즐거워 보인다. 하지만 새로운 것은 하나도 없다. 씻으려는데 수건 낭비가 심한 나 때문인가, 수건장이 허술하다. 빨래를 돌려야겠다. 곳곳에 널브러진 옷들을 집어 드는데 이곳은 집이 아니라 숙소였구나 싶다. 서울에서 벗어나 여유롭다는 말을 입에 달고 다니는 친구의 여유는 상대적이었음을 깨닫는다. 아무래도 청소부터 해야겠다.

2

공간에 개입하는 것은 세계와 세계가 만나는 것이다. 나의 세계 규칙대로 청소를 시작하며 이곳의 주인인 친구의 규칙이 무엇일지 파악하며 주의한다. 최대한 원형을 유지하며 아름다움을 만든다. 혹, 중요한 영수증일까 어느 것 하나 버리지 않고 나의 정리로 혼란스러울 친구를 위해 메모를 붙인다. 모든 청소를 끝내고 수도꼭지를 냉수 쪽으로 돌린다. 몇 개 되지 않는 친구 집의 규칙이다.

3

창문을 닫으려다, 거리의 사람들을 본다. 흩어진 빛들이 사람들의 머리와 등에 묻었는지 사람들이 빛난다. 나도 밖으로 나가야겠다. 창문은 열어 두기로 한다. 혹 집도 빛날 수 있을까 해서.

4

모두를 지키기 위해선, 나를 지키면 된다. 모두는 내 안에 있다.

1

오늘도 친구 없는 친구 집에서 혼자 일어났어요. 친구는 아침 일찍 출근했거든요. 쓸쓸하지 않아요. 친구 모양으로 남아있는 이부자리가 조금 전까지 친구가 있었다는 걸 말해주니까요. 일어나서 제일 먼저 한 일은, 주문 들어온 도서를 출고한 거예요. 메일함에는 기다렸던 오은 시인의 원고가 도착해있어요. 마감을 지키는 작가는 정말 흔치 않아서 그가 더 고마워요. 그런데 지금은 읽고 싶지 않아요. 오늘도 창밖의 온 세상이 빛나고 있거든요. 친구의 옷을 입고 집을 나서요. 제게서 친구의 냄새가 나요. 저녁이 되면 친구의 옷에서 제 냄새가 날까요.

2

오죽헌에 왔어요. 아버지랑 같이 와 봤던 곳이죠. 그런데 사실 그때가 많이 기억나진 않아요. 그런데 옆 남자를 따라 얼굴을 찌푸린 채 걷는 아이를 보니 언뜻 기억이 날 법도 하고 그래요. 그때보다 오죽헌이 훨씬 넓고 커 보여요. 제 몸이 커졌으니 작게 느껴져야 하는데 말이에요. 오죽헌 숲길을 걸어요. 산책길을 걷다가 주어진 길은 아니지만, 길이 된 길이 보여요. 금지 글이 없어서 들어가 봐요. 궁금한 건 못 참잖아요. 별 건 없었어요. 사실 주어진 길이라고 별거 있는 건 아니잖아요. 그냥 마찬가지로 길이었어요. 다른 건, 이곳은 걷기 더 힘든 것 같아요. 처음에 누가 이길을 걸었을지 궁금해요. 이어서 저 같은 사람들이 따라 걸어 길이 됐겠죠. 이 길에 대해 아버지에게 말하고 싶어요. 아버지는 '너 같은 놈들 때문에-'하시겠지만 이렇게 해서 만들어진 길도 있다는걸요. 오죽헌에 앉아 이 글을 써요. 이해 가지 않는 오죽헌의 모습들이 도저히 촌스럽기만 하지만 그냥 그러려니 해요. 닭이 울어요. 닭이 어디서 우는지 궁금해서 그 방향으로 걸어요. 세상에. 닭이 자유롭게 돌아다니고 있어요.

3

과거엔 엄청 세련됐을 가구들과 인테리어 조경이 된 옛날식 카페에 앉아 글을 써. 너와 함께라면 이런 곳을 오는 것은 상상도 못 하지. 메뉴판만 봐도 커피 맛이 기대되진 않아. 그래도 이곳에 들어온 건, 사람도 없고 무엇보다 햇살이 좋아, 책 읽기 제격이지. 이곳에서도 네 생각을 해. 어딜 가든 내 옆자리에 너의 잔상이 아롱거려. 그러니 내가 너를 보고 싶지 않을 거라는 생각은 하지 말아 줘. 너를 보고 싶어 하고 그리워하는 느낌이 좋아. 조금 더 멀리 가보고도 싶지만, 물론 그러면 안 되겠지. 네가 그러하듯 나도 너 없인 살 수 없어. 하지만 네가 너무 나의 전부일수록, 나는 아무것도 할 수 없는 사람이 될지도 모른다는 생각을 해. 네 말대로 나는 너무 나약해서 조금 더 강해지고 싶어. 잠 속에서만이 해방되고 안도할 수 있어서, 잠만 자는 내가 싫거든. 깨어 있어도 불안하지 않는 사람이 되고 싶어. 방법은 나도 모르지만 아무것도 아닌 채로, 터무니없이 동떨어져 있는 지금, 조금은 내가 할 수 있는 일이 뭔지 알 것 같아.

4

현중이가 별을 보여준다고 〈안반데기〉를 가자고 해. 누군가를 데려가야 하는 것 말고 누군가가 나를 데려가 준다는 건 조금 설레는 일인 것 같아, 그래서 나를 맡기기로 해. 그래, 지금은 진짜 쉬어야 할 때인가 봐. 보조석이 이렇게 좋을 줄 몰랐으니까. 아무것도 하지 않아도 나는 어딘가로 가고 있어. 밤보다 어두운 어둠을 오르고 올라서 어딘가에 도착했어. 그곳엔 언젠가 봤던 만큼 별이 많았어. 나트랑에서 양양에서 충주호에서처럼. 이곳은 우리가 살던 세계가 아닌 것 같아. 오는 길이 너무 판타지적이어서, 이곳보다 더 높은 곳이 없어서, 이곳의 거대한 풍력발전기가 판타지에 나오는 고대 괴물 같아서. 그런 거 있잖아 관문을 지키는 데 일생을 다 바치는 거대한 괴물. 지금 나와 현중이 양옆으로 그 괴물이 있어. 마치 별을 지키는 것 같아. 우리가 별에 더 가까이 갈 수 없게 말이야. 저기 아주 멀리 도시도 보여. 별처럼 빛나는데, 저 빛은 전기라는 사실을 알아서일까. 아름답긴 한데 낭만적이지 않아. 그런데 생각해보면 별도 그저 돌덩이라는 것을 아는데 왜 낭만적일까. 맞아. 맞아. 도시의 빛은 살아 있는 것들의 빛이고 별의 빛은 죽은 것들의 빛이라 그럴지도 몰라.

여름

2020년 6월 4일 –
2020년 8월 30일

2020. 6. 4

1

집에 도착하니, 간직하고 싶은 청첩장이 왔다. '만든다는 것은 이런 것이다.'를 보여주는 청첩장. 무엇을 만들든. 또 배운다. 배울 것이 많은 기탁 형[1]과 민지 씨[2] 부부.

2

다시 운전석에 앉았다. 운전석 옆에 미림이 있다. 미림이 말한다. "나 보조 잘하지?" 순간, 매일 먹던 음식의 재료를 이제야 알게 된 때처럼, 내가 좋아하는 하나의 소리가 사실 여러 악기의 소리였다는 걸 알게 됐을 때처럼, 깨닫게 된다. 보조석은 운전자를 믿고 편히 쉬는 자리가 아니라 보조하는 자리라는걸, 누군가는 최선을 다해 나를 보조하고 있다는걸.

3

연애에 있어 정답을 찾는 방법 하나를 알고 있다. 모든 위기는 불안으로부터 시작되듯 불현듯 찾아오는 불안에 대한 이야기이다. 우리는 종종 상대가 게으른 사람일 수도, 지나치게 이기적인 사람일 수도 있다고, 나와 모든 것이 안 맞을 수도 있다고, 이 사람으로 인해 내가 불행해질 수도 있다는 생각을 갖는다. 이 불안은 내가 가진 모든 시간을 잡아먹는다. 과거와 현재 그리고 미래까지. 우리는 치열하게 불안을 멈추고 싶지만 사실 멈출 수 있는 사람은 우리가 아니다. 우리는 불안을 멈출 수 있는 유일한 사람 앞에 선다. 그리고 그가 불안을 멈춰 주는지에 따라 우리의 찬란하고 치열했던 연애의 생사가 결정된다. 그리고 시간이 지나 우리는 그의 존재를 최악으로 부르든, 최선이라 부르든 그 자체를 인정한다. 이 평범한 이야기에서 정답이 아닌, 정답을 찾는 방법이 있다. 끝이 나면 하고야 마는 것. 최악이냐, 최선이냐 인정하는 것. 그가 게으른 사람일 수도 있다는걸, 이기적인 사람일 수도 있다는걸, 나와 모든 것이 안 맞을 수 있다는걸, 이 사람으로 인해 내가 불행할 수 있다는걸. 모든 것을 인정하고 받아들이는 것. 그렇다면 우리는 그 연애의 답을 적을 수 있을 것이다. '그렇기에 너는' 혹은 '그럼에도 불구하고 너는'

---

1) 저자의 동료 그림 작가. '타바코북스'를 통해 다양한 활동을 하고 있다.
2) 저자의 동료 도자기 작가. '사이에'를 통해 다양한 활동을 하고 있다.

2020. 6. 6

1

오빠 이거 안돼, 오빠 이거 고장 났어, 오빠 망했어, 오빠 이건 기능이 없어, 오빠 오빠 오빠. 옛날엔, '천천히 하면 될 거야-'했지만, 이젠 그녀의 부름에 달려간다. 그녀는 전자제품에 있어선 체벌을 아끼지 않는 사람이라. 올해 안에는 그녀가 전자제품에 가진 폭력의 미신을 없애리.

2

드라마 미스터션샤인[1]에서 무용한 것들을 좋아한다던 김희성[2]의 대사가 생각난다. 예를 들면 아름다운 것들. 하지만 아름다운 것들은 절대 무용하지 않다. 아름다운 것들은 아주아주 유용하다.

3

몇 년 만일까, 퇴근을 한강 공원으로 했다. 말로만 듣던, 원터치 텐트들이 즐비한 낯선 광경을 본다. 텐트 안에서 낮잠 자는 이의 불룩 튀어나온 배를 보니 정말 반갑다. 내가 잘 아는 평화로움이다. 미림이 끓여온 라면과 연희동에서 사 온 연희김밥[3]을 펼쳐 상을 차린다. 자주 상상하던 저녁 상이다. 세상엔 아무 일도 일어나지 않고 있다며 바람이 살을 부빈다. 나는 안심하고 눕는다. 눕고 보니, 모두가 누워있다. 날씨 좋은 한강은 누구든 눕히는 힘을 가졌다. 갖고 싶은 힘이다.

4

수중의 돈으로 어떻게 더 잘 만들 수 있을까 고민한다. 진지함도 중요하지만, 도저히 예쁘지 않은 걸 만들고 싶지 않아서 꾸민다. '청첩장 그거 사람들 다 버린다, 괜히 힘쓰지 마라.' 경험자들의 조언을 새겨듣는다. 쓰레기를 만들고 싶지 않아서. "그래! 야식 포기하고 후가공 넣자!" 나의 말에, 미림이 아주 심각한 표정으로 말한다. "아니야! 후가공 포기할래! 야식 먹자."

---

1) 일제강점기를 배경으로 한 tvN 편성 드라마 2018.
2) 극중 바람둥이이자 박애주의자로 등장하는 인물.
3) 연희동에 위치한 김밥 맛집. 오징어 꼬마김밥으로 유명하다.

2020. 6. 8

1

별빛들 신작 준비하랴, 미림 쇼핑몰 신상 준비하랴, 지원 사업 준비하랴, 결혼 준비하랴, 준비만 하다가 온 시간 다 쓰는 요즘이지만, 실수를 바로잡으려면 더 많은 시간을 써야 함을 알기에, 준비 없이 시작한 많은 날들이 알려주었기에. 조금만 더, 조금만 더.

2

덥다고 열 내면 더 더울 텐데. 가만히 이해해보려 하지만, 이해한다는 게 내 생각의 틀 가장자리 끝, 그곳에 걸쳐서라도 그를 내 생각에 가두는 것이니까. 그만두기로 한다. 알지를 못 하니 이해도 못 하고 '각자 식히는 방법이 있겠지' 한다.

3

눈 뜨자마자 일하고, 일하고 와서도 일하고 우연히 거울에 지친 내 모습을 보면 새삼 가엾게 느껴지기도 하지만, 스스로를 가엾

262

게 여기는 것까지 닮은 나와 같은 사람이 한둘이 아님을 안다. 방송에서 봤고, 라디오에서 들었고, 시집에서 읽었고, 미림이 있고, 부모님이 있고, 친구가 있으니. 그들이 있기에 나는 안심한다. 나만 가여운 게 아니라, 덜 억울해서 안심하는 것은 아니다. 이렇게 사는 것이 잘못이 아니라고, 이렇게 살아도 된다고, 그들이 존재함으로 증명해 주니까.

4

깊은 밤, 거리에서 남자가 소리를 지른다. 아니다, 운다. 저 울음은 나도 울어본 적 있는 울음이다. 실연의 울음.

2020. 6. 9

1

벌써 세 번째 꾸는, 믿을 수 없이 이어지는 꿈. 그리고 무서운 꿈. 첫 번째 꿈에선 사고가 일어나고, 두 번째 꿈에선 사고에 대한 결과와 처리를 했고, 오늘 꿈에선 그 사고를 회상하는 먼 미래에 가 있었다. 타인이 말했으면 믿지 못할 이야기. 이럴 때마다 정말 현실과 꿈 사이에서 어지럽다. 있었던 일인데 내가 심각하게 부정하고 있어서 인지하지 못하는 건가, 그냥 정말 신기한 꿈인 건가, 술 취해서 기억을 못 하는 건가, 심각한 건망증 비슷한 건가. 잠들고 일어나고, 다시 졸고, 다시 깨고. 현실인지 꿈인지. 한참을 앓다가 느지막이 일어나 찬물로 세수하면서 꿈을 털어버린다.

2

진지하게 생각해봐야 한다. 누군가를 믿는다고 자주 말하지만, 그 믿음이 그에 대한 믿음인지, 내 판단력에 대한 믿음인지.

3

친구의 좋지 않은 소식을 들으면 좋기만 한 나의 요즘이 미안해진다. 미안하기만 한 생활이 어찌 좋을 수 있으랴. 그간 기쁜 날들에도 기뻐하지 않는 사람들이 무거워 보인 것은 그들 안에는 그들만 있는 게 아니어서 그랬구나.

4

부엌을 정리하고 어머니 팔을 주물러 드렸다. 어릴 땐 얼마 하지 않아도 손이 아프고 힘들었는데, 이젠 어머니가 그만하라고 말할 때까지도 아무렇지 않다. 내 손이 커졌나, 엄마 팔이 얇아졌나, 내 힘이 강해졌나, 엄마 팔이 물러졌나, 혹시 어머니의 '그만'이 조금 빨라진 건 아닌가. 이유야 어떻든 나는 하나도 힘들지 않으니 지금 시기가 안마해 주기에 적기인가 보다. 서른둘. 그러고 보니, 곧 결혼이구나. 적기가 좀 짧다. 아마 생에 가장 짧은 철이 안마철일지도 모르겠다.

2020. 6. 10

1

거울을 보니 영, 몸의 모양이 마음에 들지 않는다. 편하면 살찐다는데, 다행인 건가. 오랫동안 '살 엄청 빠졌네'라는 소리를 자주 들었다. 빠지지 않았는데도. 어쩌면 '많이 힘들어 보인다.'라는 말이었을지 모르겠다. 실제로 그러기도 했으니까. 정말 편하면 살이 찌나 보다. 나의 살은 평화의 알리바이이자 칭찬과 축하를 받아야 할 기념비다. 그래도 살은 빼야겠다.

2

〈교보문고〉에서 메일이 왔다. 100인의 테이블 100권의 이야기라는 행사에 대한. 100인 중에서 한 명이 '이광호'라는데. 기쁘기보단 신기했다. 수많은 출판사 중에서 별빛들이 선정됐다는 것이. 당연히 100인이 궁금하다. 의심된다. 100인을 확인하고서야 기쁨이 요동친다. 동경하는 출판사들과 같은 카테고리에 들어갔다는 게 너무 신난다. 내가 내는 목소리가, 지켜 온 것이 통하고 있다.

하루 종일 타인에게 하고 싶었지만, 참아낸 말이 있다. '오늘 저녁 뭘 해 드실 거예요?' 그들의 장바구니가 궁금하다. 날은 덥고, 어머니는 밥맛이 없고. 유튜브에 여름 음식을 검색해도 죄다 냉국, 냉면, 냉우동, 냉모밀, 냉냉냉. 난, 밥하고 싶은데. 마트를 몇 번이나 들락거리다 아버지가 〈동묘시장〉[1]에서 사온 인덕션이 생각나서 샤브샤브로 정한다. 부대끼지 않고 고기도 있으니. 냉장고를 털어 온갖 채소를 꺼낸다. 유튜브를 보며 재료 손질하고 육수를 만든다. 표고버섯이며, 무며, 다시마며 유튜브엔 들어가는 게 너무 많다. 그런 것들 없어서 대충 간장에 온갖 조미료를 넣고 후추까지 넣으니 맛이 제법 난다. 그냥 맨밥을 하자니 오늘은 조금 특별하고 싶다. 양고기집 〈라무진〉[2]에서 먹었던 마늘밥이 생각나서 통마늘 넣고 밥을 한다. 밥 익는 냄새에 마늘 냄새가 난다. 건강해지는 기운이 돈다. 좋다. 퇴근한 부모님이 식탁에 앉고 인덕션을 개시한다. 첫 개시. 아들의 첫 샤브샤브. 첫 마늘밥. 모든 것이 새로워 부모님의 젓가락질이 어색하다. 나는 그들의 입만 본다. 부모님의 감탄에 비로소 나도 맛을 느낀다. 합격이다. 부모님뿐만이 아니라, 나도. 깨끗해진 그릇들을 설거지하는데 등에 어머니 목소리가 업힌다. "누나가 해준 오리 주물럭 생각나네." 일생 요리를 잘 안 한 누나의 요리가 생각나다니 나는 설마 해서 물어봤다. "오리 주물럭 그거, 누나도 결혼 앞두고 해준 거야?" 그렇다는 어머니의 대답에 내 몸은 어머니만 한 구멍이 난다. 아. 누나. 우리는 왜 이제 와서야.

---

1) 골동품부터 가전까지 없는 게 없는 서울의 대표 벼룩시장.
2) 양고기를 취급하는 체인 음식점 이름.

2020. 6. 11

1

오늘 아침 재미있는 일이 있었어. 언제나처럼 메일을 확인하는데 〈구글〉에서 메일이 온 거야. 뭔가 하고 보니 랜덤으로 추첨하는 복권에 내가 당첨됐다는 거야. 내용을 보니까 그럴싸해, 당첨금은 무려 14억8천만 원. 근데 구글 복권이라는 게 있나, 검색했는데. 사기래. 껄껄. 그래도 나는 그냥 믿기로 했어 돈은 수령 안할 거지만. 재밌잖아. 뭔가 특별함에 내내 감겨 있는 기분이야. 그 즐거운 에피소드를 뒤로하고 빨래를 너는데, 어린 시절의 커플티가 있는 거야. 문득 그때가 생각나서 혼자 만화같이 웃었어. 미림은 마음에 들지 않았고, 나는 왜 안 입냐고 투정부려서 다투기도 했던. 그런 어린 날이 귀엽고 황당해서 웃음이 났어. 오늘은 왠지 좋은 일만 있을 것 같아.

2

따지고 보면 1년 동안 신혼집을 구했지. 30개의 집을 봤고. 우린 제법 지쳤어. 어른들은 초조해했지. 어머니도 이젠 대충 구하라고 했어. 사실 나는 정말 상관없었지만, 어머니가 보태준 돈을 두 배, 세 배 더 값지게 쓰고 싶었어. 그리고 딱 그럴만한 두 집을 찾앉어. 미림은 초조했지만 나는 왠지 느낌이 좋았어. 초등학교 때 자리 선정하는데 내가 좋아하는 애 옆자리가 꼭 내 자리 같은 느낌 있잖아. 나만 아는 복선이 한두 개가 아니어서 말이야. 오늘은 그 두 집을 보러 가기로 했어. 내가 좋아하는 나지막한 건물들을 배경으로 걷다 보니 귀여운 종족이 사는 마을 같은 단지가 나왔어. 유튜브 가라사대, 아무리 좋아도 중개인 앞에서 좋은 티 내지 마라. 나는 입을 꾹 닫았어. '매일 이 길을 걷고 싶다'고 말할 뻔했거든. 그렇게 첫 집을 들어갔는데 믿을 수 없을걸, 20년도 더 된 빌라가 신축 아파트보다 더 좋아 보인다는 게. 모든 것이 새것으로 리모델링 되어 있었어 더군다나 집 주인 감각이 워낙 좋아서 인테리어가 고마울 정도인 거 있지? 물어볼 게 없는 집은 처음이었어. 이웃이 어떤 분들인지만 물었으니 말 다 했지. 집을 보러 다니면서 미림이 놀이공원에 온 듯 신난 모습은 처음이었어. 집을 보고 온 건지, 상상을 하고 온 건지 모르겠어. 이렇게 좋은 집을 봤는데 두 번째 집이 성에 차겠어? 물론 나는 만족이 헤픈 놈이라 두 번째 집도 아주 만족했어. 가격도 더 싸고. 그런데 말이야 미림의 눈에 뭐가 씌어 있는 거 있지. 아까 그 집이었어.

3

우린 밥 먹으면서 상의 비슷한 걸 했어. 상의면 상의지, 왜 비슷한 거냐고? 미림의 얼굴은 첫 번째 본 집의 모양을 한 석고상 같았거든. 나는 이것저것 따져 봐야 했어. 우리의 가랑이가 더 찢어질 수 있을지에 대해서. 왜 혼자 따져 보냐고? 미림은 '가랑이?
당연히 찢고 더 유연해져야지!'라고 생각하는 전투의 민족이거
든. 진취적이고 건설적인 태도라는 걸 부정할 수 없어서, 미림의
얼굴 한 번 보고, 전화를 걸었어. "계약하려고요." 그래, 우리 젊
으니까.

4

'꼼꼼하자, 조심하자'라는 생각밖에 없었어. 큰돈을 계약금으로
이체 해달라는데 집 주인도, 중개인도 다 사기꾼 같아 보이는 거
있지? 〈궁금한 이야기 Y〉에서 사기당한 사람의 사연. 딱 그런 상
황 같았어. 나는 다시, 하나하나 묻고 귀찮게 했어. 세상 물정 모
르는 애처럼 보였겠지만 괜히 허세 부리고 싶지 않았어. 어른들
이 보태주신 귀한 돈이었거든. 나는 더 바보가 돼서 귀찮게 했어.
결국 늦은 저녁에 다시 계약서를 쓰기로 했지. 부동산을 나오면
서 '오빠 왜 그래?'라고 할 줄 알았던 미림이 "잘했어"라고 칭찬
했어. 기어코 늦은 저녁 우리는 사인을 했어. 그제야 모든 것이
실감 났고 우리는 소리를 질렀어. "우리! 집 생겼다!"

1

오랜만에 사고 친 다음 날의 느낌이다. 아주 재미있는 사고. 너무 오랜만의 짜릿함이라 아직도 얼떨떨하다. 친구들이 축하해 준다. 사실, 내게 있어선 역사적인 사건이지만, 한 걸음만 떨어져서 보면 앙증맞은 일이기도 하고, 마땅히 축하받을만한 성취가 아니라서 축하가 계속될수록 겸연쩍기만 하다. 들뜬 마음을 가라앉히고, 내 몸은 책상에 앉힌다. 책상에 전세 계약서가 있다. 정말 딱 한 번만 더 보기로 한다. 재미없는 단어와 문장들이 뭐가 그렇게 재밌는지 한참을 읽는다.

2

저자가 자랑하고 싶은 책. 서점에 갔을 때, 눈에 띄는 책. 미감만으로도 사고 싶은 책. 가방 안에 넣고 다니는 게 아니라, 들고 다니고 싶은 책. 본문을 읽고 독자가 디테일을 칭찬하는 책. 좋은 것들로만 채우고 싶은 나의 공간에 기꺼이 한자리 주고 싶은 책. 시간이 많이 흘러도 촌스럽지 않고 다시 영감이 될 수 있는 책. 그런 책을 만들고 싶어서.

3

일이 진전 없고 생각이 끊겼을 땐, 딴짓이 최고다. 인디자인이 켜져 있는 김에 청첩장 틀이라도 잡아 놓을까 생각하다가 '하나부터 열까지 같이 해야 해.'라는 미림의 말이 생각나서 그만두기로한다. 그런데 생각해보니 식권을 깜빡했다. 식권 정도는 혼자 만들어도 되겠지. 일단 판형을 설정하기 위해 주변에서 마땅한 크기를 찾는다. 〈인생네컷〉[1]의 길이가 괜찮아 보인다. 다음으로, 명확하게 신랑의 것과 신부의 것을 구별하기 위해 색을 준다. 어떤색이 좋을까, 미림이 좋아하는 색을 생각하다가 조금 더 결혼식에 초점을 맞춘다. 어머니들의 한복도, 아버지들의 타이도 남자는 청계열, 여자는 홍계열이니까. 신랑 식권은 북청색, 신부 식권은 연지색으로 한다. 내용은 뭘 써야 하나. 식권을 받는 사람들을생각한다. 와주셔서 정말 고마운 분들. '그래 감사하다고 인사를해야지, 이거야말로 본질이지.' 스무고개 정답을 맞춘 것처럼 혼자서 으쓱하다가 업체들은 식권을 어떻게 만드는지 검색하는데, 글쎄, '감사 인사는 당연한 거 아니야?'라는 식으로 모든 식권에인사말이 적혀있다. 이래서 기존 시장에 나와 있는 것을 먼저 봐야 한다. 식권 본연의 역할을 잃지 않게 문구를 넣고 더 나은 미감을 찾아 배치한다. 별거 안 했는데 벌써 만들어졌다. 나름 예쁘다. 식권 별거 없구나. 감상의 시간. 다 만든 결과물을 보는데, 미처 생각 못 한 사람들이 생각났다. 부모님들. 사실 부모님의 손님들이 많이 올 텐데. 신부 식권엔 장인어른과 장모님의 이름을 넣고, 신랑 식권에 부모님의 이름을 넣는다. '우리' 결혼식 식권이다.

4

오늘은 왠지, 오랫동안 이어 온 표지 작업 데이터를 최종본이라고 저장할 수 있을 것 같다. '최종'이라는 단어에 다가가기 위해 더욱 서로 존중하며 취향의 교차점을 찾는다. 양보하거나 양해를 구하며, 이해하고 설명한다. 8번째 안을 전송하고 드디어 감탄을 듣는다. 기어코 모기를 잡아내고 잠들 수 있을 것 같은 편안함이 찾아오는 순간이다. 이제 정말 출간까지 얼마 안 남았구나. 조금만 더 힘내자. 오늘은 좀 일찍 자야지 하는데 메일이 왔다. 제주 스냅 촬영본.

---

1) 손바닥 정도 크기의 세로로 긴 스티커 사진 브랜드.

2020. 6. 13

1

결혼식이란 뭘까. 뭐길래 이렇게 아름다운 걸까. 많은 이들 앞에서 하는 사랑의 약속, 사랑의 증명. '진짜 사랑은 삶으로만 증명할 수 있어.'라고 말했지만, 지금 이 순간은 적어도 지나온 삶의 사랑이 모두 압축된 순간이 된다. 지난 사랑을 마치고 진정한 사랑이었다고 증명하는 순간. 그리고 남은 삶 동안 새롭게 증명할 사랑이 탄생하는 순간. 과거와 미래의 사랑이 현재에 모인다. 생의 사랑이 모두 모이는 아름다운 순간이다.

2

집을 구한 뒤로, 어머니는 들떠있는 내게 자주 말했다. '너무 자랑하고 다니지 말 거라. 시샘 받는다.' 나는 그녀를 안심시켜주고 싶어 말했다. '제 주위엔 그런 사람 없어요.' 하지만 어머니의 말은 나를 꼭 겸손하게 만든다. '시샘은 그런 사람, 이런 사람 따로 하는 게 아니야. 모두가 다 하는 거지. 너도, 나도.'

3

나와 결혼에 대해서밖에 할 이야기가 없어 보인다고 한다. 내가 그의 결혼 카테고리에 자리하고 있어서, 그래서, 그렇다고 생각하자.

4

김대중 대통령이 말했지. 너무 앞서가지 말고, 반걸음만 앞서가라고. 앞서가는 건 모르겠지만 가끔 내가 너무 멀리 가고 있는 건 아닌가 싶다. 반걸음만 남겨두고 가까이 가는 연습을 한다.

2020. 6. 14

1

육체로부터 탈출해서, 하나의 시간이 되는 법을 알고 있다. 술.
다만 육체로 돌아왔을 땐 시차를 맞춰야 하니까, 좀 앓아야겠지.
또, 너무 자주 시간이 되려 한다면 공간과는 완전히 멀어져 버리
겠지.

2

민섭이[1]가 결혼을 했다. 자주 붙어 다니고 또 연인처럼 헤어지기
도 했었던, 가소롭고 유치한 시절의 친구. 그런 그의 결혼식을 감
상만 하기에는 나는 축가를 불러야 한다. 몇 번이나 누가 될까 거
절했지만, 당신의 세상 중요한 날에 내가 아니면 안 된다고 해서
더는 거절할 수 없었던 축가. 기술적으로 훌륭한 노래는 나의 영
역이 아니니까, 진한 축하를 줄 수 있는 방법을 호주머니에 넣고
무대에 올라선다. 축가가 끝나고 사회자가 말한다. "이건 찐친[2]
이다." 나의 축하가 민섭이에게 닿았기를 희망한다. 제대로 닿기
에는 가사를 틀려 버리긴 했지만.

3

쌓인 일들을 분류하고 긴급한 것부터 순차적으로 처리하느라 정신없는 요즘. 이런 날들 속에서 내가 놓치고 있는 것은 꼭 부모님이 부탁하신 일들이다. 정녕 급하지 않은 그들의 일이 후순위가 될 순 있어도, 그들이 후순위가 되지는 않게. 오늘은 오랫동안 그들을 생각한다.

1) 저자의 고향친구.
2) 진한 우정을 가진 진정한 친구를 칭하는 신조어.

2020. 6. 15

1

미림은 여러 가지 유형 검사 질문지를 자꾸 어디서 구하는 건지, 꼰대력 테스트에 이어서 오늘은 연애력 테스트를 해보라고 한다. 내 연애력이야 얘네들 보다, 미림이 더 잘 알 것 같은데, 어려운 것도 아니기에 한 번 해본다. 질문 1부터 내가 고를 수 있는 답이 없다. 차라리 기억에 남는 사랑을 1,000자 이내로 서술하라고 하면 하겠는데. 선택지부터 공감할 수 없으니 나는 그들이 준비한 유형에 속하지 못할 것 같다. 그래도 미림에게 결과지를 제출하기 위해서 무심한 질문들에 대답을 한다. 결론은 뭐 대충 연애 걱정 없다는 소견. 이어서 미림이 자신의 결과를 공유한다. 자신의 결과에 만족하는 듯한 느낌인데, 정작 미림의 연애 상대는 어리둥절할 수 밖에.

2

완벽하지만 혹시 몰라서 검수를 부탁한 원고가 돌아왔다. 오탈자 표시와 함께. 믿을 수 없는 일이지. '놀부가 제비 다리를 부러뜨린 것처럼, 일부러 바꾸고 표시한 건 아닐까'라는 생각이 들 정도로. 정말 완벽했는데. 물론, 이런 일이 있을까 봐 부탁하긴 했지만, 오탈자를 수정하면 수정할수록 부끄러워진다. 한 번만 더 읽어 보기로 한다. 아자. 최선.

3

언제나 그렇듯, 제작에 있어서 내가 할 수 있는 최선을 마친 후에는 기도를 한다. 기도 또한 최선의 연장. '제발, 생각한 대로만 나와 다오.' 과거엔 특별한 정성이라 생각했지만 이젠 당연한 것. 다음 발로 뛸, 일정을 짠다. 어쩌면 누군가의 말처럼 '하나 마나 한 일에 굳이 힘쓰는 거 아닌가.' 싶기도 하지만, 여전히 나는 가만히 있으면 안 될 것 같아서. 이놈의 움직임이 아무래도 습관이 되어 버린 것 같다.

4

깊은 밤, 어머니가 모기 물렸다고, 아버지에게 모기약을 사 오라고 한다. 순간 미림과 내가 보여 웃는다. 아버지는 근처 마트가 문을 닫아서 제법 멀리서 모기약을 사 왔다. 그리고 어머니 주변에 모기약을 뿌린다. 내가 자라면서 본, 당연한 모습들. 그래서 내겐 너무나 자연스러운 것들. 종종 이런 비슷한 상황에서 미림은 '진짜 갔다 올 거야?' 말하고 내게 감동이라 한다. 처음 몇 번은 의아했지만, 이젠 안다. 간식 배달이나 자잘한 심부름을 하는 게 감동까지는 모르겠지만 적어도 당연한 일은 아니라는걸. '그동안 나는 아버지 덕분에 공짜로 감동 가산점을 많이 땄구나'라는 걸.

1

자주 깨진 것들에게서 영감을 받는다. 오늘은 얼굴 하나를 깨트려 본다. 하나의 얼굴에서 많은 것들이 태어난다. 깨져야 태어나는 것들이 있음을. 내게 이제 중요한 건 깨지느냐, 마느냐가 아니라 어떻게 깨지느냐. 그것에 따라서 나는 얻거나 잃을 것이기에.

2

늘어질 대로 늘어진 코로나19로 모두가 힘들고 지친 요즘, 오랫동안 움츠리고 있던 사람들을 만나기로 했다. 그들이 인사를 건넨다. 지난날보다 더 맑은 목소리로. 오랫동안 움츠렸음에도 그들의 눈에는 눈곱 하나 없었다. 나는 신기하게 그들을 봤다. 그들은 그동안 움츠린 채로 무엇을 할 수 있을지 고민했다고 한다. 그리고 세수를 하고 일어나, 지금의 상황에 맞게 할 수 있는 일들을 하나씩 시작했다고 했다. 모두가 힘들어 주저앉았지만, 그럼에도 여기 힘내는 사람이 있다. 쥐어짜낸 힘이 아닌, 가진 힘을 쓰는 사람. 좋은 사람들을 많이 만나라고 하던 어머니의 말이 생각난다. 여기 그런 사람들이 앞에 있다. 아침 같은 오후, 나는 어깨를 편다.

3

화만 내고 있기엔 지금의 화가 금 같은 시간과 맞바꿀 만큼 가치 있지 않아서. 다독인다. 화를 가치 있게 쓰자고.

4

'자 여기서부턴 미림이 골라봐'하고 미림을 지켜본다. 제주 웨딩 스냅 사진 앞에서 머리를 부여잡고 고민하는 그녀. 그러고 보면 선택 장애라고 할 정도로 선택을 어려워하던 그녀가 이젠, 옷을 골라 구매하고, 코디를 하고, 장소와 소품을 정하고, 촬영한 사진에서 다시 선택하는 일을 한다. 신기하기보단 대단한 일이다. 박지성 선수가 평발을 극복한 것 같이. 지금의 미림이 얼마나 대단한지 모두가 알았으면 좋겠다는 생각을 하다가 '미림이 얘기 좀 그만해라.'라고 말하는 친구의 말이 떠오른다. 생각만 해야지.

1

꿈에서 한 시인을 만났다. 나의 표정을 보고 뭐라고 말했는데, 그 표현이 너무 예뻐서 그분이 내게 시인님이라고 부를 때마다 너무 창피했다.

2

식탁 복판에 뚜껑도 안 닫은 채로 널어놓은 반찬처럼 어제의 일거리들이 모니터에 늘어져있다. 저 일거리들을 만지면 출근이 시작된다. 아직은 출근하고 싶지 않아, 일거리를 구석으로 밀어놓고 녹색창을 켜서 헤엄을 친다. 파도에 휩쓸려 지난번에 등업 신청해 놓은 결혼 관련 커뮤니티에 도착한다. 새싹 신부 게시판은 있지만 새싹 신랑 게시판은 없는 이곳에서 나는 한참을 놀다 수줍게 댓글을 남긴다. '많이 배워갑니다 껄껄.'

3

스스로 질문을 던지고, 스스로 답을 정한다. 그리고 삶으로 증명한다. 잘 생각해보면 이게 전부다.

4

친구의 전화에 오늘이 금요일임을 깨닫는다. 친구는 벌써 술이 좀 됐다. 안 그래도 요즘 친구들 생각이 진하게 나는데, 친구들이 전화로 나를 자꾸 찾는다. 이렇게 쿡 찔러진 밤은 좀 서럽다. 친구를 못 봐서가 아니라, 자꾸 추억만 하게 되는 지난 시절이 너무 멀리 있는 것 같아서. 밤이 깊다. 자야지.

2020. 6. 20

1

이상한 욕심이 있다는 걸 알았다. 대화의 욕심. 대화가 어려울 걸 아는 사람과 굳이. 혹시 하는 마음에 자꾸 말을 건다. 나의 질문이 자신의 허위 안쪽을 침투하려는 것처럼 느껴졌을까. 그는 화를 낸다. 기어코 화를 온 얼굴로 받고서야 나는 단념한다. 역시 대화할 수 없어. 하지만 또 잊고 살다 그에게 말을 걸겠지. 상대에 따라 맞는 이야깃거리가 있음을 알지만 가끔은 도전하고 싶다, 그와 나누지 않았던 대화들을. 나는 그가 많이 궁금하다.

2

비빔면을 만들다가 오이를 썰어 넣을까 말까 고민한다. 나 혼자 먹는 음식에 너무 낭비인가 싶다. 시간도, 노력도, 오이도. 같이 먹는 사람이 한 명이라도 있으면 당연히 넣겠는데. 비교적 절약적인 상추와 깻잎 몇 잎을 잘라 넣고 참기름을 뿌린다. 맛있어 보이는데 오이가 있을 때 맛과, 없을 때 맛을 알고 있어서 보기만 해도 뭔가 허전하다. 아무래도 오이가 있어야겠다. 시간이 아까워서 밥을 안 먹는 내가, 언젠가부터 무엇을 자꾸 만들어 먹고 있다니 확실히 내가 이상해지고 있다.

3

지난, 강릉에서 읽으려고 산 네 권의 책을 오늘에서야 다 읽었다. 강릉 갔다 온 지가 언젠데. 검사하는 사람도 없는데 혼자 민망하다. 다 읽지도 못할 거면서 네 권이나 샀다니, 실컷 회복하고 충전하겠다는 각오이자 준비물이었을까. 아직 읽지 못한 책이 책장에 줄 맞춰 서 있는데, 나는 또 서점에서 책을 산다. 김영하 작가는 '책은 읽으려고 사는 게 아니라, 산 책 중에 읽는 거다.'라는 말을 했다. 되게 잘 정리한 말이다. 나는 서점에 있는 이야기들을 집으로 가져온다. 필요할 때마다 바로 꺼낼 수 있게. 욕실에 수건이 있듯, 부엌에 휴지가 있듯.

4

신간 안내 메일이라면 안내 메일이고, 작은 편지라면 편지일 수 있는 메일을 쓰고 보낸다. '고마운 분들'이라고 적힌 그룹에게. 언제나 메일 중간에 입고가 어려워도 부담 없이 말씀해 주시면 감사하다고 쓰지만, 오늘은 왠지 감사하다는 말을 '이해합니다.' 로 고칠까 고민했다. 나에겐 정말 훌륭하고 최고의 책이지만, 받아지지 않으면 왠지 그간의 노고가 부정되는 느낌이 들기도 해서. 당연히 그런 이유가 아님은 안다. 정말 신간은 쏟아지고, 책방은 좁으니까. 수년 동안 수십 번도 더 보낸 메일이지만 보낼 때마다 소망한다. 꼭 받아졌으면 좋겠다고.

1

일찍부터 촬영이 있는 날은, 미림이의 간식을 챙긴다. 보통 비요
뜨. 내가 아는 미림의 취향. 사실 오늘은 근래 미림이 극찬한 모
닝 두부로 예쁨 좀 받고 싶었는데, 못 구해서 결국 또 비요뜨.
근데 스푼을 안 챙겼다. 미림은 황당, 나는 허탈. 내가 안 먹으니
까 매번 생각 못 해내는 스푼. 다음엔 잊어버리지 말아야지.

2

어떤 질문들 앞에서 항상 진실하기로 한다. 예를 들면 '오빠, 나
살쪘지?' 같은 것들. 족집게 연애 강사들의 모범 답안지가 유행
가처럼 날아다니지만, 조금 더 깊게 생각한다. 결국 서로를 위하
는 것은 진심만 한 것이 없다 결론짓는다. 미림은 오늘부터 진짜
로 다이어트를 한다고 한다. 미림이 하고 싶어 하는 건, 모두 응
원한다. 주변 사람들에게도 다이어트 시작을 알리고 본격적으로
할 거라고, 내게도 자신의 다짐을 소문내 달라고 말한다. 그리고
그녀는 도착한 카페에서 크림 라떼를 시킨다. 꾸덕꾸덕한 크림
가득 올라간 거. 저녁으로 육회 특 비빔밥을 시킬까 한다. 나는
미림이 하고 싶어 하는 건, 모두 응원한다. 결국 육회 특 비빔밥

을 해치우고 후식으로 찹쌀 꽈배기 노래를 부른다. 나는 늘 그녀의 선택을 존중한다. 내가 포장을 이야기하려는데, 미림이 하나는 지금 먹을 거라고 한다. 찹쌀 꽈배기 먹을 배는 따로 있다고. 찹쌀 꽈배기를 먹으며 초 단위로 웃는 그녀는 오늘 분명히 기쁘다. 그런 그녀를 보면 나도 기쁘다. 진심은 통한다.

3

〈책방연희〉에서 특별한 기획에 우화집 『숲 광장 사막』[1]을 선정했다고 연락 주셨다. 좋은 책들 사이에서 어떻게 선택해 주신 건지, 궁금하면서도 온몸 가득 기쁘고 고맙다. 언제나 잘해야 한다는 압박에서 벗어나려 노력하며 살지만, 작은 일이든, 큰일이든 많이 부족한 나를 찾아주는 분들이 있음에 창작에 있어서 만큼은 조금 더 뜨겁게 다그치고 진지하게 고민해서 더 잘 해내야겠다는 다짐을 한다.

4

처음부터 끝까지 입을 닫은 채로 누군가의 말을 들어 본 적이 있을까. 사실 여러 번 시도 했지만 정말 쉽지 않은 일이다. 독서는 그걸 가능하게 해준다. 대꾸하고 싶어도 작가는 책 너머에 있어서 억울하지만, 그저 들을 수밖에 없는 일. 그래서 기어코 그의 세계에 들어가게 되는. 하지만 반대로 그의 세계에서 나는 또 마음대로 사유할 수 있다. 그도 나를 막을 수 없다. 언젠가 독서는 사람을 만나는 일이라고 했지만, 사실 독서는 사람을 만나는 그 이상의 교감을 이루어 낸다.

---

1) 2017 별빛들에서 발행한 『숲』 증보판. 2020 별빛들 발행.

2020. 6. 22

1

〈인스타그램〉알고리즘이 어떻게 바뀌었는지, 자꾸 하루 지난 게시물을 보여준다. 어제는 부분 일식이 있던 날이었고 나는 관측하지 못했다. 그런데 사람들은 어찌 그렇게 다들 잘 보고 담았는지, 부럽기만 하다. 물론, 그런 것들이 비단 일식뿐이겠냐마는.

2

오늘이 올해 여름 중 제일 덥다는 뉴스를 들었다. 듣는 순간 실소를 짓는다. 방송국은 언제부터 여름을 시작했을까. 그러다가 다른 사람들은 여름을 언제부터로 정하는지 궁금해졌다. 창고에서 선풍기를 꺼내서 코드를 꽂을 때? 아니면 첫 수박을 먹을 때? 팔다리가 드러나는 옷을 입을 때? 모기에게 물려서 손톱으로 십자가를 만들 때? 그것도 아니면 오늘처럼 뉴스에서 '올해 여름 중'이라는 말이 나왔을 때?

3

집에 오니, 아버지가 캠핑 장비를 몽땅, 꺼내 놓으셨다. 침낭을 보면서 오랫동안 욱재 형 생각을 한다. 어제는 육회 집에서 어떤 사람의 뒤통수를 보고 동균 형[1] 생각을 오래 했는데. 뭐 하고 사는지 너무 궁금하지만, 연락은 하지 않는다. 멀리서 그리워하고 시절을 추억하면서 사람을 궁금해하는 이 느낌이 좋아서. 많은 사람들이 서운함을 느끼는 나의 괴상함이다. 가장 가까운 사람도 나의 이런 면을 자주 질색해서 고쳐야 하나 생각도 해봤지만 아무래도 나는 그리움의 애틋함이 좋다. 이 애틋함의 존재는 재회의 감동이 되거나 다음 이야기의 근거가 될 테니까. 나는 자주 괴짜 영화감독이 되고, 이미 내 삶에는 수십 편의 영화가 만들어져 있다.

4

오랫동안 그토록 궁금해했던 나의 역린을 오늘에서야 알게 됐다. 어쩌면 알았음에도 필사적으로 외면한 건지도 모르겠다. 많이 달라졌을 거라고 생각했는데. 어린 시절 어머니가 처음 학교에 호출되셨을 때, 어린 나의 반성문에 쓰여있던 것. 그게 내 역린이었다. 그런데 역린을 알고 나를 돌아보니, 나는 그걸 감추기 위해 치열하게 성장했었구나 싶었다. 웃긴 일이다. 요즘은 자주 나의 나약함과 빈곤함을 인정하는 데 용기를 낸다. 내가 선명해

---

1) 저자의 대학 동기. 저자보다 나이가 한 살 많다.

지는 느낌이 든다. 그러면서 한편으로는 겁이 난다. 부정의 힘으로 이겨낼 수 있는 일을, 인정함으로 안주하는 것은 아닐까, 너무 섣불리 나를 결정 지어 버리는 것은 아닐까, 그래서 정말 그런 사람이 돼버리는 것은 아닐까 하면서.

2020. 6. 24

1

미세먼지 없는 서울처럼, 종종 맞이하는 피곤 없는 아침. 모든 사물이 경쾌하다. 이런 아침은 뭘 하든 조금 아깝다는 느낌이 든다. 오늘 아침과 어울리는 플레이 리스트를 만든다. 산울림[1]과 악동뮤지션[2], 우효[3], 장범준[4] 이런 사람들로. 뻗으면 닿을 거리에 〈GU 빈티지〉에서 산 잔카를로 피레티[5] 의자가 포장 그대로 있다. 뜯자. 이 아침과 어울리는 일. 춤이 절로 난다. 반갑다. 예쁘고 쓸모 있는 것아.

2

서평을 쓰다가 내가 도대체 누구를 이야기할 수 있나, 누구에 대해서 이야기하는 것이 무엇인가 생각한다. 내 어머니에 대해서도 이야길 못하는데. 일요일은 어머니의 생신. 그녀의 선물부터 생각하자.

1, 2, 3, 4) 한국의 뮤지션들.
5) 이탈리아의 가구 디자이너.

3

용기 내지 못하는 것은 나 역시, 한국 사회에서 태어난 남성이기에. 오랫동안 보고 듣고 물들고 주입되고 그렇게 자라서 굳어졌기에. 계속 의식하고 노력하고 새롭게 배운 것들을 나름대로 확장하려 애쓰지만 여전히 모르는 것이 많다. 부족한 게 많아서 너무나 부끄럽다. 오늘도 나는, 아침과 같은 자명한 목소리를 함부로 흐릴 수 없어서 '나는 달라'가 아니라 '나라고 다르지 않을 거야'라고 말하며 묵묵히 인정하고, 소리 내는 자들을 지지하며 응원하고 후원한다. 언젠가 나도 용기 내어 크게 소리 내고 싶다. 용기 있는 여성들이 많이 지적해 줬으면 좋겠다.

4

계약금을 보내고 대금을 치르고 나니 통장이 힘을 잃는다. 그래도 할 일을 하고 나니, 통장처럼 또 통장과는 다르게 마음은 가벼워진다. 지난 대구에서 가람 형이[1] '사람들은 네가 작가들 책 내면서 돈 벌고 있다고 생각하겠지만, 나는 어림도 없는걸 안다. 그 힘든 걸 하는 너를 존경한다' 하면서. 별빛들 목소리와 별빛들의 걸음을 존경해 줬다. 구멍 난 양말을 들킨 것처럼 부끄러우면서도 뜨겁게 힘이 된 그의 말. 하지만 나는 사실 앙큼한 속물이라서 늘 떼돈을 상상한다. 하나의 캠페인 같은 별빛들의 존재가 너무 멀거나 쓸모없는 목표가 되지 않기를 바라면서. 별빛들은 작가들의 이름을 가짐으로써, 작가들은 별빛들의 이름을 가짐으로써 부자가 되어야 한다. 그런 날이 와야 한다. 별빛들의 목소리와 존재가 희미하게 동의되고 인정받는다 해서 만족하면 안 된다. 반드시 좋은 사례가 되어야 한다. 그것이 별빛들의 책무다.

---

1) 저자의 동료 작가. 『파편』, 『사랑과 가장 먼 단어』 등을 썼다.

1

비 오는 날에만 느껴지는 평화 같은 것이 있다. 성나고 뜨거운 것들을 비가 씻겨주어서, 보이는 것과 보이지 않는 것 모두 가라앉게 되어서. 내게 있어 비 오는 날은 늘 가족이 있어서. 창 가까이 가서 비 냄새를 맡는다. 비의 기류가 드러난 살을 감싸는 느낌이 좋다. 오늘은 창 가까이에서 좋아하는 거 보고, 좋아하는 거 읽고, 좋아하는 거 먹고 하고 싶다.

2

꽤 근사한 것들로 자신이 좋아하는 것을 대변하려 하지만 사실 자신이 좋아하는 것은 굳이 무엇으로 대변할 필요가 없다. 생기를 찾자. 생존하는 것이 아니라 뜨겁게 살아 있음을 느끼자. 눈치 보지 말고, 숨기지 말고 우리가 좋아하는 것들로 땀 흘리고 고민하고 창조하고 소비하며 활기를 얻자.

3

아버지는 간혹 아주 낯설 만큼 다정하다. 그런데 요즘은 그 횟수가 잦다. 그때마다 나는 어디가 가려운지도 모를 만큼 간지럽고 어색해서 도망을 간다. 도망을 가면서 나는 또 실패했음을 깨닫는다. 내가 가장 닮은 사람이면서 나와 가장 안 맞는 사람. 오늘도 아버지의 물음에 다정하지 못했다. 적당하게 대답하기엔 아버지와 너무 친해졌고 그렇다고 위트 있는 농담을 섞을 만큼 나는 세련된 센스가 없어서. 그럼에도 아버지는 먼저 웃어버린다. 그 웃음을 보고 나는 또 패배했음을 느낀다. 잘하자. 잘하자. 매번 반성하고 복기해도 내 생에 가장 어려운 사람. 아버지.

1

미림의 전화에 잠에서 깼다. 온몸이 해골이 된 느낌이다. 병든 목은 가누기가 힘들다. 미림은 바로 컴퓨터 앞에 앉지 말라는 말을 남기고 전화를 끊었다. 전화를 끊고 잠시 누워 천장을 바라보다가 할 일이 생각나서 바로 컴퓨터 앞에 앉는다. 아차. 미림이가 바로 앉지 말라 그랬는데. 당장 옆에 없다고 미림의 말을 너무 하찮게 여기는 것 같아서 미안하다. 좋아하는 사람이 비 오는 날 듣는 플레이리스트도 만들었다고 한다. 이름이 '비 오는 날이 싫어서 만든 비 오는 날 듣는 플레이리스트' 설명도 있다. 비디오는 귀엽다. 돈 내고 들으라고 해도 낼 것 같다. 이거 들으면서 좀 걸어야겠다.

2

개러지밴드[1]로 배경음악을 만들고 파이널 컷[2]에서 영상 작업을 한다. 30초 조금 넘는 영상 만들면서 하루도 넘게 걸린다. 모르는 게 많아서 그럴 수도 있고 아는 게 많아서 그럴 수도 있다. 그저 잠깐 소비되고 끝일 홍보 영상이라도, 유희거리로 만드는 거라도 잘 만들고 싶다. '유통기한 지났으니 버려야지'가 아니라

'내가 만든 거니까 모아놔야지' 하는 마음으로. 그렇게 모인 것들이 나의 세계가 될 거라 믿는다. 그렇게 별빛들의 색도 천천히 만들어질 거라고 믿는다.

3

언젠가 정말 달갑고 반가운 소식을 접하면 이렇게 묘사해야겠다. '웨딩 사진 보정본이 도착한 것처럼' 드디어 제주 웨딩 스냅 사진 보정본이 도착했다. 때마침 미림과 통화 중이었고 우리는 소리를 질렀다. 미림에게 사진작가님의 메일을 소리 내어 읽어줬고 먼저 보기 없이, 미림에게 전송했다. 우리는 동시에 사진을 봤다. 요즘 우린 뭘 하든 함께하는데 사진에서는 함께 예쁘지 못했다. 종교와 같은 믿음으로 보정을 믿었는데, 모세의 기적은 내 얼굴에서 일어나지 못했다. 삼십 장의 사진을 보면서 미림의 독사진마다 오래 머물게 된다. 내가 특별히 좋아하는 여자 연예인이 없는 이유를 다시 깨닫는다. 중간중간 내 사진을 보며 웃는다. 웃음 지뢰. 정말 어울리는 말이다. 모든 사진을 봤음에도 다시 휴대폰으로 옮겨 다시 본다.

---

1) 녹음 및 음원 편집 프로그램.
2) 영상 편집 프로그램.

2020. 6. 29

1

비가 몸 안쪽으로 떨어지는 느낌이다. 내게 집중하자. 이해를 바라지 말고, 인정을 바라지 말고, 시선을 겁내지 말자. 나를 비우고 기록하자.

2

현중이가 결혼 선물로 거액의 선물을 고르라고 해서 한참을 골랐다. 신세 지지 말라고, 다 갚아야 하는 거라는 누구의 말에 어쩌면 갚아야 하는 날에 못 갚으면 어쩌나 하는 마음으로 위축되었다가 또, 적금 같은 거라고 생각하면 된다는 누구의 말에 '그래, 천천히 모아 놓으면 되지.'라는 생각을 또 한다. 타인의 말에 이리 휘둘리고 저리 휘둘리는 건, 사실 나는 여전히 받을 줄 모르는 사람이라서. 받는 건 너무 미안해서. 어떻게 고마워할까만 생각하면 되는데, 어떻게 안 미안할까만 생각한다. 다시 선물을 고른다. 정말 대체할 수 없는 걸로, 그래서 정말 평생 바꿀 수도, 버릴 수 없는 것으로. 그래, 현중이는 그래도 된다. 아니 그래야 한다. 내게도 현중이는 그런 존재니까.

3

어떻게 하면 욕심을 포기하지 않고 편안할 수 있는가

4

음식물 쓰레기를 버리러 다녀오면서 비를 잔뜩 맞았다. 선물 같은 비. 복잡하고 기계적인 도시와 관련 없는 자연의 물. 씻기고 정화되는 이 느낌이 좋다. 더군다나 오늘은 더 신나게 비를 맞을 수 있다. 미림이 물에 젖어도 상관없는 샌들을 사줘서. 아직 천진난만이라면 그럴 수 있고 그저 부주의하다면 또 그럴 수 있는 나는 어떤 신발이든 잘 적시기에. 우산도 없이 다니냐는 어머니의 말에 나는 왜 우산을 싫어하는지 젖은 샌들을 보며 생각한다. 나는 언제나 보호 속에 있어서. 가족, 친구, 애인, 동료. 모두가 늘 나에게 우산 같은 존재들이어서. 그런데 아주 가끔은 그런 것들이 내게 족쇄처럼 느껴질 때도 있어서. 무방비해도 상처 나지 않는 이런 기회가 올 때면 꼭 무방비해지고 싶은지도 모르겠다.

2020. 6. 30

1

6월의 마지막 날이다. 일 년의 절반이 갔다. 어떻게 갔는지도 모르게 갔다. 그 많은 것들이 가도 남아있는 것들이 있다. 남은 것들이 나를 이룬다. 나는 이렇게 완성되고 있다.

2

서로의 영역이 분명한 채로 오래 함께했다. 하지만 이제 그것이 허물어진다. 함께 하는 동안 나는 자주 그리고 쉽게 포기했다. 포기한 것들은 모두 내 영역 밖의 일들이었다. 하지만 이제 모든 일들은 내 영역 안에서 일어난다. 이제부터 무언가를 포기한다면 정말 내 영역의 내 것, 내 세계를 포기해야 한다. 그런 일들이 아직은 너무 서툴고 어색하고 억울해서 나는 포기하지 않고 함께 어울릴 수 있는 방법을 찾으려 한다. 도달하지 못했던 지점, 혹은 몇 번씩이나 닿았지만 인지하지 못한 그 지점. 그곳에 가고 싶다. 하지만 오늘 또, 기어코 포기를 하고 있다. 움켜쥐고 있던 것이 대단한 것이 아님을 알고 있었지만 포기하고 나니 더욱 별것 아니다. 어머니에게 지혜를 구한다. '어머니는 어떻게 살았냐고.' 어머니는 당신이 포기하며 살았다고 한다. 아버지는 당신이 평생 포기만 하면서 살아왔다고 했는데. 어쨌든 누구 하나 포기하지 않으려면 반으로 가르는 수밖에 없다고 한다. 네 것. 내 것. 그래도 나는 왠지 방법이 있을 것만 같다. 자꾸만 포기하지 않고 가르지 않고 어울릴 수 있는 방법이 어딘가에 꼭 있을 것 같은 느낌이 든다. 이 고민부터 포기하지 않기로 한다.

3

경현 형의 산문집 3쇄 겸 증보판 작업을 하는데, 새삼 이렇게 좋은 원고를 덥석 넘겨준 것이 너무 고마워졌다. 그에게 나는 무엇이고, 별빛들은 무엇일까. '경현 형은 이런 글, 또 쓸 수 있겠지?' 걱정하며 곧 나온다던 그의 시집을 기대한다. 사실상 책 한 권을 따로 만들 수도 있을 만큼의 분량을 증보하면서 이제 정말 이 책 한 권만 있으면 삶을 사는데 충분할 것도 같다는 생각을 한다. 멋있는 사람의 좋은 책이다.

2020. 7. 2

1

너저분한 하루하루를 보내고 있다. 살고 있는 것도 생존하는 것
도 아니고 보내고 있다. 정돈이 실력인 것을.

2

준비 없이 얻은 것들에 대한 대가를 치르고 있다. 무엇을 가지기
에 앞서 갖춰야 할 준비를 그동안 너무 쉽게 생각한 것이다. '다
그러면서 배우는 거다.'라고 듣고 자랐지만, 그것이 전부가 아니
었다. 배우고 성장하는 건 나일지 몰라도 미숙한 나로 인해 아프
고 희생당하는 것들이 있기에. 나는 오늘도 용서를 구하고 대가
를 치른다. 반드시. 내가 치러야 할 일이다.

3

내가 깨닫는 순간은 '이건 제가 할 수 없겠네요.'라는 말 앞이었
다. 그동안 '할 수 있어요.'라고 말했던 수많은 날들을 떠 올리며,

나는 얼마나 오랫동안 '체'하며 살았나 생각했다. 그의 진실됨에 나의 허세가 부끄러워졌다. '할 수 없다'라며 진실한 자신을 내 보이는 이 사람은 자신의 부족한 능력을 고백함에도 전혀 무능력한 사람처럼 보이지 않는다. 오히려 무능력한 사람처럼 보이는 것은 자신에게 아무것도 아니라는 듯, 내력이 강한 사람처럼 느껴진다. 따라 할 수 있는 것이 아님을 알지만 '할 수 있냐'는 물음에 버릇처럼 겁이 날 때면 오늘을 꼭, 떠 올려야겠다.

4

하루하루가 아름답고 기쁠 수 있는 이유는 하루하루의 만남이 있어서. 오늘이 기쁜 이유는 참 살고 싶게 만들어주는 사람을 만나서. 그 사람의 양심이 만들어 준 믿음으로 나는 오늘 하루 완벽하게 긴장을 내려놓고 충분히 방심하며 사람을 대할 수 있어서. 어떤 속임수도 없었던 깨끗한 하루. 살기 좋은 환경을 만드는 일은 정말 대단한 일이 아닌 것임을.

2020. 7. 7

1

갖가지 일들에 몰두한, 일 외에는 금치산자와 같던 지난 며칠을 돌아본다. 방은 어질러져 있고 생활은 무너져있다. 혼자서 하는 일의 한계를 느낀다. 점점 크게 벌어지는 일들이 무섭다. 자신이 없어진다.

2

대나무 매트 깔린 안방에 웃통 벗고 가만히 누워 엄마 기다리던 오후, 학교 다녀와서 조용한 부엌 가르고 냉장고 열면 랩으로 싸여 있던 엄마표 화채, 얼린 야구르트 이로 깨물어서 뜯어 버린 플라스틱 껍질, 방충망에 붙어서 종일 울어대던 매미와 오래된 선풍기 소리가 집안을 채우던 여름 오후가 생각나는 오늘.

3

특별한 존재지만 그다지 대단한 존재는 아니다. 나도. 너도. 나의 것도. 너의 것도.

4

마음이 예전만치 못하다. 평정심을 유지한다고 생각하는데 요즘은 어디가 중심인질 모르겠다.

2020. 7. 9

1

노력 없이 믿음을 얻고 싶은 것만큼 괘씸한 욕심이 어디 있을까. 왜 나는 믿음을 얻지 못할까 한참을 생각하다가, 응당한 노력을 했는가 스스로에게 묻는다. 사회를 보고 시장을 보고 사람을 보고 사랑을 본다. 모두 설득하는 데 온 힘을 쏟고 있다. 온 정성으로 메시지를 송신하고 있다.

2

드디어 청첩장이 왔다. 나는 모든 일을 제쳐두고 택배 상자를 뜯는다. 나는 반가운 것을 반길 줄 모르고 꼼꼼히 점검한다. 오랫동안 기다림이 쌓인 만큼 마음은 벅차야 하는데 그저 무겁게 툭. 떨어진다. 부족한 것만 보여서 그럴까. 시간 지나 부모님께 청첩장을 보여주는데, 건네는 종이에 웃고 있는 우리가 보인다. 아. 이제야 우리가 보인다. 우리의 청첩장. 우리의 초대장.

3

머리가 아파서 잠깐 쉬려고 지난 드라마 『나의 아저씨』[1]를 봤다.
발작처럼 울어대느라 머리가 더 아파졌다.

4

무엇이 쓰러졌는지 모른 채 멍하니 담배를 태웠다. 담배를 끄면
서 인터넷도 껐다. 그곳엔 서울 도심처럼 찢어지는 경적소리만
가득해서. 쓰러졌는지 아닌지도 모른 채 주저앉아 담배를 태운
다. 밤이 깊은데 무겁게 드리운 먹구름이 하늘을 가린다. 내일 해
가 뜨고 모든 것이 걷히길 바라며 일어선다.

---

1) 2018 김원석 연출, 박해영 극본의 tvN편성 드라마.

2020. 7. 10

1

자고 일어나니 먹구름이 더 짙어졌다. 우글거리는 지저분한 상상들이 힘없는 자의 용기를 먼지로 만들지 않기를 바란다. 상처받은 이의 상처를 더 파내지 않기를 바란다. 스스로 벌을 내릴 줄 아는 사람을 놀림거리로 만들지 않기를 바란다. 정녕 모든 상상들이 사실이라 하더라도 여전히 힘없는 자는 보호받아야 하고 상처받은 이는 치료받아야 한다. 누가 형벌을 내리고 그 어떤 형벌이 숭고하지 않더라도 죽음 앞에선 잠시만 눈을 감자. 오늘은 그렇게 보내자. 우리가 살아야 하는 곳은 내일이다.

2

내가 잘하는 것 중의 하나는 편지 쓰기. 근데 벌써 몇 시간째 편지를 쓰고 헤매고 찢고 있다. 친구에게 쓰는 편지가 이렇게 어려울 줄이야. 하고 싶은 말이 많은데 편지지가 너무 작다.

3

조금씩 짐을 싼다. 자주 버리고 정리한다고 하는데, 아직 많이 남았다. 미련이라고 말하기엔 아직 숨이 붙은 것들이 많다. 그렇다고 또 쓰는 것도 아니지만. 매번 뭐가 이렇게 많이 필요했나 싶어서 다신 사지 말자고 다짐하지만, 사실 정리하는 건 어쩌면 또 사기 위함인 것. 책들을 들기 쉽게 노끈으로 묶었는데, 꼭 크리스마스 선물 같다.

4

나를 믿는 사람들에게 실망을 주고 싶지 않다. 좋은 사람이 되고 싶다는 욕심보다, 그들의 선택이 틀리지 않았음을 증명해 주고 싶다. 내가 잘하는 것만이, 나와 그들을 증명하는 것이다.

2020. 7. 11

1

꿈을 꿨다. 나는 결혼한 사람이었다. 내게는 부인이 있었는데, 부인이 연예인이었다. 엄정화. 친구들이 연예인이랑 결혼한 나를 많이 부러워했다. 나도 좋았다. 꿈에서 깼는데 왜 하필 엄정화 꿈을 꿨는지 말도 안 돼서 너무 궁금했다. 근 몇 년간 본 적도, 생각한 적도, 들은 적도 없는 것 같은데. 예전에 읽은 프로이트를 생각한다. '이해할 수 없는 꿈의 내용을 의미 있는 분명한 것으로 대체할 수 있는 방법을 찾아야 한다.'¹ 그렇게 한참 생각하다가 미림과 연예인을 엮어본다. 꿈과 다르게 무섭고 싫다. 화려한 것도 좋지만 그것들로 인해서 가장 기본적인 삶이 흔들리는 건 내겐 공포라서.

2

신혼살림. 이름만으로 충분해지는 행복의 토대. 그것들을 준비하면서 틈틈이 검색하고 리뷰를 읽고 비교하고 새로운 것들을 배운다. 쓰지도 않을 것들이지만, 사지도 못하는 것들이지만, 상상은 나를 피로하게 만드는 현실을 벗어나 즐거운 세상에 데려가준다. 청첩장도 안 찍었는데, 벌써 집들이 선물을 준비했다는 유수 형의 귀여운 말이 생각나서 웃고, 또 아직 식도 안 올렸는데 집들이용 샴페인을 준비한 미림이 생각나서 즐겁다. 종종 결혼 준비로 힘들지 않냐는 물음에 '무슨 말씀, 너무 즐겁다.'라고 대답한다. 왜 결혼 준비가 힘들고 무서운 과정이 되었는지 모를 일은 아니지만 꼭 그런 것만은 아니라, 이 즐거운 일이 피로의 상징으로만 여겨지는 것이 조금은 씁쓸하다.

3

'죽은 빵도 살리는 토스트기'라는 말이 계속 생각난다. 어떤 친구는 분위기를 살리는 기능이 있고, 누구는 걱정을 죽이는 기능이 있고, 누구는 용기를 주는 기능이 있는데. 내게는 어떤 기능이 있을까 하고.

4

조현병을 앓던 분들의 이야기 수정본을 저장하고 종료하면서 눈을 질끈 감는다. 타인의 상처와 아픔으로 나를 위로하고 격려하지 않기 위해서 또 굳이, 죄송한 마음으로 나를 질책하고, 위축시키지 않기 위해서. 들뜨지도 가라앉지도 않은 마음으로 자리에서 일어나 씻고 침대에 눕는다. 밤이 깊다. 잘 자자.

---

1) 지그문트 프로이트, 2004 열린책들 발행, 『꿈의 해석』 중에서.

2020. 7. 12

1

손님맞이 음식 시식을 위해 예식장으로 향했다. 일요일 오전 서울은 제법 한산했다. 마치 두 달 뒤 하객들의 동선을 체크하듯, 다행이라 생각했다. 주차장은 어떻고 엘리베이터는 어떻고, 이건 좋고, 저건 아쉽고. 계약 당시 꼼꼼히 살폈던 곳이지만 오늘은 또 다르다. 직원분의 충분한 설명을 듣고 음식을 살핀다. 수준 있는 음식으로 유명하고 나 또한 진선이[1] 결혼식 때 먹어 봤기에 기본 신뢰는 있지만 혹시, 초심을 잃었을까 걱정하며 뷔페를 살핀다. 다시 이건 어떻고 저건 어떻고 새삼 내가 이렇게 깐깐한 사람이었구나 싶은데 '다행이다, 다행이다.' 연발하는 미림을 보면서, 아, 이 모든 깐깐함은 다행을 위한 거구나 싶었다. 뷔페를 나오며 예식장 전체를 다시 한번 둘러본다. 멀게만 느껴졌던 예식이 딱 두 걸음 앞에 서 있는 느낌이다. 두 걸음 앞 단상에 턱시도 입은, 경직된 내가 보인다. 큰일이다.

2

오늘은 정말 오랜만에 데이트를 하기로 했다. 일 말고. 데이트. 서로 각자 하고 싶은 걸 하나씩 말하기로 했는데, 미림은 부담 없이 정말 가벼운 느낌으로 신상 한 착장을 촬영하자고 했고 나는 그냥 둘러본다는 느낌으로 조명과 그릇을 보러 가자고 했다. 결국 일이고 결혼 준비 아닌가 싶지만, 아니다. 무엇에도 옭아매이지 않고 쫓기지 않는다면 그저 함께 있는 것만으로도 데이트니까.

3

저녁 먹기 전에 소화시킬 겸 가전이나 볼까 해서 온 〈전자랜드〉에서 마치 꼭 몇 시간 이수해야 하는 교육 같은 느낌의 가전 설명을 들었다. 그러니까 TV의 출력 방식의 종류와 장단점이라든지 세탁기와 건조기, 청소기의 원리 같은 것들과 함께 강점과 약점 보완점까지. 사실상 수능 특강 강사급으로 가르쳐 주는 직원분을 보면서 디자인과 가격만 보고 가전을 사려고 했던 내가 부끄러우면서도 그가 고맙고, 나를 만나기 전 그의 노력과 나를 만나 보이고 있는 지금 그의 노력이 존경스러웠다. '직업이니까, 팔아야지'라는 말로 치부되기에는 그렇지 못한 사람도 얼마나 많은가, 노력으로 팔지 않는 사람은 또 얼마나 많고. 그와 같은 사람이 많아졌으면 좋겠다. 나도 그와 같은 사람이 되어야겠다. 누군가를 만나야만 노력하는 사람 말고. 누군가를 만나기 전부터 노력하는 사람.

---

1) 저자의 고향 친구.

4

하루에 몇 번씩 수영 형의 『깨지기 쉬운 마음을 위해서』[1]를 검색해 본다. 다양한 곳에서 더 소개가 되어야 하는데, 리뷰가 올라와야 하는데. 조급한 마음으로. 조급한 마음이 무엇도 해결해 줄 수 없음을 알고 있다. 그저 마음만 조일뿐이라는 걸. 그럼에도 간절함이 자꾸 만들어 내는 조급함을 내가 어쩔 수는 없다. 간절하지 않을 수는 없으니까. 어느덧 내가 만들고 낸 책이 스무 권이 넘었다. 매번 이러다간 정말 마음이 남아나질 않겠구나 싶다.

2020. 7. 14

1

대출 관련 서류 준비를 다 해서 은행으로 간다. 옆구리가 든든한 이 느낌. 수년 전 회사원 시절, 경쟁 입찰 제안서 서류를 꼼꼼하게 챙겨서 제출하던 그 느낌. 그 느낌 때문이었을까. 서류만으로 수주할 수 있을 것 같던 그때나 지금이나 쉬운 일은 하나 없다. 어렵지 않으면 힘들고, 힘들지 않으면 어렵고. 몸으로, 머리로 배우고 배운다. 많이 배워 둬야지. 기록해 놔야지. 그래서 내 친구, 내 동생들 덜 힘들게 해줘야지.

2

작은 테이블에서 아름다움을 위해 고민하는 사람, 작은 테이블에서 환경을 위해 고민하는 사람, 작은 테이블에서 기술을 위해 고민하는 사람. 그중에서 내가 제일 멋지게 생각하는 사람은 작은 테이블에서 다른 작은 테이블을 위해 고민하는 사람이다. 올해 별빛들의 유일할 페어였던 〈퍼블리셔스테이블〉[1]이 온라인 페어로 전환됐다. 아쉬운 소식이다. 하지만 작은 테이블들을 위해 끊임없이 고민하려는 마음이, 고민하고 있는 움직임이 그저 고맙고 든든하다. 내가 아는 가장 멋진 테이블. 수천 개의 작은 테

이블이 올려진 테이블. 온라인으로 전환될 〈퍼블리셔스테이블〉
도 분명 멋질 것이다.

3

나도, 미림도, 우리는 아직 모르는 게 너무 많다. 어느 날은 미림
이 나의 선생이 되어주고, 어느 날은 내가 미림의 선생이 되어 주
고, 어느 날은 둘 다 학생이 되어 배운다. 처음 셀프 주유소에서
기름을 넣는 미림을 보면서 실컷 웃는다. 어린 시절 좋아하는 짝
꿍 때문에 학교가 즐겁던 게 생각난다. 삶은 지루한 공식과 어려
운 암기들로 가득해서 매일 지겹게 배워야 하지만 내 짝꿍 미림
덕에 즐겁고 덕분에 다닐 맛이 난다.

4

어떤 사람들의 까무러치는 표현들을 정답이라고 한다. 그러니까
사람들은 그 까무러치는 표현만 외운다. 정답이라고 하니까. 까
무러치는 표현이 왜 나왔는지 이유도 모르고.

---

1) 독립서점과 독립출판제작자가 주관하는 서울의 인디북페어.

2020. 7. 16

1

오늘 나오기로 했던, 경현 형의 증보판이 꼼꼼하게 작업 되느라 다음 주로 미루어졌다. '대표님이 최고'라는 나의 말에, 인쇄소 대표님은 맡겨주시면 최선을 다할 뿐이라고 말한다. 당신이 최선을 다해주어서 자꾸 맡길 수밖에 없는 건데, 그는 나의 성공을 염원해 주고 나는 그의 무사를 기원한다. 그와 나 모두 바라는 대로 될 것이다.

2

미림의 신상 촬영을 위해, 〈하얏트 호텔〉에 왔다. 꽤 오래전, 미림의 생일날 다신 못 낼, 큰 용기를 내서 왔었던 곳. 그땐, 다시 이런 곳에 못 올 줄 알았는데, 이젠 화려한 로비에서도 고개를 두리번거리지 않는다. 감흥 없는 엘리베이터에서 〈신라호텔〉과 〈롯데호텔〉을 비교하며 객실로 들어선다. 비치된 물품들에 적힌 〈하얏트〉라는 글자를 본다. 세탁공장에서 〈하얏트〉 라벨 달린 수건을 분류하던 때와 〈하얏트〉가 적혀 있으면 쓰레기도 기념품처럼 챙겼던 때가 생각난다. 도대체 이게 뭐라고. 뭐가 그렇게 대단한 거라고. 그저 닳고 낡아빠진 수도꼭지를 보며 생각한다. 정말 아무것도 아닌 거구나. 그저 낡은 수도꼭지가 있는 방일뿐이구나. 손을 닦고 미림에게 말한다. 일하자.

3

미지근한 이들을 보면 내가 분개하고 좌절하며 고통받는 일들이 마치 별일이 아닌 것처럼 느껴지곤 했다. 그렇게 나는 미지근한 사람 옆에서 혼자 뜨거웠다, 차가웠다 반복하다가 곧잘 그들에게 식혀져 미지근해졌다. 미지근해진 나도 누군가를 식혀줄 수 있는 사람이 될 수 있을 거라 생각했다. 미림이 안기기 전까지는. "어떻게 내가 짜증 나는데 오빠는 짜증이 안 날 수가 있어? 오빠도 같이 짜증 나 해." 아. 미지근한 사람도 데우는 뜨거운 사람.

4

학생이 선생을 보고 배운다. '아, 저렇게 하면 되는구나.' 그러던 어느 날 선생님의 방법에 큰 문제가 있다는 것이 드러났고 학생들은 혼란에 빠졌다. 그러자 옆 선생이 변호를 했다. 그러자 학생들이 말했다. "아. 그렇게 해도 되는 거구나."

2020. 7. 21

1

들뜨는 마음을 자주 억누르는 내게 그녀가 물었다. 들뜨는 마음 그대로 두면 안 되냐고, 왜 힘들여 누르냐고. 그래, 오늘은 마음 좀 풀어볼까. 하면 그런 날은 꼭 과학처럼 경솔해지고 하루는 실수로 범벅 된다. 나는 아직 그런 인간이다.

2

그렇게 오래 준비했는데, 요즘 왜 이제야 준비하냐는 말을 많이 듣는다. 오래 준비했기에 해야 할 일도 많은데, 지금에야 다녀야 할 곳도 너무 많다. 몸이 부족하다.

3

오늘 한 일 중 가장 칭찬해 주고 싶은 일은, 정직함을 지킨 일이다. 당연한 일을 정직한 일이라 칭찬하는 일이 우습고, 부끄러운 것임을 알지만, 나는 앞으로도 계속 오늘과 같고 싶다. 내 속에

우글거리는 욕심과 싸우고 스스로 칭찬하고 주저했음에 부끄러워하면서. 스스로 좋은 사람이라고 착각할지라도. 이렇게라도 나는 내가 배워 온, 선을 지키고 싶다.

4

오늘 인터넷에서 '네가 아파봐야 정신 차리지'라는 말을 봤다. 지금껏 아파 본 적 없던 이가 여태껏 아프기만 한 이에게 한 말이었다. 아파 본 사람은 침묵했다. 아픔을 알아서. 그가 얼마나 아플지 알기에.

2020. 7. 22

1

미림의 이모부님이 내게 '이서방'이라고 부른다. 태어나서 처음 들은 호칭. 어색한 것이 아니라 그저 신기하다. 내가 '이서방'이 됐다니. 외갓집 가면 어른들이 아버지에게 부르던 호칭. 이서방. 그것을 나도 가지게 됐다. 그 어떤 호칭과는 비교할 수 없는 느낌. 아버지와 같은 호칭을 갖게 됐다는 이 느낌이 내 온몸의 신경을 점잖게 발육시킨다. 한편으로는 아직 유아적이기만 한 내가 감히 그 호칭에 선뜻 대답을 해도 될까 느껴지지만, 분명하게 이제 내게 주어진 호칭이다. 나는 정말로 이젠 이서방이다.

2

'모두가 좋은 분들이구나.'라는 생각을 하면서 '좋은 사람'의 시작점에 대한 비밀 하나를 풀었다. '좋은 것을 보는 사람.' 내가 많이 부족하더라도 좋은 것을 발견하고 좋은 점을 봐 주는 사람. 그래서 나를 좋아해 주는 사람. 나를 좋아해 줘서 나도 자연스럽게 좋아할 수밖에 없게 되는 사람.

3

장모님의 차를 운전하면서 보조 주행 기능을 만끽했다. 정말 사소하고 티 나지 않는 어떤 일이라도 덜어내면 이렇게 편하구나. 가끔은 온기 없는 기계에게도 의지가 될 수 있구나 하면서.

4

내 삶에 내가 제일 중요하지만, 오늘 같은 날은 내가 좋아하는 사람들을 위해서 나를 쓰고 싶다는 생각을 한다. 친구들, 가족들, 별빛들 작가들, 내가 사랑하는 많은 얼굴들이 떠오른다. 그래, 일하자.

2020. 7. 23

1

많이 지친 하루. 해야 할 일도 너무 많았고, 무엇보다 모든 일이 촉박했다. 꼭 이런 날은 하루가 어떻게 흘러갔는지 기억도 안 나서 마치 하루를 탕진해버린 느낌이다. 아직 하루가 '지금'이라는 이름으로 남아 있는데도. 그래서 더욱 한 줄이라도 일기를 쓴다. 지금.

2

나의 언어를 이해할 수 없는 네게, 내가 해 줄 수 있는 건, 오직 네게 집중하는 것. 너는 그런 존재라는 걸 알려 주는 것.

3

나의 걸음을 보여주고 싶은 사람들이 있다. 내 삶을 관여하고 나를 만들어준 사람들. 내가 걷는 동안 있어야 하는 사람들이 있다. 내게 용기가 되고 편안함이 되고 힘이 되는 사람들.

4

사람을 죽이는 말이 있고, 살리는 말이 있다고 한다. 그리고 나는 사람 살리는 말을 한다며 고맙다는 말을 남긴다. 정말 내게 사람을 살리는 힘이 있다면 나는 내게 조금 더 잘하고 싶다. 오늘 나를 살린 건, 은실이 누나다.

2020. 7. 24

1

그는 그녀를 만나기 위해 비를 기다리고, 그녀는 비가 오면 그를 기다린다. 비가 만든 은밀한 약속.

2

항상 내 이름을 붙일 땐, 최선을 다했고 나름의 최고만을 내보였는데 내가 관여하지도 못한 최악의 것에 내 이름을 붙이려고 하니 그게 죽도록, 못 참게 싫어서 앓네. 별거 아닌 일에. 계속. 뭐가 그리 대단하다고 다 알면서도 나는 도대체 왜. 정말 김수영의 시처럼, 왜 나는 이토록 조그마한 일에 왜왜왜. 바람아 먼지야 풀아 나는 얼마큼 작으냐 정말 얼마큼 작으냐.[1]

3

세상 가장 사랑스러운 폭도. 조카.

4

내가 종일 보는 것은 타인의 하루. 그래서 그들의 하루에서 많은 걸 가져온다. 그들의 좋은 것에서 시기를, 질투를, 욕심을, 타인의 나쁜 것에선 증오를, 혐오를, 무시를, 위안을. 그래서 일기를 쓴다. 나를 보기 위해서. 나의 좋은 것을, 나의 나쁜 것을 보기 위해서. 그리고 내게도 타인이 가진 것들이 있음을 깨닫는다. 나도 대단하며 혹은 나도 볼품없음을 느낀다. 일기는 일종의 중화 도구가 되어. 내가 너무 뜨거워지거나 차가워지지 않게 해준다.

---

1) 1965, 김수영 시, 『어느 날 고궁을 나오면서』의 시구 차용.

2020. 7. 25

1

시공간이 압축된 편지. 친구와 내가 오랫동안 만들어낸 우주에 대한 이야기. 편지 한 장으로 나는 아침에 있지 못하고, 이 세계에 있지 못하고. 지금이 너무 충만해져버려 자꾸만 터져 나온다.

2

세상 가장 쉬운 사람들 옆에선 복잡하고 어려운 일은 잊고 만다. 오로지 즐거움. 그들과 걸을 땐, 꼭 발가락 끝에 경박함이 걸려있는 느낌이라 걸음걸음이 대책 없는 소년이 되어버리고 주저되던 에너지는 뜨겁게 폭발한다.

3

지키고 싶은 집단이 있다. 내가 망가진다 해도 지키고 싶은. 어쩌면 아무것도 아닌 일이고 내 힘으로 할 수 없는 일이라고 해도, 허무하고 후회된다 해도.

4

새로운 인생의 시작을 축하해 주고 칭찬해 주고 염원해 주는 이들이 있음에, 삶이 완성됨을 느낀다. 아무리 멋진 삶이라도 그들이 없으면, 아무리 초라한 삶이라도 그들이 있음에.

2020. 7. 27

1

새삼 누군가와 함께 일어나는 것이 좋다. 눈뜨자마자 소통할 사람을 휴대폰으로 찾는 게 아니라, 잘 잤냐고, 난 잘 잤다고 말할 사람이 있는 게. 혼자서 해나가야 할 일을 생각하는 게 아니라, 오늘 뭘 먹고 뭘 함께 할지 함께 계획하는 게. 오늘처럼 어쩌다 하루가 아닌 매일을 누군가와 함께 일어나야 한다면 또 다를 수도 있겠지 생각하다가 그래도 자주 오늘 같고 싶다는 생각을 한다.

2

세종우수도서의 결과가 나오는 날이다. 느낌이 좋다고 해야 하나. 수험생 시절, 모의고사 보고 채점하기 전 그 느낌. 결과를 확인하기 전, 화면 너머에 많은 내일이 보인다. '혹시 안 될 수도 있으니'라는 생각보다는 연인에게 깜짝 이벤트를 준비한다는 마음으로 모두에게 말하지 않았던. 도서 선정 결과에서 책의 이름을 찾고, 작가님들의 이름을 찾고, 출판사의 이름을 찾는다. 느낌은 달라졌지만 누구에게도 말하지 않길 잘했구나 싶다. 좌절은 일인분으로 충분하니까. 인생사 새옹지마.

3

파주 창고 다녀온 길에 잠깐 본 미림은 너무 짧게 봐서 본 것 같
지도 않고, 피곤해서 기절한 그녀는 답장도 없어서. 미림의 영상
들을 본다. 종일 손주들 영상 보는 할머니들 마음 알 것 같기도
하고.

4

생을 산다는 건, 지난 시간을 지킨다는 것. 아무리 단독적인 삶을
산다 할지라도 누군가와 함께한 시간을 지키는 것.

2020. 7. 31

1

관계 속의 꽃은 스스로 자르지 않는 한 시들지 않더라. 방치되어 덩굴이 시절을 덮고 가시를 뻗어 괴상해질진 몰라도 꽃은 여전 히 피어있더라.

2

하나의 허물을 벗어 벽에 걸어둔다. 허물을 보며 지난 삶을 느낀 다. 주름을 꼼꼼하게 만지며 주름마다 이름을 붙인다. 나의 허물 이 이름들로 가득해졌다.

3

갈림길에서 명멸해가는 빛을 목격한다. 저러다가 끝내 소멸하는 빛을 알고 있다. 내가 아끼던 빛일수록 더 이상 그 빛을 볼 수 없 음이 안타깝다. 지극히 나의 욕심이지만, 어떤 길이든 그 빛만은 지켜지길 소원한다. 길은 그저 있는 것뿐, 어떤 길도 좋다. 빛만이 지켜진다면, 길의 끝 그곳에서 반드시 빛날 테니까.

4

'최선을 다했는지 모르겠습니다.'라는 말에 '네가 알지, 그럼 누가 알아'라는 호통이 돌아온다.[1] 내가 자주 겸연쩍고 스스로 한심하단 생각이 드는 이유였다. 최선은 나만 아는 거여서, 속이는 것도 제일 쉬워서.

---

1) 2020, 유튜브 피지컬갤러리, 『가짜 사나이 시즌1』중에서.

2020. 8. 2

1

시동을 켜니, 또 엔진 경고등이 들어왔다. 수리센터 다녀온 지 얼마나 됐다고. 6년 차, 14만.* 내 자가용의 나이. '그래, 그럴 때도 됐지'라고만 생각하기엔 내가 이 녀석에게 저지른 실수가 너무 많다. 브레이크를 밟자 금속의 소리가 죄책감을 찌른다. 나의 무자비한 학대로 녹슬 대로 녹슨 차. 지금도 나는 어떤 실수들을 하고 있는 걸까.

2

별일 아닌 일에도 내가 놀라면 미림도 덩달아 놀라고 아무리 큰일에도 내가 의연하면 미림도 겁내지 않는다. 내가 의젓해져야 한다. 내가 의지했던 사람들처럼. 그들처럼. 어떤 난관도 아무렇지 않게 헤쳐나갈 수 있을 것이다.

3

유수 형의 원고가 도착했다. 이 정도 원고라면 일 년을 기다려도 된다. 그의 원고를 읽는다. 섬세하게 조각된 그의 문장들을 보며 이곳에 쏟아진 그의 낮과 밤을 가늠한다. 잘 쓴 글 앞에서 너무 쉽게 글을 상자에 담아버리는 나를 불러온다. 잘 쓴 글 앞에 세워 두는 것으로 벌을 준다.

4

몸 상태가 안 좋아서 앓고 있는데 미림 얼굴이 떠오른다. 내가 아프면 미림은 어떡하나. 걱정돼서 아플 수도 없다. 일단 쉬자.

---

[*]) 현재는 7년차, 주행거리 16만.(편집일 2021년 1월)

2020. 8. 6

1

습하다. 도대체 언제쯤 이 장마가 끝날까. 영화 『윤희에게』[1]에서 준[2]의 엄마의 대사가 생각난다. '이 눈은 언제쯤 그칠까'

2

미림이 많이 보고 싶다. 미림이 우울해할 때면 더 보고 싶다. 결혼이 가까워져서 그런가, 떨어져 있는 게 요즘같이 힘든 적이 있었나 싶다.

3

아무리 생각해도 결혼은 삶의 방식 중 하나인데, 사람들은 자꾸 삶의 관문처럼 이야길 해서. 나도 가끔 헷갈리곤 한다.

2020. 8. 7

1

일어나자마자 미림과 결혼식 그리고 신혼집에 필요한 이런저런 통화를 한 뒤 음악을 튼다. 신랑 입장곡들. 무엇으로 신랑 입장곡을 정할까 음악을 듣다가 경쾌하게 일어나서 좁은 방에서 신랑 입장을 해 본다. 친구들이 환호하는 미래에 서 있다. 이런저런 손짓도 취해 본다. 즐거운 아침. 요즘의 하루는 정말 빈틈없이 충만하다.

2

모두가 자신의 삶을 산다. 각자의 생각이 있고 각자의 마음이 있다. 지켜보기에 안타까울지라도 각자는 자신의 생각으로, 자신의 마음으로 최선을 다해 삶을 산다. 그 누구도 그 최선을 부정할 수 있는 자격은 없다. 어떤 이의 어리석은 선택을 목격함에도 방관해야 하는 것은, 그 선택 또한 그의 삶이기에. 그렇게 그의 삶이 완성되는 것이기에. 나는 무엇도 예단하고 심판할 수 없지만, 몇 번이고 생각하고 쓰고 읽지만, 자꾸만 걱정돼서 자꾸만 속상해서 타인의 삶에 관여한다. 모든 것이 내 기준임을 알기에 그러지 말아야지 하면서도 자꾸만, 또.

3

주인 없는 책방에서 그의 생각과 마음을 읽는다. 그의 생각과 마음으로 채운, 그가 만든 세계. 날이 밝으면 사람들이 이곳으로 들어오겠지. 사람들은 그의 세계에서 그가 좋아하는 생각을 읽고 동의하고 그가 소개하고 싶은 책들을 좋아하며 기꺼이 돈을 내고 힘껏 문을 열어 다시 자신의 세계로 가겠지. 그의 세계에 있던 그의 것들을 가지고. 그 기분이 어떨까 생각한다. 생각만 해도 떠나가는 그의 등 뒤를 끌어안고 싶어진다.

4

오늘의 대리기사님은 나보다 한참 동생. 이런저런 이야기하는데 그저 존경스럽다. 그때나 지금이나 나는 술 먹고 집에 가는데. 나도 어른들도 알아야 한다. 우리가 모르는 지금의 이십 대들을.

2020. 8. 9

1

꿈에서 벗어났다. 현실에서도 여전히 심장은 위축되어 있다. 숨 쉬기가 힘들고 불편하다. 매번 왜 이렇게 꿈이 생생한지. 그래도 덕분이라고 해야 할까, 현실에서 굳이 비극적인 사건들을 겪지 않고도 그에 조응하는 감정을 경험할 수 있으니까.

2

대형 가전들을 사면서 6개월 할부를 했다. 신혼부부 전세대출도 그렇고 손에 쥐어 본 적도 없는 돈들을 쓰고 있다. 마치 부루마불을 하는 느낌이다. 그런데 이상하게 겁나지가 않는다. 막연하게 다 갚아낼 수 있을 것 같은. 이 느낌은 분명 저쪽 세계의 행운으로부터 이어진, 보이지 않는 끈 일 것이다.

3

종종 처음 보는 사람에게서 '앞으로 내 시간들에 기쁨을 줄 사람
이겠다.'라는 걸 직감을 할 때가 있다.

4

너무 쉽게 마음을 열 때가 있다. 이렇게 무방비해도 되나 걱정하
면서도, 열어 놨기에 누군가 들어올 수 있다면 기꺼이 자주 헤퍼
도 되겠구나 싶다.

2020. 8. 12

1

하트로 마무리한 지난 대화를 봤어. 사람들은 종종 물어. '결혼 준비할 때 많이 싸우지?' 글쎄, 나는 잘 모르겠어. 나와 미림은 원래 자주 싸우거든. 그래서 '결혼 준비'라는 특수한 상황 때문에 더 싸우는 건 없는 것 같아. 오히려 특수한 상황 때문에 지금까지 와는 다르게 '화해'하는 경우가 많아지긴 한 것 같아. '더 살아라 봐라'라는 말은 너무 뻔한 것 같아. 당연히 더 살면 살수록 더 자주 다투고 화해할 테니까. 근데 옛날보다 더 살아 본 요즘에 헷갈리는 게 있어. '이게 싸운 건가? 아닌가?' 하는 거. 이제 몇몇 다툼은 싸움에 포함되지도 못하는 것 같아. 이렇게 싸움들이 소멸하나 봐. 화해도 싸움과 비례하다 보니, 점점 모호해지는 것 같아. 이러다간 화해의 과정도 없어질지 모르겠어. 그렇게 생각하니까 저기 부모님들이 보여. 우리도 시간이 지나면, 타인들은 이해 못 할 그런 이상한 사람들이 되겠구나 싶어.

2

오늘은 혼인 신고를 했어. 어차피 해야 할 일이긴 했지만, 이렇게 급하게 하고 싶지는 않았는데. 사실 오늘 혼인 신고를 한 건, 우리의 의지가 아니었어. 그저 우리가 신혼부부라는 걸 증명하려면 어쩔 수 없었던 거지. 나는 그래도 좀 멋있게 혼인 신고하고 싶었거든. 예를 들면 증인도 미림 친구, 내 친구 딱 세워 두고, 그들이 보는 자리에서 옷도 예쁘게 차려입고, 모든 서류 작성을 좀 경건하게 하고 싶었어. 근데. 마치 구몬 학습지 선생님 오는 시간 맞춰서 답지 보고 빈칸에 정답을 옮겨 적어내듯 혼인 신고를 한 거야. 나도 얼떨떨했는데, 미림은 어땠을까. 혼인신고를 마치고 나오는 길에 미림은 울었어. 나는 왜 우냐고 물었지만, 사실 왜 우는지 알 것 같았어. 어쩌면 그녀와 나는 오늘 결혼식보다 더 대단한 일을 한 걸지도 몰라. 그런데 그걸 느낄 새도 없이 너무 빠르게 해치운 거지. 그래서 체한 거야. 마음은 준비도 못 했는데 덜컥 뭔가 돼버려서 억울한 거야. 앞으로 전개될 모든 일들이 너무 무서운 거야. 내가 그랬거든. 나는 미림을 꼭 안았어. 그렇게 미림과 나는 한참 부둥켜안고 선 숨을 쉬었어.

3

혼인 신고한 날을 기념하기 위해서. 분위기 좋은 레스토랑에 갔어. 느낌이 이상하더라고. 우스운 게 옛날 생각이 많이 났어. 오래된 부부가 연애할 적 생각하는 것처럼 말이야. 웃기지. 근데 나만 그런 게 아니었나 봐. 미림도 이런 식당에 온 게 얼마 만인지 자꾸 물어보는 거야. 근데 그 기억력 좋은 내가 생각이 안 나는 거지. 그럼 진짜 오래된 건데, 싶더라고. 미림과 나는 세상에서 제일 중요한 문제를 앞둔 것처럼 진지했어. 근데, 최근 레스토랑의 하루. 그날을 찾기 위해 온갖 날들을 꺼내면서 뒤적거리다 보니까, 그날이 언제인지는 하나도 중요하지 않게 됐어. 지금 이 식탁에서 우리가 꺼낸 모든 날들이 너무 중요해서. 미림이 '우리 잘 살 수 있을까?'라고 물었어. 그리고 나는 웃었어.

4

미림을 데려다주고 혼자 담배를 피우다가, 밤하늘을 보는데 미림과 내가 연결됐다는 사실이 갑자기 놀라운 거야. 내 이름에 신미림이 연결되어 있다는 게. 미림이는 신 씨고 나는 이 씨인데 말이야. 그냥 버디버디 이름란에 누구 거, 싸이월드 일촌명에 누구 애인, 페이스북 정보에 누구와 연애 중 이런 거 아니고. 세상에 인정받으려고 우리가 설정한 거 말고. 국가가, 세계가, 사회가 먼저 우리를 연결하고 인정한다는 게. 너무 신기해서 미림이가 걸어나간 쪽을 봤어. 그제야 묵직한 뭔가가 가슴에서 올라왔어.

1

충만한 꿈과 헛된 욕심. 헛된 꿈과 충만한 욕심. 꿈과 욕심. 사실 같은 것.

2

지난 작업실이 있던 곳을 갔다. 3년을 있던 곳이었는데, 많이 낯설었다. 공간도 풍경도 사람도 많은 것이 변해서. 1년도 안 됐는데 너무 많은 것이 변해서 조금은 서운했다. 변하는 걸, 어찌 막을까. 옛날이 보고 싶다.

3

늘 미림이 걱정될 때마다 외우는 말이 있다. '나 없이 잘 살아온 아이다. 잘 해낼 것이다. 무사할 것이다.' 그렇게 미림은 오늘도 잘 해냈을 것이다. 언제까지나 나의 역할은 미림 곁에서 응원하는 것이다. 그러다가 그녀가 부르면 달려가는 것이다.

밤늦게 세탁기 돌리는 사람은 꼭 이해해 줘야지. 어디 가서 곤경에 빠지면 꼭 변호해 줘야지. 그는 아주 늦은 밤이 돼야 밖에서의 옷을 벗은 걸 테니까. 땀에 쩔은 옷을 이제야 벗은 건, 그의 잘못이 아닐 테니까.

1

말은 돈다. 돌아다니는 말들을 일일이 설명하지 않는 것은 대번에 설명할 자신이 없어서. 설명이 늘어지면 꼭 변명의 모습이 되니까. 그러면 또 다른 말이 돌더라. 어느 날은 확실하게 설명해냈지만 그래도 말은 돌았다. 결국 떠다닐 말은 어떻게 해서도 떠다니더라.

2

어제는 광화문에 모인 사람들과 기사마다 달린 댓글을 들춰 봤고 너무 화가 나서 아무 글도 쓰지 못했다. 그리고 오늘에서야 너그러운 사람들의 목소리를 찾아본다. 어떻게 너그러워질 수 있나 싶어서. 그렇지 않으면 미워할 것 같아서. 너무 미워하다 보면 상처 주고 싶어질지도 몰라서. 그러고 싶지 않아서.

3

폭염과 장마, 열대야와 수박, 수영장과 모기. 여름이면 반복돼서 여름의 상징이 된 것들. 내게도 그런 것들이 있다. 반복, 순환돼서 내 계절을 이루는 것들. 그것들을 유심히 보다가. 깨닫는다. 반복되는 것들이 계절을 상징하는 것이 아니구나. 반복되는 것들이 계절을 이루는구나. 그것들이 반복되어서, 마침내.

4

기용이와 통화를 하다가 기어이 오라고 불렀다. 기용이는 너무 쉽고 빠르게 대답했다. 새벽 2시. 인천에서 화성. 부르기도 애매하고 찾아가기도 부담스러울 수 있는 시간과 거리. 순간, 친구 찬희가 자주 쓰는 표현이 생각난다. '그쪽으로 넘어갈게.' 찬희가 '넘어간다'라는 말을 할 때마다 뭘 자꾸 넘어가냐고 놀렸는데 이젠 그 말이 되게 매력적으로 느껴진다. 기용이는 내게 넘어오고 있다. 나의 세계로. 나의 친구들은 너무 쉽게 그리고 자주, 잘. 나의 세계로 넘어온다.

1

코로나19 심각단계로 결혼식 하객이 50명으로 제한됐다. 온갖 말들이 떠돈다. 평소답지 않게 떠도는 말들을 잡으려 한다. 하지만 잡히지 않는다. 사실은 없는 말이어서. 애초에 연기 같은 말들만 잘 떠다니지. 온갖 호들갑 대신 결혼을 앞둔 친구들을 부둥켜안기로 한다. 욕하고 토하고 서로의 무사를 소망한다. 결혼 준비 카페들을 뒤적이며 자료를 수집하고 웨딩홀에 전화를 한다.

2

몸도 마음도 많이 힘들다. 그런 시기니까. 지금은 미워하거나, 반성하거나, 욕심내거나 미안해하거나, 힘이 필요한 일은 하지 않기로 한다. 그저 좋은 것만 생각하자. 생각으로라도 마음을 달래보려고.

3

앙증맞은 미림을 본다. 내가 여태 무너지지 않은 건 미림이 있어서다. 미림이 왜 그런 눈으로 보냐고 묻는다. 지금 내 눈이, 어떤 눈인지 볼 순 없지만, 알 순 있다. 언젠가 미림이 나를 보던 눈일 거다.

4

말을 많이 해서 걱정했다. 내가 뱉은 말들이 오해를 낳을까 봐. 그런데 별의별 말을 다 하니, 오히려 하지 않은 말들에서 오해가 피어나더라. 말을 안 해서 오해가 생기다니. 말한 것만 이해해 주시면 될 텐데. 힘드시게 굳이, 말하지 않은 것까지.

1

'많이 지쳤다.'라고 생각하면서 '나는 참 쉽게 자주 지치는구나'
싶다. 예전에는 이런 스스로를 부정하며 참 많이 나를 괴롭혔는
데 이젠 나를 긍정한다. 쉽게 지치는 몸을 가졌지만 잘 쉬고, 쉽
게 일어서는 재능이 있음을.

2

미림과 나의 사주가 궁금하지만, 누군가의 입을 빌려 듣는 것은
아무래도 싫어서 책으로 본다. 육갑과 사주. 미림은 장사를 하고
나는 글을 써야 한다고. 소름. 재밌다. 미림과 나의 궁합은 대길
도 흉도 아니고 보통이다. 그래 평범한 게 최고지. 그저 재미로
봤지만, 내 사주의 한 표현이 마음에 들어 자꾸 생각난다. 천금을
희롱한다니.

3

이런저런 집단에서 나를 부른다. 너도 손해 보잖아. 같이 싸우자, 하면서. 불의에 맞서고 스스로를 지키는 것이야 당연하고 좋지만, 지금의 우리 모습이 그토록 우리가 싫어하던 모습을 하고 있진 않은가. 싶다. 진실로 무엇을 위해 싸우는 것인지.

4

내일 통계엔 확진자가 줄었으면 좋겠다. 제발.

1

월요일이 좋은 이유는 주말 간에 누적된 도서 주문이 들어와서. 모두 다 같이 일해서. 실수로 범벅된 지난주를 뜯어 보내고 새로운 한 주는 완벽하게 만들 수 있을 것 같아서. 무엇보다, 택배가 와서.

2

마음이 약할 땐, 단단한 바위의 존재만 봐도 위로가 된다. 위로는 하는 게 아니라 받는 거라.

3

부모님들은 종종 잊어버리지만, 나의 행동들은 모두 그들에게서 파생된 것이다.

2020. 8. 26

1

내 앞의 사람이 바뀌길 바란다면, 내가 조금 더 지혜롭게 행동해야 한다. 그의 앞엔 내가 있기 때문에.

2

집에서 선풍기를 조립하는데, 미림이 데리러 오라고 전화를 한다. 5분밖에 안 되는 거리. 내가 일산에 있어서 미림은 참 좋다고 한다. 나도 내가 일산에 있어서 참 좋다. 왕복 140킬로미터였던 시절이여 안녕이다.

3

부디 별거 아닌 일들로 스스로를 갉아내지 마시길. 얼마나 많은 사랑을 받을, 얼마나 귀한 몸인데.

4

짐 정리 하다 발견한, 학창 시절 일기의 한 문장이 잠언처럼 느껴진다. '맞서지 않으면 무시당한다.' 그 시절 나는 무엇에 맞서고 있었을까.

2020. 8. 29

1

어려운 시기에 일환이가 결혼했다. 축하만 하면 될 일을 쓸데없이 너무 많은 위로를 한 게 아닌가 내내 마음에 걸린다. 최고의 결혼식이었다.

2

'언제든'이라는 말이 이렇게 좋은 건 줄 몰랐다. 온몸으로 예민하게 불확실성을 끌어안고 있는 요즘. 유일하게 기댈 수 있는 무궁무진한 확실성이다.

3

아래로 보면 절벽, 위로 보면 절경. 경제 팟캐스트[1]에서 들었던 말이 요즘 나의 진통제가 될 줄이야. 지금 딛고 있는 곳을 모르면 망상, 알면 긍정.

4

결혼식을 연기 했다. 여러 사람들을 피곤하게 만든 것 같아서 미안하기만 한데, 다들 내게 감동만 준다. 꼭 그들에게 보답할 수 있는 기회가 있기를.

---

1) 『김동환, 이진우, 정영진의 신과함께』.

2020. 8. 30

1

넓은 침대에서 대각선으로 깬다. 선풍기는 아직 돌고 있다. 덕분
에 잘 잤다. 일어나서 빨래를 돌리고 여태 열려 있는 옷장을 정리
하고 문을 닫는다. 확실히 옷장이 더 필요하다. 식기를 닦고 책상
을 정리한다. 수납공간이 시급하다. 청소기를 돌리고 충전대에
꽂는다. 충전이 시작됨을 알리는 멜로디가 경쾌하다. 자. 하루가
시작된다.

2

현중과 기용이 집에 왔다. 좋은 건 말하지 않아도 남들도 다 아니
까, 굳이 말하지 말라는 어머니의 가르침이 현관 중문처럼 내 입
을 닫아내고 있지만 자랑하고 싶은 것이 너무 많은 집이라 굳이
서랍까지 열어가며 자랑을 시작한다.

3

기용의 휴대폰엔 신기하게 10년 전 사진부터 지금까지의 모습이 빠짐없이 있다. 10년 전에 어딜 갔었고 거기서 뭘 했고 왜 그랬는지까지 기억으로 갖고 있는 나와 달리 그걸 어떻게 기억하냐는 기용이의 기억법. 사진 몇 장을 보다가 기어코 우리는 여행을 시작한다. 당시 젊음을 추억한다기보다는 새로운 세계를 넘보는 여행. 그곳에서의 우리는 새롭다. 기억한다고 자신했던 나도 모르는 날들이 있다. 모르는 날이다. 모르는 날에 분명한 내가 있다. 나는 거기서 무슨 말을 하고 무엇을 했을까. 얘는 누구지, 여긴 어디지, 왜 같이 있지, 온통 물음표가 달리는 미지의 세계. 그곳에서도 우리는 즐겁고, 이곳에서도 우리는 즐겁다.

4

친구들이 가고 컴퓨터 앞에 다시 앉는다. 비가 와서 닫았던 창문을 다시 조금 연다. 바깥의 소리와 바람이 들어온다.

다시, 가을 그리고 겨울

2020년 9월 1일 –
2020년 12월 13일

2020. 9. 1

1

드디어 9월이 왔다. 마침내 왔다. 기어코 왔다. 기필코 왔다. 결국 왔다. 기어이 왔다. 비로소 왔다. 끝끝내 왔다. 그렇게 9월이 왔다. 오는 것들은 이렇게 온다. 오기를 바라는 것. 이렇게 올 것이다.

2

친구가 어떤 선택 앞에서 내게 물었다. 나는 친구가 어느 쪽을 선택할 것을 알면서도 부러 반대로 말했다. 친구는 늘 하던 선택만 해서. 아마 친구의 선택은 합리적일 것이다. 그래도 나는 친구가 다른 선택을 하길 바란다. 늘 하던 선택은, 선택 이후의 삶을 바꿔주지 않으니까. 친구가 오래전 내게 말했다. '변하고 싶다고.' 간절히. 나는 그가 다른 선택을 하길 바란다. 지금까지와는 다른 선택을.

3

어떤 현상은 원본을 변형시키고 새로움을 준다. 이 현상을 어떻게 활용하느냐에 따라 아름다움을 얻을 수도 잃을 수도 있다. 명심하자. 어떻게 수신하느냐.

4

너무 솔직해져 버려서 두렵다. 어차피 나의 솔직함을 진실로 받아들이는 사람에게만 솔직함으로 인정되지만.

2020. 9. 5

1

대화할 수 없음에 입을 닫는다. 이게 내 아주 못된 버릇이다. 하지만 쓸데없는 것들로 귀중한 시간들을 망치고 싶지 않다. 시간은 너무 귀중하다.

2

편협하다는 말을 꺼내는 사람은 보통 편협하다. 상대방의 세계에 닿지 못하는 딱 그만큼.

3

풀벌레 소리가 좋다. 누군가 내게 왜 밤에 글을 쓰냐고 물으면, 큰 소리가 잠들면 들을 수 있는 작은 소리들이 있기 때문이라고 말해야지.

4

피곤해서 집에 오면 일찍 자야지 했는데, 너무 늦어 버렸다. 주말이라 어느 곳에도 메일 보내기가 미안하다. 그만 자야겠다.

2020. 9. 11

1

전역한 지 10년이 지났어도 군대 꿈을 꾼다는 게 그저 신기하다. 누군가는 나를 살펴 봐줌으로써 돌봐주고 누군가는 나를 외면함으로써 돌봐준다. 어쨌거나 내용은 매번 같은 전역 못 하는 꿈. 그때 도대체 뭐가 그렇게 두려웠던 걸까.

2

〈라바북스〉[1]에서 발행한 동원 형[2]의 사진집을 만지기 전에는 손을 꼭 닦고 만진다. 오늘은 냉장고에 형의 사진 하나를 또 붙였다. 형의 사진들 중에서도 유독 흐리거나 형체가 불분명한 사진들이 좋다. 오묘한 분위기. 형의 사진을 보고 있으면 꼭 내가 그곳에 있는 것 같다. 그곳에서 나는 입을 다물고 있다. 공기의 밀도가 무겁다. 흐릿한 비밀 너머에 무언가 존재한다. 하지만 그것이 무엇이든 중요하진 않다. 어떤 고독의 현현이다.

3

'과거는 외국이다. 거기서 사람들은 다르게 산다.'[3]라는 문장을
생각한다. 내가 아는 과거와 그가 말하는 과거. 그와 나는 그곳에
서 다르게 살고 있다. 그리고 그곳은 참 낯선 새로운 세상이다.

4

조그만 노포에서 소주 한잔하고 싶다. 사우나도 가고 싶다.

---

1) 여행을 사랑하는 제주 위미의 서점.
2) 저자의 동료 사진 작가. 사진집 『十5 年』, 『적당한 바람과 투명한 것들』을 발행했다.
3) 2011, 현대문학 발행 유종호 비평에세이 『과거라는 이름의 외국』에서 인용한
하틀리의 소설 『중매인』의 첫 대목.

2020. 9. 13

1

날씨가 좋다. 결혼하기 좋은 날씨. 9월 13일. 생각해보니 내가 정한 날이다. 5년 동안 기상청의 9월 날씨를 보고 통계 내서 예측한, 가장 맑을 날. 예측은 맞았다. 아예 예식을 못 할 거란 건 전혀 예상, 상상도 못했지만. 카톡이 오고 전화가 온다. 아. 오늘 날씨 좋다.

2

뵌 적도 없지만 존경하는 분들에게 편지를 보낸다. 무례하게 느껴질까 겁이 나지만 그들이 열어 놓은 창으로 감히 비둘기를 보낸다. 과거엔 상상도 못했던 일이지. 동경하는 사람에게 이리 쉽게 말을 건다는 건. 혹시 몰라, 비둘기가 답장을 가지고 올지. 과거엔 진짜 상상도 못했던 일이지.

3

내가 읽은 것들을 그에게 건네주고 싶지만, 읽지 않을 것을 안다. 그럼 내가 읽은 것들을 말해줄까 하다가, 잘 전달할 수 있을지 자신이 없다. 책에 줄을 친다. 그가 기어코 출항을 시작할 때, 도움이 될 수 있도록. 줄을 그어서 지도를 만든다.

4

오늘은 긴팔을 입었다. 내일도 긴팔을 입어야지. 신난다. 생활의 변화.

2020. 9. 15

1

거리가 시끄럽다. 스피커를 키고 소리 내는 가게. 확성기로 소리
내는 사람. 그 소리를 듣고 웅성거리는 사람들. 내가 들을 수 있
는 건, 가까운 소리와, 더 큰 소리뿐. 도시가 시끄럽다. 비명이 소
음에 묻혀도, 노인과 아이들은 무슨 소리를 내야 할지 영문도 모
르는데도, 청년들은 살아남기 위해 이 꽉 물고 사는데도, 도시는
시끄럽다. 내가 들을 수 있는 건, 가까운 소리와, 더 큰 소리라서.

2

거리가 활기를 조금은 찾은듯하다. 거리두기 2.5단계 종료가 되
긴 되었나 보다. 불이 들어온 PC방 간판이 반갑고, 영업 준비하
는 집 앞의 술집이 고맙다. 참 다행이다.

그래도 코로나19로 좋은 점들을 말하는 친구들. 환경 회복이며,
한적함이며, 정리 정돈이며. 나도 민방위 교육을 사이버로 받는
건 좋다. 그래도 코로나19의 좋은 점은 아니다. 그렇게 생각해선
안 된다. 가끔 삼청교육대 시절 이야기를 꺼내는 어른들에게 바
락바락 대드는 이유와 같다.

2020. 9. 20

1

외진 구석까지 빈틈없이 환한 날씨. 분명 세상이 빛으로 가득 찬 것인데, 광활하게 허전한 느낌이다.

2

약속을 하고 어기고 신뢰를 잃고 믿음을 잃고 사랑을 잃고. 약속 없이 살아갈 수 있을까. 약속 없는 삶은 유의미 한가. 삶 또한 약속 아닌가.

3

마스크를 벗는다. 정지되어 있던 집의 공기가 맨 얼굴에 달라붙는다. 나를 반기는 것이다. 아침에 물 주고 간 식물들을 자리로 옮긴다. 말려 있던 몬스테라의 새순이 활짝 폈다. 참 기특하고 반갑다. 그래도 아직 잎은 연두 연두 하다. '나는 여전히 연약해요' 라고 말하는 거다. 수경하고 있는 식물들도 물을 갈아준다. 맑은

물이 얼마나 신날까. 옷을 벗고 빨래를 돌린다. 스타일러도 돌린다. 또 돌릴 것이 없나, 청소기를 돌리고 어제 저녁에 먹은 식기를 수세미로 돌린다. 빨래를 걷어 돌돌 돌려 수납한다. 집안에는 돌릴 것이 많다. '살림'이라는 발음도 ㄹ ㄹ돌아가는 소리. 집을 돌리는 일이다. 집이 돌아간다. 그래야 나도 돌아간다.

4

아주 늦은 밤. 그냥 자려다가, 시리얼을 두 그릇 먹어 버렸다. 임박한 우유 유통기한이 합리화를 해준다. 진짜 다이어트는 금연보다 더 힘든 것 같다. 다이어트 하시는 분들이 존경스럽다.

2020. 9. 21

1

경제는 그냥 돈 이야기가 아닌데, 우리 생태계를 이해하는 일인데.

2

휴대폰 메모에 낯선 사람의 이름이 있다. 지난 수영 형의 토크 진행 때 내게 녹차 티백을 선물해 주신 분과 『숲 광장 사막』에 사인을 부탁하신 분. 이름을 기억한다. 금요일, 〈gaga77page〉[1]의 수영 형 북토크에서 만난 붉은색 상의를 입으신, 요즘의 삶이 아주 만족스러우신 분과 안경 끼고 키가 큰, 농담에 잘 웃어 주시던 분.이 아니라. 이름을. 이름은 그들이 나의 하루를 다녀간 것이 아니라 내 삶을 다녀갔다는 증거가 되니까. 오늘도 몇몇 이름을 남긴다.

3

미림과 결혼하길 잘했다는 울림이 자주 온다. 미림도 이런 울림을 느끼고 할까. 그랬으면 좋겠다. 이 울림이 얼마나 큰 울림인 줄 아니까.

4

밤이 찢어지고 찢어진 틈 사이로 여자의 비명이 들린다. "엄마!" 이어서 여자의 고함이 밤을 더 찢는다. "죽어!!" 한번 찢겨진 탓에 밤은 마구잡이로 찢긴다. "엄마!!!" 벌어질 대로 벌어진 밤 너머를 본다. 엄마와 딸이었을까. 무슨 일일까. 엄마는 딸에게 왜 죽으라고 했을까. 그럴 수도 있을까. 그 뒤로 어떻게 됐을까. 밤은 아무 일 없다는 듯 찢어진 부위를 정적으로 덮는다. 다시 어두워졌다. 밤이다.

---

1) 홍대에 위치한 독립책방카페.

1

목, 목, 목. 너무 아프다. 최선을 다해 내 몸을 망가트렸던 벌이다. 사과해도 너무 늦었을까. 마치 '이젠 고통받을 때야'라고 말하는 것 같다.

2

공간을 정리 정돈하고 다린의 『가을』[1]을 한 곡 재생한다. 선물 받은 녹차 티백을 우리며 은은한 녹차향을 맡는다. 메일을 읽고 보내고 공문을 읽고 메시지를 보내는 와중에 목뒤 창문에서 가을 바람이 내 맨살들을 쓰다듬는다. 창밖에서 라면 냄새가 진하게 들어오면, 라면을 끓여 엄마가 준 김치를 얹어 먹는다. 일하다 말고 테라스에 나가서 날씨를 보며 언제 물들었는지 모를 테라스 앞 나무의 단풍을 본다. 단풍을 보며 내가 이맘때 쓴 '사랑의 목격'[2]을 생각한다. 아. 이놈의 자기애. 사연의 사연의 사연이 얽힌 내가 좋아하는 시. 서재에서 다린의 '가을'이 가늘게 흘러나온다. 아주 작고 똑같은 모양의 금요일. 자주 있는 공간에서 자주 겪는 시간의 감동. 오감을 열어 두는 것. 행복의 노하우.

3

고맙다는 소리 들으려고 한 건 아닌데, 고맙단 소리 하나가 없으면 기분이 이상해. 모순적인 인간. 안 그래야지 하는데, 자꾸 그래. 나는 그런 인간이라.

4

진한 밤, 마광수 선생님이 나를 휘젓는다.

---

1) 2017 다린의 첫 앨범 『가을』의 타이틀 곡.
2) 저자의 시집, 2019 별빛들, 『우리는 영원을 만들지』 중, 시 제목.

2020. 9. 28

1

무엇을 약속했는가. 약속은 어떻게 지켜졌는가. 합당한가. 피해는, 손해는, 권리는, 책임은 무엇인가. 이유는 또 무엇인가. 기만은 없는가. 사과는, 보상은, 이해는, 어떻게 이루어지는가. 내가 할 수 있는 일은, 상대가 할 수 있는 일은 무엇인가. 목소리는 어떻게 낼 것인가. 최선의 원만함은 무엇인가. 다시. 무엇을 약속했는가.

2

승리는 패배를 인정하는 상대가 있어야지 가능하다.

3

얼마나 오랜만에 미림과 밤 서울을 걷는지, 가벼운 옷과 가벼운 마음 덕에 기분도 가벼워 훨훨 난다. 이 오랜만의 광경이 얼마나 낯선지 서울이 너무 외국스럽다. 아. 밤 데이트. 걸음 걸음이 아름다운 시간.

백화점 샤인머스캣 한 송이 7만 원. 진짜 신세계.

2020. 9. 29

1

본가 가는 길의 감정은 두텁다고 해야 할까. 어떤 하나의 감정만
이 드러나서 기분이 어떻다 어떻다 표현이 안 된다. 이제 봉담이
라고 부르는 이곳을, 본가라고 부르는 아파트의 비밀번호를 너
무나 자연스럽게 누른다. 어머니가 너무 자연스럽게 방에서 나
온다. 다행이다. 많이 늦지 않았다.

2

어머니가 내게 행복하냐고 물었다. 그렇다고 말하니, 내가 행복
하면 당신도 행복하다고 했다. 그러지 않으면 좋겠는데. 내가 불
행해도 행복했으면 좋겠는데. 그러다가 또 아니다, 그것도 나쁘
지 않겠구나 생각한다. 불행은 얼마든지 감출 수 있으니까. 나는
어머니를 영원히 행복하게 해줄 수 있다. 얼마나 많은 아들, 딸들
이 그래 왔듯이.

3

어떤 이유 하나만으로도 충분히 존경할 수 있는 사람, 하나의 이유만으로도 사랑할 수 있는 사람을 본다. 정말 하나의 이유로. 누군가가 내게 '어떤 사람이 좋은 사람인가요'라고 물으면 명료하게 답해줄 수 있겠다.

4

집이다. 아무것도 안 해도 된다. 텅 빈, 옛 내 방엔 기계 소리 나는 것이 아무것도 없다. 방에 누워 숨을 쉰다. 쉼이다.

2020. 10. 4

1

잠에서 깨면 품 안에 미림이 있다. 안 애(愛). 그래서 아내인가.
아니다. 아내의 어원은 집안의 해라고 한다. 자연스럽게 일사병
에 대해 생각하게 된다.

2

미림에게 그런 걸 해주고 싶었다. 미림이 자고 있으면 먼저 일어
나서 맛있는 밥을 하고 예쁘게 상을 차려 주는 일 같은 것. 아침
으로 부대끼지 않을 요리를 생각한다. 냉장고에 계란이 있다. 평
소에 국을 밥상의 빛과 소금처럼 여기는 미림을 생각해서 유튜
브에 계란국을 검색한다. 생각보다 쉽다. 혹시 요리 중에 미림이
깰 수도 있으니까 앞치마 정도 하고 있어야 신혼 판타지적일 것
같은데 없다. 아. 아직 우리 집엔 없는 게 많다. 근데 미림이 일어
났다. 참 이럴 땐 잘 일어난다. 누가 봐도 요리 준비 중인 날 보고
미림이 신나 말한다. 뭘 하냐고. 그녀의 신남에 나도 기쁘다. 아
직 뭘 하지 않았지만 벌써 뭔가를 해준 느낌이다. 첫 수업에서 앞
으로의 진도를 설명하는 선생님처럼 매일 해온 일인 듯 아무렇
지 않게 담담하게 계획을 설명한다. 나는 요리를 시작하고 미림
은 씻는다. 먹어 줄 사람이 있으니 요리가 즐겁다. 오늘따라 밥도

잘 됐다. 간도 좋다. 어머니와 장모님이 주신 반찬들로 식탁을 장식한다. 아침 식탁 풍경에 자주 보던 샐러드로 마무리를 짓는다. 내가 먼저 맛을 본다. 맛있다. 아. 성공이다.

3

9월 말에 출간하기로 한 2종의 도서 출간을 미루기로 결심하니 세상이 순해진 것 같다. 그래서 그런지 요즘의 나도 순하다. 오늘은 순하게 걷기로 한다. 일산에는 걷는 사람들이 참 많다. 걷기 좋은 동네다. 왜 걷기 좋은지에 대해서 생각해 본 적 있다. 건물들이 나지막해서. 뭐랄까 어깨선이 맞으니까 위화감도 공포감도 없어 그럴까. 차가 아니고선 나갈 엄두가 안 나는 동네들도 있으니까. 물론 일산에도 그런 도시들이 있다. 그런데 그런 지역에선 일산스러움이 느껴지지 않는다. 나는 일산을 도시라기보단 동네라고 부른다. 비록 마주 오는 노인이 어딜 다녀오는 길인지 모르고, 집 앞 호프집의 사장님이 여자인지 남자인지도 모르지만. 이곳은 도시의 위태로움이 없어서. 마치 가장 위험하고 중요한 일을 분리수거로 여기는 것 같이. 안심 때문에만 걷기 좋은 건 아닐지도 모른다. 걷는 맛이라고 할까. 그게 있다. 골목골목, 숨어 있는 작은 가게들. 서울은 좁고 복잡해서 가게들이 덮여지고 가려진 느낌이라면 이곳은 더 잘났다 하며 으스대는 간판이 없다. 정말 귀엽게 숨어있다. 그들을 찾아내고 알아가는 재미가 있다. 걸어야만 알 수 있다.

2020. 10. 6

1

책들이 쌓여있는 창고를 다녀오면 마음이 무겁다. 마음에 작가
님들에 대한 죄송함이 들어서, '내가 잘하고 있는 건가'하는 생각
이 마음으로 내려와서, 이리저리 뛰어다니시는 관리자분에게 제
발 책 좀 소중히 다뤄달라는 말을 마음에서 못 꺼내서. 창고를 왜
이렇게 자주 오냐고 대표님이 묻는다. 마음이 무거워져서, 그래
서 자주 온다고 말했다.

2

협력사의 마케터 분을 만났다. 함께 일한 지 꽤 됐지만, 코로나
때문에 만난 건 처음이다. 주먹으로 인사를 한다. 역시 영업하시
는 분은 다르다. 분명 서로 이해가 얽혀 있겠지만, 나는 그가 나
를 도와준다고 생각한다. 아직 나 스스로 그에게 도움이 되지 못
한 것 같아 그렇다. 그는 별빛들의 가능성을 본다고 했다. 고맙
다. 가능성은 존재한다고 믿는 사람이 있어야지 더욱 존재하기
에. 그는 내가 생각하지도 못한 것들과 내가 알 수 없는 것들을
많이 알려 주었다. 정말 큰 도움이다. 그런데 오늘의 자리가 그에
게는 어떤 도움이 될까를 생각한다. 어떤 모양의 도움이든 되었

길 바란다. 그는 대화 내내 '아직 대표님이 하지 않은 것'이라는 말을 자주 했다. 『원피스』[1]에서 '아직' 패기를 잘 다루지 못하는 루피[2]가 생각난다. 내가 루피의 각성을 예상하듯이 그도 언젠가는 내가 각성할 것을 알아 그런 것일까. 우리는 앞으로 자주 만나길 소원하면서 다시 주먹으로 인사를 했다. 다음에 만나면 더욱 솔직해지고 싶다.

3

오늘은 200자 원고지 1페이지를 쓰려고 5시간을 썼다. 글 쓰는 일이 쉽다고 말하던 사람들에게 반박 하나 안 한 날이 생각나는 순간이다. 선택에도 총량이 있다고 하던데, 오늘 너무 많은 선택들을 했나 보다. 피곤한 하루다. 모니터 아래로 떨어진 글자들이 너무 많다. 근데 또 자려고 누운 지금, 마지막 그 문장으로 마치는 것이 최선이었는지 글자들이 이불 속을 헤집는다.

---

1) 해적왕이 되기 위해 모험을 떠나는 만화 제목.
2) 해적왕을 꿈꾸는 주인공.

2020. 10. 11

1

아주 오랜만에 산에 올랐다. 가까이 있던 것들 말고 나와 멀리 있던 흙과 나무들, 빛과 바람. 얼마 만인지 혼자서 감격스럽다. 나무들은 여전히 듬직하고 이끼들은 여전히 귀엽다. 돌탑도 여전히 애틋하고 사람들은 여전히 건강하게 움직이고 있다. 곧 은행나무들이 가을의 불을 켜겠다. 가까이서 보는 10월. 오늘 같은 날이 있음에 기쁘다.

2

진심으로 부탁을 살펴봐 주는 사람은 그저 고맙다. 사실, 정말 진심인지 아닌지 나는 알 길이 없지만 그렇게 믿는다. 충분한 최선이 피부에 닿는 것만큼 믿음직스러운 건 없으니까. 오늘은 어디서부터 배워야 할지 가늠이 안 되는 거대한 사람을 마주했다. 그를 마주했을 때 내가 얼마나 초라한지, 그 초라한 나와 거대한 배움을 나란히 두어 교만함을 깨닫는다. 세상엔 배울 사람이 너무나도 많고 나는 반성할 구석이 너무나도 많다.

3

라이터가 없어서 담배를 못 태우다가, 지난겨울 외투들에 아마 라이터 하나쯤은 있지 않을까 해서 두꺼운 외투의 주머니를 뒤졌다. 명함 하나, 홍삼 한 포, 동전이 각각 다른 외투에서 나왔다. 반가우면서도 부끄러운 너저분한 삶의 흔적들. 너무 어질러진 생활에서 얼마나 많은 것들을 찾느라 나를 허비했나. 오늘부터라도 하나씩 제자리에 두자.

4

사람들은 나를 좋은 남편이라 형용한다. 나는 진짜 그런 사람이 아닌데. 아니 그런 부류도 아닌데. 그래서 그런지 오늘은 그런 사람들을 본받으라는 말처럼 느껴진다. 안 그래도 요즘 내가 뭔가를 많이 잘못하고 있는 것 같았는데 뭐가 문제인지 모르겠었기에. 멋진 남자들의 말을 수집한다. 그리고 일단 그렇게 해 보기로 한다. 하나둘씩. 어떤 무엇이 변하길 바라는 것이 아니다. 그저 내가 변하길 바란다.

2020. 10. 12

1

왜 하필 나는 짧디짧은 가을에만 멋을 부리고 싶었는지. 옷장 안
좋아하는 옷들은 대개 가을 옷이다. 이번 가을은 얼마나 짧을까.
가을 안에 하나씩은 다 입을 수 있을까. 올해는 겨울도 멋있고 싶
어. 발목까지 찰랑거리는 검정 코트를 생각한다.

2

누군가를 맹목적으로 따라 하는 것과 누군가가 추구하는 가치를
이해하고 동의하며 그 가치를 함께 추구하는 것. 이 두 가지는 다
르다.

3

게을러지지 말자. 뻔하게 형용하지 말자. 성실하게 탐색하고 곡
진하게 발굴하자.

정해진 과업이 없으니 침대에 눕는 순간 일과는 끝난다. 굿즈를 만들자는 마케터님의 의견에 마땅한 걸 찾지만, 예산만 만지작거리다가 침대에 누웠다. 침대에 누워서 다른 출판사들의 굿즈를 본다. 그러다가 인스타그램에서 사람들의 스토리를 보고, 피드를 보고, 파도를 타기 시작한다.(싸이월드 때는 파도타기라고 했는데 페이스북 세대는 뭐라고 하는지 모르겠다.) 되게 반가운 친구에게 말도 걸고 잊고 살던 친구의 근황도 훔쳐보며 모르는 사람의 노하우들도 배운다. 게시물을 계속 받아보고 싶은 사람의 계정은 팔로우한다. 한참을 인스타그램에서 돌아다니다가 이 사람이 저 사람이고 저 사람이 이 사람인지 비슷해질 때 인스타그램을 끈다.

2020. 10. 13

1

서점에 왔다. 지난주 매도한 주식의 수익금으로 뭘 할까 하다 서점에 왔다. 주식은 내가 팔자마자 드디어 속박에서 벗어난 듯 오르기 시작했다. 어이없지만 벗어난 건 나도 마찬가지다. 나도 자유롭게 서점에 왔다. 책들을 골라내고 서문을 읽으며 하나둘 담다 보니, 번 돈보다 더 많이 나왔다. 많이 읽고 쓰고 벌지 뭐. 글밥 먹고 사는 나의 주식이니까.

2

점점 가능성이 아니라 잠재성이 되어 간다. 슬픈 일이지만 슬퍼하지 않는다. 분명히 있다. 그리고 온다.

3

내 값어치를 스스로 매기는 일은 할 때마다 정말 어렵다. 내 창작에 단가라는 게 있을 리 없어서. 그럼에도 굳이 셈해보자면 감각을 이루는데 들인 비용을 셈해야 할까. 업계 사람들에게 그들의 값을 물어보기도 애매하다. 그들과 나를 나란히 두는 일부터가 민망해서. 그렇다고 그들의 가격에서 얼마를 깎으면 내가 되는 것도 어색하다. 어쩌면 내가 아마추어라서 그런 걸지도 모르겠다. 하지만 나는 아무래도 즐겁거나 멋진 일에는 그 일만으로도 충분히 보상이 되어, 돈이 중요해지지 않는 경우가 많다. 그래서 그런 일에는 오히려 꼭 시켜달라고 말하고 싶다. 그럼에도 나의 값을 말해야 하는 오늘 같은 날은 지난번에 받았던 보수를 생각한다. 나에게 이 정도 줄 수 있다는 사람의 보수. 그 금액이 중요한 건 아니지만, 그 마음은 좀 중요하다. 내게 줄 수 있는 마음.

4

좋아하는 자극들 중에는 동료의 반가운 소식이 있다. 오늘은 수진이 누나[1]가 파주에 입성했다는 소식을 들었다. 그곳은 내겐 할리우드 같은 곳이라 누나의 소식이 가슴 떨리는 에너지로 전환된다. 독립출판에서 파주출판단지까지. 사실 정말 대단한 일인지 아닌지는 모르지만, 나는 좋은 자극으로만 남기기로 한다. 아니다. 조금 더 생각하면 무조건 대단한 일이다. 한 개인의 성실이, 인내가, 용기가. 많은 사람들이 어떤 아이돌을, 스포츠 스타를 지켜보고 응원하듯 내게도 그런 사람들이 있다. 그들의 플레이는 내게 명랑한 활력이 된다. 계속 무사히 뛰길 바란다. 나도 뛴다. 가장 완벽한 응원은 함께 하는 거니까.

---

1) 주로 사진을 다루는 아트북 출판사 〈piece〉의 대표.

1

아침에 일어나면 테라스로 향한다. 테라스에는 깨끗한 햇살이 든다. 햇살의 어원은 '확장되다'에서 유래했다고 하던데. 우리 집까지 햇빛이 확장된 것이다. 자연의 만물이 그러하듯 나도 자연스럽게 빛을 받는다. 아주 미분적으로. 생장한다. 나도. 이 집도. 이것이 확장의 원형, 궁극의 확장.

2

5년이라는 시간 동안 키우기보단 채우면서 출판 일을 했다고 생각했는데, 대가(大家) 앞에선 형해를 감추느라 자꾸 껍데기를 찾는다. 창피하다. 그러면서 또 이 창피함 또한 시건방일 거라는 생각으로 눈을 감는다. 창피할 필요 없다. 질문하자. 다시 기본부터. 이제 고작 5년이다. 아니다. 시간에, 숫자에 얽매이지 말자. 그저 학생의 자세로 늘 배우고 익히고 연마하자.

3

틈틈이 미림과 집안 살림을 채우는 일로 고민한다. 요즘 가장 활력이 되는 일. 소비나 소유의 기쁨도 기쁨이겠지만, 무엇보다 뿌리를 내리는 느낌이라. 큰 가구를 들이면 굵은 뿌리를 내린 것 같고, 작은 소품을 들이면 잘게 뻗은 것 같다. 과거 수원의 작업실 살림을 채울 때도 비슷하게 가져본 즐거움이긴 하지만, 많이 다르다. 완전한 대지에 뿌리를 과감히 내리는 것과 불확실함 속에서 뿌리를 늘리는 일은. 물에 옮겨 놓은 식물의 떠 있는 뿌리와 흙에 옮겨 심은 식물의 드러난 뿌리를 보며 생각한다. 내게 더욱 알맞은 생장 환경을.

4

정말 마지막으로 학준 과 유수 형의 파일을 각각 최종 인쇄본이라 저장하고 내보낸다. 독립적으로 내어진 완성본을 다시 한번 본다. 완성을 완성하는 일. 이제 곧 내 손을 떠나 사람들 손에 쥐어질 것이다. 떨린다. 새벽이 쪼그라든다.

2020. 10. 18

1

어린 날에는 보통 일기에 미운 사람들을 적어대면서 나름의 복수를 참 많이 했는데, 요즘은 일기를 쓰면서 용서를 많이 하는 것 같다. 사람을. 사회를. 나를. 하루를.

2

시인들은 자주 말해, 죽은 것들을 생각한다고. 그래서 그런지 나는 시 옆에 설 수 없는 사람이야. 나는 그와 그녀와 그 친구와 그들을 생각 않고 사진을 찍고, 맛집을 가고, 농담을 하고, 웃어. 어떻게 그럴 수 있는지. 가끔 나도 내가 증오스럽지만, 그렇게 살아. 잘 살아. '다들 그렇게 살아, 산 사람은 살아야지'와 같은 말은 아니야. 그런 말들은 남을 위로하기 위한 말이지 스스로를 용서하기 위한 말이 아니니까. 그렇게 나는 살아. 살고 있는 나를 누가 시 옆에 세워두고 비웃어. 나를 거기 세워둔 건 당신이면서. 물론, 내가 쓰지 않았다면 웃음거리가 되는 일도 없었을 거야. 그럼에도 왜 자꾸 쓰냐면, 살았으면 하는 사람이 있어서 그래. 어떻게든 살았으면. 그래서.

3

큰일이다. 미림이 사다 놓은 섬유 유연제를 넣었더니 온 빨래에 미림의 향기가 난다. 아닌가, 미림 빨래와 같이 빨아서 미림 향기가 나는 건가. 이래서 부부가 닮는다는 건가. 글쎄. 나는 서로의 것들이 서로에게 유일했으면 좋겠는데. 어쨌든 큰일이다. 미림의 향기가 익숙해지는 것이. 아니면 미림이 계속 옆에 있는 느낌이 드는 것이. 어느 쪽이든. 큰일이다.

4

불은 껐지만, 어스름하게 보인다. 뭉툭한 엄지같이 생긴 피곤이 눈을 짓누르는데, 정신이 맑다. 잠이 안 온다. 유튜브에서 수면 유도 노래를 킨다. 노래는 오늘 아침 정지된 지점부터 다시 시작된다. 잠 하나는 진짜 잘 잤는데. 그 하나를 잃은 느낌이다. 어쩌다 내가 이렇게 됐을까. 생각하며 일기 한 줄을 더 늘린다.

2020. 10. 20

1

내가 미림을 안았다가, 미림이 나를 안았다가. 미림과 침대에 누워 있으면 평생 누워 있을 수도 있겠다는 생각이 든다. 이 신비한 자장의 침대에서 시간은 추방되어 있다.

2

본질은 모르겠고 현상에만 집중하는 사람들. 맹목적으로 따르는 사람들. 내용은 무시하고 수단만 궁리하는 사람들. 의미 계산에 혈안 되어 있는 사람들. 그런데 신발은 깨끗한 사람들. 그들도 내가 싫겠지. 싫어해 줬으면 좋겠는데.

3

작가님들이 만족해한다. 책을 만들고 가장 기쁜 순간. 고생 많았다는 그들의 인사가. 치켜세워 준 엄지가. 내가 그들의 것을 일단은 망치지 않았구나 하는 안심이 된다. 이제 다음 단계로 넘어가도 된다는 다행. 가장 중요한 사람의 만족을 얻어낸 보람. 잘하자. 열심히는 당연한 거고. 잘하자.

4

비열해지지 말자. 타협하지 말자. 먼 미래에 후회하고 돌아가고 싶은 날을 오늘로 만들지 말자. 다짐이 약해질 때면, 누군가 나를 지켜본다고 생각하자. 그렇게 해서라도. 지키자. 내가 지키는 것들이 그다지 대단할 거 없다면, 내가 탐내하는 것들도 그다지 대단할 거 없을 것이다.

2020. 10. 21

1

인쇄소 실장님의 전화로 잠에서 깼어. 일어나자마자 주문 들어온 도서 출고를 해. 이전의 삶과 크게 다를 건 없다고 느끼지만 옆에 미림이 누워있어. 모든 게 변했지. 라이언킹 OST를 틀어. 하쿠나마타타 같은 거. 그러면 미림이 잠결에 노래를 따라 부르면서 일어나. 활력이라는 단어를 정자세로 느끼는 아침이야. 방을 나와서 식물을 살피고 부엌의 비타민을 먹어. 단 한 번도 영양제를 챙겨 먹는 습관을 가진 적 없지만, 그래 보려고 해. 생활의 물결에 변화가 온 김에 그 물결에 제대로 올라타 보려고. 어제는 비타민을 챙겨줬는데 오늘은 왜 안 챙겨 주냐면서 미림이 방에서 걸어 나와. 아기 요괴처럼. 아무래도 오늘 미림의 컨디션이 좋은 것 같아. 오늘은 내가 점심을 하기로 했는데 씻고 나오니 미림이 부엌에서 뚝딱 브런치를 만들어 놨어. 진짜 외국 레스토랑 같은 데서 가볍게 먹는 브런치 느낌이야. 너무 맛있게 잘 먹었는데 미림이 오늘 점심은 푸딩 같은 계란찜이 먹고 싶대. 하마터면 지금 먹은 게 점심 아니냐고 물어볼뻔했지 뭐야.

2

현주 선배[1]가 알려 준 계란찜 레시피가 있어서 오늘은 주방이 너무 만만해 보여. 더군다나 오늘의 요리는 전복 버터구이인데, 요리 난이도가 별 다섯 개 중에 하나야. 별 하나짜리 음식을 내가 못 해낼 리 없잖아. 요리는 망쳐도 밥은 망치면 안 된다는 생각이 었을까 밥을 안치러 온 미림에게 TV프로그램에서 본 마늘 까는 법을 보여줬어. 감탄할 줄 알았지. 마치 나는 장판교의 장비[2]처럼 기세등등하게 조리기구를 휘두르면서 하나둘 요리를 해나가기 시작했어. 정말 장판교의 장비처럼 말이야. 마늘을 볶느라 기름으로 흥건해진 바닥은 마치 피로 흥건해진 장판파 같았다고 할까. 랩으로 꽁꽁 감싼 계란도 전자레인지 안에서 터져있었어. 마치 적장의 목처럼. 계속되는 나의 탄식에 부엌으로 온 미림은 조조의 병사[3]처럼 겁먹은 표정을 하고 있었어. 아마 이 식사를 마치면 높은 기동력을 가진 꼬마 장비는 파주로 도망갈 것을 직감해서일 거야.

3

오늘은 새롭게 함께하는 인쇄소 대표님을 만나는 첫날이야. 근데 깜짝 놀랐던 건, 주차장 앞에까지 마중을 나와서 에스코트를

---

1) 저자의 대학교 선배이자 주부 선배.
2) 장비가 조조의 대군을 홀로 막아낸 전투로 삼국지의 전설적인 전투 중 하나로 꼽힌다.
3) 장비의 상대 병사.

해주시는 거야. 조금 부담스럽긴 했는데 내가 그에게 예를 갖추는 방법은 그의 행동을 존중하는 거라고 생각했어. 그는 대화 내내 계속 공손했고 겸손했어. 나는 그의 멋진 태도가 당연한 것이 아니었으면 해서 더 고개를 숙였어. 배울 점들은 대게 아래 있다고 생각하거든. 인쇄소는 충무로보다 훨씬 굉장했고 세련됐어. 기장님은 깨끗한 미소를 가지신 분이셨고. 나는 촌스럽게 자꾸 기계에 대해 물어보고 감탄하고 했어. 점잖아지자고 몇 번을 다짐했지만 아마 이 촌스러움은 변하지 않을지도 모른다는 걸 오늘로써 분명히 느꼈어. 이 굉장한 인쇄소를 보고 있으니 충무로의 작은 인쇄소가 생각났어. 미안하고 한편으로 안쓰러웠어. 파주로 온 건 나면서. 인쇄소를 나오면서 오늘 만났던 낮고 맑은 사람들을 생각해. 어쩌면 내가 제일 약아빠진 건 아닐까 하면서.

4

집에 들어갈 때 누군가를 생각하고 간식을 사가지고 가는 일. 문을 열면 반겨주는 이가 있는 일. 샤워 후 물기에 대해서 아옹다옹하는 일. 청소기 물걸레 기능에 대해서 함께 고민하는 일. 미력한 청소기 작동에 함께 어이없어하는 일. 싱크대 수전 교체하는데 함께 물벼락 맞고 박장대소하는 일. 함께 장 본 것들을 진열하고 감상하는 일. 마주 앉아 각자의 일을 하다가 언제든지 장난치는 일. 집을 어떻게 꾸밀지 엄격한 회의를 하는 일. 사소한 내기를 얼마든지 할 수 있는 일. 밥을 할 때 뒤에서 안아 주는 이가 있는 일. 저녁 반찬 하나로도 백 마디 할 수 있는 일. 설거지할 때 응원을 듣는 일. 함께 겪은 불합리한 일에 맞장구치며 실컷 욕하는 일. 신나게 놀릴 사람이 있는 일. 얼마든지 같이 유치해질 사람이 있는 일. 함께 침대에 누워 침대 균형을 맞추는 일. 품을 채워 줄 이가 있는 일. 자기 전 책을 읽으며 함께 이야기하는 일. 등을 기대 누울 또 하나의 등이 있는 일. 다리 올릴 수 있는 사람이 있는 일. 잠 안 온다고 칭얼거릴 사람이 옆에 있는 일. 그런 사람을 재우는 일.

2020. 10. 23

1

내가 할 수 있는 최선만을 다하기로 한다. 만약 최선 이상의 것을 하려 한다면, 할 수 없음에 미워질지도 모른다. 나를. 그리고 내가 왜 최선 이상의 것을 하려 하는지의 이유를.

2

바르고 곧은 사람을 보면 내가 얼마나 삐뚤어졌는지 알 수 있다. 나는 종종 그런 사람을 보고 나를 교정한다. 이럴 수 있음이 얼마나 행운인지 나는 알고 있다. 어쩌면 이런 내가 부담스러울 수 있지만, 어린 마음은 그가 그런 부담을 가지고라도 계속 올곧기를 바란다. 아니, 사실은 우리가 지켜지길 바라는 것일 거다.

3

좋으면서 자꾸 아닌 척을 한다. 혹, 얄미워 보이지 않을까 걱정이다. 그래도 어머니의 가르침은 틀린 적 없으니 그녀의 가르침을 믿는다. 티 내지 않아도 좋은 건 남들에게도 다 보인다. 다 안다. 그러니 자랑 마라. 자랑은 좋은 게 아니다. 나의 잠언이여.

4

사랑을 지키기 위해서 치열하고 있음을 잊지 말자. 치열함이 사랑을 헤치지 않도록. 치열함의 끝에 고작 사랑하는 이와의 저녁이 있다면, 그 저녁을 오늘 할 수 있다면. 언제라도 저녁을 선택하는 사람이 되자.

2020. 10. 25

1

잠에서 깨니, 언제 어떻게 잠들었는지 모르게 거실에 누워있었다. 미림도 몇 가지 안주와 함께 옆에 널브러져 있다. 미림도 나랑 친구 하면 이럴 수 있구나 생각하며 웃었다. 축하할 일 없어 소파 산 걸 축하했던 어젯밤. 겨우 그런 일들로 축하하는 우리는. 태어나 처음으로 몸을 뒤집었다고, 처음으로 걸었다고, 첫니를 뽑았다고 세상 기쁘게 축하하고 기념하는 그들의 모습과 좀 닮지 않았나 생각한다. 앞으로도 계속 별거 아닌 일 축하하고 멋진 일은 아주아주 기념해야지. 축하하며 사는 거. 인생의 전부인 거야.

2

찾아보지 않아도 자꾸 발에 걸려서, 뉴스를 봤는데 변한 게 없더라. 알고 싶은 것은 없고 시끄러운 것들만 있다. 나쁜 어른들이 알려준 방법으로 아이들은 나빠지고 개인은 모두가 공인이 되어가는 듯하다. 공인인증서를 갱신하지 않으면 개인으로 살아갈 수 있으려나. 오늘 정독한 신문들의 다음 이야기보다 경현 형이 새롭게 알아낸 방어 집의 다음 이야기가 더 궁금해지는 오후.

3

옛날에 어디든 갈 수 있는 나의 자가용을 부러워하는 누나가 있었다. 나는 언제든지 손님을 맞이할 수 있는 누나의 서점을 부러워했고. 차창을 열고 거미줄같이 걸린 가을을 훔치는데 그때가 생각난다. 한참을 달리다 아무 곳에나 세워서 모든 차창을 활짝 열고 미림과 얼마나 많이 들었는지 모를 『헤이 쥬드』[1]를 또 듣는다. 절반쯤 읽은 인터뷰집을 편다. 요즘엔 부러운 사람이 없다.

4

불안 재워 주기, 휴식 되어 주기. 정말 이 두 가지만 잘하자. 옆에만 있어 주면 된다는 말의 번역.

---

1) 1968에 발매한 The Beatles(비틀즈)의 싱글.

2020. 10. 27

1

5년 전 함께 작업했던 감독님에게서 온 문자에 잠에서 깼다. 같이 일하자는 문자와 메일. 비싸고 쉬운 일에 눈이 번쩍 떠졌다. 똑같은 글 값이라도 클라이언트에 따라 다른 글 값. 답장을 했다. 잊지 않고 연락해 주셔서 고맙다고. 너무 고맙다고. 정말 고마웠다. 잊지 않아 줘서. 내 글 값을 비싸게 쳐줘서. 이런저런 말들로 아쉬움의 진통을 끝내고 죄송하다는 말과 함께 파주로 향했다. 약속된 내 일부터 잘하고 싶어서.

2

오늘의 미팅 기획자님은 진지하고 꼼꼼했다. 내가 좋아하는 두 가지를 모두 갖춘 사람이었다. 진지하려면 이 순간만큼은 이 일이 세상에서 제일 중요한 일인 것 마냥 존중할 줄 알아야 하고, 꼼꼼하려면 세상을 밀도 있게 쓸 줄 알아야 하기에. 그런 태도를 갖춘 사람과 하는 일은 내게 쉽게 자긍심을 주고 안심을 준다. 나는 그런 마음이 들 때의 나를 좋아한다. 그래서 진지하고 꼼꼼한 사람은 언제 봐도 좋다. 미팅이 끝나고 서촌으로 가는 길에 생각해보니 처음으로 서로 '몇 살인지' 나이에 대해서 묻지 않았던 미팅이었다.

3

시간이라는 시험을 아직 치르지 않은 사람과 나를 본다. 그 시험
끝에 우리는 어떤 사람이 되어 있을까.

4

들어주자. 아무리 슬픔이 각자의 것이라지만, 들어 주는 건 할 수
있으니까. 잠깐이라도 그 슬픔 들어주면, 잠깐이라도 그는 쉴 수
있을 테니까. 숨 돌릴 틈 생길 테니까. 우리가 무너지는 건 잠깐
의 숨을 쉬지 못해서니까.

2020. 10. 29

1

처음 뵙는 분을 만날 땐, 온 신경이 실수하지 말아야 한다는 생각을 한다. 내 상식이, 내 당연함이, 내 습관이 누군가의 하루를 망치지 않도록.

2

의뢰받았던 책에 대한 나의 감상 영상이 유튜브에 송출된다는 메시지를 받았다. 링크를 눌러 영상을 마주한다. 내 모습이 어떻게 담겼을까하는 생각보다 나의 뻔뻔함을 몇 분이나 목격하셨을까 하는 생각으로. 항상 후회하는 것 같다. 내가 남겨지는 것들에 대해서. 불과 어제 유수 형과 남겨지는 것들에 대한 이야기를 나눴었는데 나는 또 지우고 싶은 것을 하나 더 만들고 말았다. 하루에도 몇 번씩 바뀌는 생각들과 더 발견하고 더 발굴해서 더 나아진 지금의 표현들, 더 경험하고 더 공부해서 길어진 나의 생각이 적용되지 않은 과거의 내가 지금의 나를 대변하는 것 같아서. 또, 의도적으로 나를 전달해야 한다는 강박에 부자연스럽고 그 방식이 어설퍼서 내가 전달하고자 하는 것들이 오히려 힘을 잃은 느낌이라. 그래. 다시는 내가 편집할 수 없는 것들은 하지 말아야지

410

생각하다가, 연신 감사하다는 의뢰자의 인사에 나를 필요로 하는 사람과 나의 쓰임, 그리고 내가 지키고 싶은 것들을 생각한다. 조금 더 넓게, 조금 더 깊게. 내가 놓친 것은 무엇이고 내가 착각하고 있는 것은 무엇인가.

3

그때그때의 느낌을 좇아가면서, 직관적인 끌림을 거부하지 않으면서 만들어진 어떤 충동의 시간들이 가장 나답다고 생각했던 내게, 자신의 느낌을 의심하고, 꼼꼼하게 따지며 신중했던 미림은 많이 답답한 사람이었다. 하지만 오랫동안 그녀를 보면서 많은 것들을 배우고 또, 물들면서 예전의 생각들이 꼭 옳음이 아니라는 것을 깨닫게 되었는지 작년부터, 많은 사람들에게서 '아직도'라는 말을 듣는 내가 됐다. 그리고 오늘은 그 '아직도' 중에서 하나인 소파가 왔다. 수많은 소파들을 보면서 왜 저건 별로고, 어느 부분이 아쉬운지, 예쁜 것들은 왜 예쁜지를 꼼꼼히 물어가면서 찾아낸 정확한 우리의 취향. 그리고 우리가 감당할 수 있는 가격에서 그 취향의 모양을 하고 있는 소파. 바로 보든 모로 보든 좋다. 앉아도 보고 누워도 보고. 소파에 누워 일기를 쓴다. 이깟 소파가 뭐라고. 좋다.

2020. 10. 30

1

〈엘지〉에서, 커튼 집에서, 〈예스24〉에서 연달아 온 전화에 잠에서 깼다. 확실히 잠이라는 게 양보단 질이다. 몇 시간 못 잤는데 정신이 맑다. 일어나서 비타민을 먹고 식물을 돌본다. 휴대폰을 보니, 늦은 새벽에 올리는 SNS 때문에 내 취침 시간이 들켜서인지, 일찍 좀 자라는 카톡이 와있다. 그 새벽에 나를 목격한 그에게 나도 카톡을 보낸다. '너도 일찍 좀 자.'

2

유형의 아름다움만 소유하면 허무하고 무형의 아름다움만 소유하면 허전해. 무형의 아름다움이 들어간 유형의 아름다움을 소유하는 것. 풍성하게 만드는 것. 내 집을, 내 시간을, 내 삶을. 아름답게. 오직 그것.

3

미림이 제주도로 촬영간지 이틀째. 집에 들어가는 길에 젤리 3봉 지를 샀다. 하나는 미림이 늘 먹던 것, 하나는 미림이 좋아할 만 한 것. 또 하나는 왠지 맛있어 보이는 것. 집에 미림도 없는데, 나 는 젤리도 안 먹는데. 괜히 멀리 있으니까 더 보고 싶다.

4

그토록 와 보고 싶던 드라마 『나의 아저씨』 촬영지 술집 〈코주방〉[1]. 같이 온 사람도 정말로 완벽한 동네 친구 기택이[2]. 내가 낭만으로 생각하는 것들. 내가 갈증 느끼던 것들. 아늑한 곳에서 평범한 소 주 한잔이지만, 마치 벌거벗고 사우나 한 느낌의 편하고 진솔한 시간. 사람이라는 단어가 주는 온기가 가득한 밤. 계산은 기택이 가 했음. 잊지 말 것.

---

1) 일산 정발산동에 위치한 요리주점.
2) 저자의 동료 시인 태재의 본명.

2020. 11. 1

1

창밖에 빗줄기가 묻어있다. 언제나 비가 오면 두 여자를 떠 올린다. 시계를 보니 오후다. 비가 오는 날은 도저히 일찍 일어날 수가 없다. 비에 관한 저주라도 걸린 듯 싫다. 부스럭 소리가 좋아서 살을 이불에 부빈다. 천국이 있다면 그곳에 이 이불은 꼭 있을 것이다. 10월의 마지막 날이구나, 좋다. 했는데, 11월의 첫날이었다. 아무래도 첫날보다는 마지막 날이 더 낭만적인 것 같다.

2

오직 어떻게 하면 상대가 좋아할지 생각하고, 진심으로 행동하면 반드시 감동은 일어난다. 근데 요즘은 너무 감동만을 위한 수단과 방법에 집중되어 있는 것은 아닌가 생각한다. 감동은 마음이 움직이는 일이다. 마음을 얻는 과정에서 발생되는 당연한 현상이며 마음을 얻으려면 당연히 수반되는 일이다.

3

틈틈이 『에밀리 인 파리』[1]를 봤다. 어떻게 하다 보니 보게 됐는데, 에피소드가 짧아서 그런지, 잘 봐지더라. 한 번도 가본 적 없지만, 요즘은 파리 생각을 자주 한다. 원래대로 결혼식을 진행했다면 아마 지금쯤 신혼여행을 마치고 파리에서 한국으로 돌아왔겠지. 사람들과 신혼여행 이야기를 하면 모두들, 내가 파리를 많이 좋아할 거라고 한다. 정말 그럴까. 오늘은 저녁을 먹으면서 『미드나잇 인 파리』[1]를 다시 봐야겠다.

4

고가의 제품에 대한 불신을 가진 남자와 저가의 제품에 대한 불신을 가진 여자. 그들의 미래는.

---

1) 2020, 넷플릭스 편성 미국 드라마. 파리를 배경으로 했다.
2) 2012, 우디 앨런 감독 영화. 파리를 배경으로 했다.

2020. 11. 2

1

친구는 내가 글을 씀으로 감정이 퇴적될 거라 하지만, 그건 친구
의 모르는 말이다. 나는 무수히 많은 감정들을 종이로 방류하고
있다는 것을.

2

다시 생각한다. 돌려 생각한다. 그래도 이해가 안 될 땐 생각을
멈춘다. 들끓어 오르는 생각을 재울 때, 타인에게 닿을 수 있다.
타인은 내가 꼭 풀어야 하는 수학 문제가 아니다.

3

미림에 대한 불멸적인 애정과 증오를 여전히 나는 조금도 이해
할 수 없고 여전히 이 이해할 수 없음을 꿋꿋이 사랑이라 말한다.

어머니의 전화가 온 하루였다. 카톡은 자주 해도 전화는 도통 하지않는 어머니의 전화. 목소리가 듣고 싶은 거다. 어머니의 목소리가 떨린다. 수화기로 넘어온 떨림에 코가 맵다. 호들갑도 이런 호들갑이 없다.

2020. 11. 4

1

종이로 된, 유수 형의 『너는 불투명한 문』[1]을 다시 읽는다. 다시 읽어도 다시 읽어야 할 것 같은 책. 오래, 또 자주 펼쳐 볼 것 같다. 좋은 책이다. 어쩌면 유수 형이 내게 원고를 보낼 때, 아까워서 주저했을지도 모른다. 〈엔터 워크룸〉[2]의 북 디자인도 꼭 들어맞는다. 뭐랄까 유명 디자이너 브랜드가 어떤 아티스트를 위해서 맞춤복을 만들어 준 느낌이랄까. 정말 감사하다. 아무래도 너무 멋진 책을 만들어 낸 것 같다. 다들 이 느낌 알아야 할 텐데.

2

다음 주 일정을 조정하는데 이상하다. 달력을 꼼꼼하게 보니, 날짜와 요일이 하루씩 밀려있다. 순간, 일정이 엉키고 쏟아져 퇴근길 지하철이 됐다. 복잡한 건 싫어서 바로 하루를 비워낸다. 얼추 균형을 맞추고 다행이라 말하면서 생각한다. 부디 부정(不正)함 위에 써낸 것이 고작 이런 달력 같은 것들 뿐이기를.

3

모든 콘텐츠는 말로 태어나고 글로 확장된다. 어떤 생각을 가지든, 어떤 형식을 빌려오든, 목적이 어떻든, 글 쓰는 사람에겐 공통되게 갖춰야 할 것이 있다. 누군가를 상처 내지 않기 위한 손톱 깎이.

4

붕어빵이 두 개 천 원 할 거라는 미림의 말에, 무슨 지금이 IMF 시대냐고 만 원 챙겨 나왔는데, 일곱 개 삼천 원이다. 원래는 더 쌌겠지. 이것도 오른 가격이겠지. 옛날엔 얼마였는지 기억도 안 난다. 가디건 하나 따듯하게 입은 나와 달리 패딩과 목도리로 춥게 입으신 아주머니가 추운데 기다리게 해서 미안하다고 한다. 춥게 입으신 우아한 어머님을 보니 자꾸 생각나는 사람이 있어서 코와 눈으로 얼굴을 누른다. 기어코 붕어빵 하나 더 넣어주시는 어머님에게 기어코 붕어빵 하나 덜어내고 집으로 간다. 붕어빵 가슴에 품고. 붕어빵이 가슴을 데운다. 가슴에서 올라오는 붕어빵 냄새가 자꾸 내 옆에 누군가를 세운다. 젊었고 아름다웠으며 당찼던 사람. 검은색 코트에 가죽 장갑으로 춥게 입으신, 붕어빵 들고 찬밥 담긴 방[3]으로 걷는 사람.

---

1) 최유수 에세이, 2020 별빛들 발행.
2) 대구를 기반으로 활동하는 디자인 스튜디오.
3) 1989, 기형도 시 『엄마 걱정』의 시어 차용.

2020. 11. 7

1

세상에 아름다운 것들은 너무 많고 내가 아름답지 못한 탓인지
갖고 싶은 것이 너무 많다. 언젠가 사라질 유형의 아름다움이 나
를 얼마나 아름답게 만들어 줄지는 모르지만, 내가 소유한 만큼
느끼는 아름다움은 어떻게든 내게 아름다운 시간으로 남아, 나
를 이루는 시간들을 영원히 아름답게 만들어 주리라 믿는다.

2

돈을 돈 같게 여기질 않는다는 말에는 더욱 돈을 돈 같게 여기고
싶지 않다고 대들고 싶어. 펑펑 써버리고 싶어. 아주 흘리면서 다
니고 싶어. 벌어서 벌어서, 내 삶에서 제일 중요하지 않는 것으로
만들어 버리고 말 거야.

3

요즘 나는 너무 생활적인 일상들을 경계하고 있다고 말하지만,

여전히 걱정이다. 일상이 너무 생활적이어서 생각도 그렇게 될까 봐. 아니 그렇게 되는 것 같아서. 더 깊게 사유하고, 사색하고, 상상하고, 탐색하고, 발굴하고, 용감하게, 또 부지런하게 더 가치 있는 글을 써야 하는데 빨래가 어떻고, 분리수거가 어떻고. 근데 또 미림과 화분을 끌어안고 집으로 향하는 이 밤거리는 얼마나 충만한지.

4

'내가 뭐라고'라는 마음가짐과 '내가 뭐라도'라는 행동으로.

2020. 11. 9

1

언젠가 배움은 나를 위한 일이라고 했지만, 오늘은 배움을 너를 위한 일이라고 한다. 나의 무지함으로 얼마나 많은 너에게 상처를 주었는지. 그저 몰랐다고 무책임하기에 나는 결코 몰라서 안 되는 사람.

2

밖에서, 미림 얘기 좀 그만하자. 특히 처음 보는 사람 앞에선 더욱. 미림이가, 미림이는, 미림이랑, 미림 미림 미림. 미림은 집안에서만 찾자. 명심하자.

3

잃어버린 것을 찾는다. 없다. 평소 같으면 언젠가 나오겠지 했겠지만, 요즘은 잘못하고 있는 게 너무 많아서 오늘은 끝까지 찾아보기로 한다. 그런데 없다. 끝까지 없다. 아무래도 뭔가 잘못하고 있는 것 같다.

4

자책도 투정도 말자. 오늘은 순하고만 싶다. 순하게 그저 순하게.
계란국 간도 순하게.

2020. 11. 10

1

'꿈에 천만 원 썼다.' 말하는 상범 형이 참 멋있다. 하긴, 누구는
자동차에 몇천만 원 쓰고, 시계에 몇천만 원 쓰고, 몇 시간 행사
에 수천만 원 쓰는데 단 한번뿐인 인생에 '천만 원' 아깝지도 않
지. 돈이 있고 없고를 떠나서.

2

분리하지 말자. 만드는 나와 파는 나, 사는 나와 노래하는 나. 나,
그리고 나, 그리고 나. 이제는 굳이 분리하는 데 시간을 들이지
말자.

3

미림은 나의 학생이 아니다.

4

숨을 들이마실 때마다 가슴에서 쇠구슬 같은 것이 느껴진다.

2020. 11. 15

1

내가 바꿀 수 있는 건, 오직, 언제나, 나뿐이다.

2

나쁜 생각이 들면 먼저 좋은 생각을 들어 올리자. 나쁜 생각과 좋은 생각이 나란해지면 나쁜 생각을 내려 누르자. 꾹꾹. 계속. 그럼 좀 낫다.

3

바람은 그저 불뿐이다. 지금의 바람이 너무 차가운 건, 그저 겨울이 와서, 그래서 그렇다. 바람은 언제나 같다. 봄에도 여름에도 가을에도. 나에게 매번 다른 바람이 부는 것은, 결코 바람의 탓이 아니다. 바람이 부는 이곳이 봄이라, 여름이라, 가을이라, 겨울이라. 그래서. 지금은 겨울이어서. 그래서 바람이 찹다.

4

타닥타닥. 나뭇잎 떨어지는 소리가 난다. 언젠가 가을에 쓴 시 한 편이 생각난다. '아직 나뭇가지에 달려 있는 도토리와 아직 도토리를 떨어드리시 못한 나뭇가지, 어느 쪽이 더 아릴까.'[1] 오래전 질문이다. 도토리는 떨어져 어느덧 새로운 나무가 됐다. 아주 자연스럽게. 자연의 일이었다.

---

1) 저자의 시집, 2019 별빛들, 『우리는 영원을 만들지』 '떨어지는 도토리 보며' 중에서.

2020. 11. 17

1

더 친절하게, 더 자세하게, 더 진지하게 나를 알려줘야지. 나에 대해서 오해하지 않게, 나를 대신해, 나를 잘 설명할 수 있게. 적어도 한 사람은, 무슨 일이 있어도 한 사람만은.

2

만족은 현재에서 얼마든지 하고 있지만, 현재를 너무 만족하다 보면 가끔 미래에 빨리 닿아보고 싶다. 시간의 시험을 치르고 싶은 것이다. 너무 자신 넘쳐서. 시험의 결과가 너무 궁금해서. 아마 얼마 지나지 않아서 과학처럼 겸손해지겠지.

3

어느새 어둑어둑하다. 겨울은 해가 참 빨리 진다. 원래 이런 거리가 아니었는데, 거리가 시니컬하다. 해가 질 때면 꼭, 퇴근하는 이들이 생각난다. 비가 온다. 비가 다 그치고 나면 이제 많이 추워지겠지.

4

우리는 자주 말한다. 이런 여자가 어딨냐, 이런 남자가 어딨냐. 없다. 안다. 나도, 너도. 그래서 자주 말한다. 그런 사람이 지금 내 옆에, 네 옆에 있다는 말이다. 질리지 않는 말이다.

2020. 11. 20

1

맑고 밝은 사람의 웃음소리. 화면상으로만 보던 사람을 실제로
만나는 일은 언제나 신비롭다. 지금 내 앞에 있는 이 사람에게 잘
보여야 하는 어떤 이유가 있는 것은 아니지만, 잘 보이고 싶다.
내가 받은 만큼 나도 그에게 좋은 인상을 주고 싶다. 그런데 밤샘
운전으로 정신이 아득하다. 아. 실수만 없었기를.

2

친구들에게 여성 인권에 대한 상식적인 이야기를 한다. 친구들
은 유난스럽게 굴지 말라 하지만, 이렇게 해야 친구들이 변할 것
을 안다. 내가 할 수 있는 것은 내 주변의 남자들부터 변화시키는
것이다. 내가 그녀들에게 배웠던 것처럼.

3

아직도 나를 찾아주는 사람들이 있다니, 고맙다. 정말 고맙다. 사

진을 찍고, 사인을 하고. 내가 영광이다. 감사하다. 〈고스트북스
〉[1]가 없었으면 평생 못 만날 수도 있었던 사람들이다.

4

자기 전, 오늘 과업 체크리스트를 본다. 영화 『해바라기』[2]에서 김
래원의 수첩 같은. 시간을 경제적으로 쓰기 위함도 있지만, 게으
르지 말아야지 하는 다짐이자 혹 게을렀더라도 용서하는 일이기
도 하다.

---

1) 국내외 독립출판물 굿즈, 프린트를 판매하는 대구의 독립 서점.
2) 2006, 강석범 감독 영화.

2020. 11. 25

1

또 코피가 났다. 하나도 피곤하지 않은데 이유를 알 수가 없다.

2

한 선생님이 자신은 집에만 있었으니, 마스크를 잠시 벗어도 되겠냐고 물었다. '마스크를 쓰고 말하려니 너무 힘들다고' 나는 더 힘든 사람들도 있다고 받아쳤다. 속으로. 근데 그 자리에 있던 모두가 속으로 대꾸하느라 그분의 말에 대꾸를 못했는지 정적이 흘렀고 그 선생님은 다시 마스크를 쓰셨다.

3

내게 제일 중요한 것은 미림이의 마음이다. 아버지도 제일 중요한 것이 어머니의 마음이었으면 좋겠다. 나는 미림의 배우자고, 어머니의 배우자는 아버지니까.

4

왜 그렇게 〈백종원의 골목식당〉 프로그램을 좋아하냐고 묻는다. 그러게. 왜 좋아할까. 실수하고 있는 사람들을 보면서 백종원 선생님과 같이 충고하고 싶어서일까, 아니면 위로하고 싶어서일까, 변화해가는 사람들의 모습에 희망을 얻어서일까, 초심을 잃은 사람들을 보며 반성하고 싶어서일까, 잘못을 감추려 속이는 사람들을 보면서 안타까움을 느끼고 싶어서일까. 백종원 선생님은 말하고 나는 받아적는다. 요리가 아니라 장사를, 사업이 아니라 태도를, 마음을.

2020. 12. 3

1

메일의 메일의 메일. 답장의 답장의 답장. 확인의 확인의 확인. 전화의 전화의 전화. 아주 가끔씩은 도대체 내가 왜 이런 일들을 하면서 하루를 보내야 하는지 억울할 때가 있다.

2

의사 선생님이 내가 7로 체크한 통증의 정도를 보고 말했다. '10이 죽을 정도로 아픈 거고 7이 출산의 고통으로 생각하시면 된다.' 다시 체크 부탁한다고. 나는 한번도 출산을 해본 적 없어서 7의 고통이 어느 정도인지는 모르지만 죽음과 3칸밖에 차이가 안 난다는 것에 대해 의아했다. 나는 자주 죽음에 대해서 생각했던 터라. 출산을 생각하면 내 통증의 정도를 한참 적게 체크 해야할 것 같은데 죽음을 생각하면 조금 상향해도 될 것 같기도 하고. 나는 고민 끝에 5로 적어냈고, 의사 선생님은 이 숫자의 근거를 또 묻는다. 나는 그냥, 많이 아프다고 했다.

3

타이레놀과 따듯한 커피. 좀 살 것 같다.

4

내가 진실로 숨기고 싶은 것은 비겁함이나 게으름 같은 것들이
아니라 건강이다. 나의 추악함이야 내 안에 자리하고 있는 진실
된 나의 모습이기에 마땅히 감당할 수 있지만, 걱정이란 것은 내
가 감당할 수 있는 것이 아니어서. 그것은 내가 갈 수 없는 마음
에 있어서.

2020. 12. 4

1

전철에 사람들이 있다. 여전히 동냥하는 사람이 있고, 여전히 벨소리가 전철만 한 아저씨가 있고, 여전히 눈이 예쁜 여인이 있고, 여전히 전철을 영어학원으로 쓰는 학생이 있고, 여전히 자신 짐의 무게 만큼 한 사람의 휴식을 뺏는 할머니도 있고, 여전히 그 행태를 못 견디는 아저씨도 있다. 전철 소리는 여전하고 『다음 역은 봄』[1]이라는 시를 썼을 때에도 지금도 전철은 여전히 달리고 있다. 창밖으로 형해만 남은 나무들이 보인다. 다음 역은 모르는 역이다.

2

책을 덮고 창밖을 본다. 조화로운 풍경과 조악한 도시가 번갈아 풍경을 바꾼다. 강을 따라 열차는 달린다. 무슨 강일까. 강 가까이 팔을 뻗은 느티나무는 강의 색을 닮았다. 얼마나 오랜 세월 강과 함께 한 걸까. 강 너머 아파트가 보인다. 아파트 색의 무엇을 떠 올려 본다.

3

신경주역에 도착했다. 고분이 보인다. 그냥 묘인가. 생각해보면 KTX역 앞에 무덤이라니 너무 위화롭고 어떻게 생각하면 황당하다. 그런데 이곳 경주에서는 너무나 조화롭고 강하게 설득력이 있다. 무덤의 도시, 경주. 죽은자들을 곁에 두는 도시라. 지구상에 이런 도시가 또 있나. 없었으면 좋겠다. 경주가 유일하게. 택시를 타고 '황리단길'²이라는 명칭을 쓰고 싶지 않아 천마총으로 가 달라 말한다.

4

조금 더 어렸으면 '형님, 누나' 외치면서 서슴없이 농담을 건넸을까. 나도 참 많이 변했다고 생각한다. 솔직한 건지, 노골적인 건지 구별도 못하고 누군가와 친해지고 싶다는 순수함만 가득하던 때가 생각난다. 경솔하고 가벼워 위태롭기만 하던 시절. 오늘은 왠지 그때의 내가 더 매력적이지 않았나 싶다.

---

1) 저자의 개인 작품, 2018, 『이 시간을 기억해』중에서.
2) 경주 황남동의 골목 상권이 발달 된 길.

2020. 12. 5

1

같은 색, 같은 재질의 샤워 가운을 입고 키스를 한다. 미림이 해
주고 싶은 음식이 있다며 부엌으로 총총 걸어가 요리를 시작한
다. 나는 소파에 앉아 하루키의 신간을 읽으며 요리를 기다린다.
향긋한 냄새가 지금을 기억해야 한다며 닦달해서 메모한다. 아무
런 자극 없이 잔잔한 평화. 언젠가 정말 간절히 그리워할 순간을.

2

아주 언젠가 시간을 돌릴 수 있다면, 돌아가고 싶은 시간을 보내
고 있다. 내 친구들도 이런 시간을 가졌으면 한다. 각자의 방식으로.

3

매일 쓰고 보는 물건에 대한 애착에 누군가 말한다. "다 자기만
족이야." '자기만족'이라는 말을 오랜만에 듣는다. 생각해보면 우
리 생활에서 행복을 주는 것들 중, 내 만족 아닌 것이 무엇이 있

을까. 어쩌면 '자기만족'이라는 말은 자신이 아니라 사실, 타인을 향해 있는 걸지도 모른다. 타인을 향한 설명이고 변명이자 반박. 정말 그렇다면, 그만 생활의 방향을 바꾸길 바란다. 생활마저 타인을 향해 있는 삶은, 얼마나 피곤한가.

2020. 12. 13

1

올해의 첫눈이 내린다. 미림은 흰 이불에 묻혀 자고 있다. 저 이불보다 더 흰 눈이 폴폴 내린다. 온 세상을 희게 덮는다. 자동차도, 건물도, 사람도. 계속 덮는다. 어느새 온 세상이 희게 덮였다. 정말 마치 다 용서되었다는 듯이.

그림| 故류형정이 그려 준, 이광호.

이 광 호 (李 光 浩)

1989. 12. 24 ~

-

4권의 시집과 3권의 산문집
그리고 1권의 우화집을 썼습니다.

leegwangho collection

흰 용서

ⓒ 이광호 2021

초판 1쇄 발행	2021년 2월 20일
글	이광호
발행인	이광호
편집	이광호, 신미림
디자인	이광호
검수	변찬희
펴낸곳	별빛들(Byeolbitdeul)
출판등록	2016년 8월 10일 제 2016-000022호
이메일	lgh120@naver.com

ISBN 979-11-89885-14-4
ISBN 979-11-89885-03-8 (세트)

· 본 도서의 모든 권리는 이광호에게 있습니다.
· 저작권법에 의해 보호를 받는 저작물이므로 무단 복제와 전재를 금합니다.
· 잘못 인쇄된 책은 구입처에서 바꾸어 드립니다.
· 책값은 뒤표지에 있습니다.